맛있는 문학

맛있는 문학

이지현 지음

이담
Books

"아이들이 책을 안 읽어서 큰일이에요."

이 책은 주변 엄마들의 이런 걱정에서 시작되었다. 컴퓨터세대의 아이들이니 점점 더 그럴 것이다. 그래서 독서도 게임처럼 재미있으면 좋겠다고 생각해, 누구나 좋아하는 음식으로 책 읽기를 시도했다.

달콤하고 행복한 음식, 그리운 추억의 음식, 외롭고 쓸쓸한 음식, 고독하고 슬픈 음식, 따뜻하고 구수한 음식 등이 작품마다 잔뜩 있다. 음식들이 만드는 이야기를 수수께끼 풀듯 읽으면 독서도 즐겁지 않을까? 맛있는 음식은 누구나 다 좋아하니까. 음식으로 책을 읽은 것을 작가들이 심심해하지 않길 바란다. 어차피 책 읽기는 독자의 몫이 아닌가. 나도 독자로 자처하는 사람이니까.

교과부가 지원하는 독서교육지원시스템의 독서퀴즈개발도서들, 내 아이들을 비롯해 주변 아이들이 다니는 강남의 중고교 필독서 및 독서 시험용 책들, 동네 전자도서관과 주민센터 도서관 책들, 좋아하는 책들 중 손 가는 대로 읽었다. 문학의 어떤 장르든 맛있는 음식으로 읽을 수 있다는 것을 보여주기 위해 골고루 읽었다.

작품 속에 들어 있는 맛있는 음식들도 군데군데 포장해 넣었으니 따라서 요리해보면 더 맛있는 독서가 될 것이다. 내 추억 및 관련 자료들도 열심히 써넣었다. 낯선 작품들은 줄거리도 마지막에 간략하게 첨부했다. 이 책 속의 작품 외에도, 의외로 많은 작품들이 맛있는 음식들로 이야기를 끌고 갔다. 앞으로도 계속 맛있는 독서를 시도해볼 작정이다.

책을 읽는 행복한 시간을 만드는 것이 꿈이다. 도서관의 많은 책들을 읽고 마음에 남는 한 줄이 삶을 반짝반짝하게 만든다면 멋진 일이다. 단 한 권의 책이 꿈과 연결이 되면 더 멋진 일이다. 어려운 책들을 맛있게 읽는데 이 책이 도움이 된다면 바랄 나위가 없다.

오랜 세월동안 내가 만났던 초롱초롱한 눈을 가졌던 모든 아이들, 언제나 살아갈 용기를 주는 나의 세 아이들, 열심히 공부하는 내 조카들, 책 쓸 용기를 준 동생, 시집과 이 책을 동시에 출판하기로 결정해준 관계자 분들께 감사드린다.

2012. 3

이지현

차례

1부 달콤하고 행복한 음식

2부 따뜻하고 그리운 음식

구도와 고독의 음식

1부
달콤하고 행복한 음식

다양한 판본에 등장하는 음식들

『춘향전』

✽ 단오 음식이 없는 단옷날

한국 고전문학의 꽃으로 꼽히는 『춘향전』은 내용이 조금씩 다른 이본만 해도 100여 종이 넘는다. 그만큼 수많은 사람들의 사랑을 받은 작품이다.

춘향처럼 방년 16세의 꽃다운 나이가 아니라도 화사한 날에는 마음이 설레어서 바깥출입을 하고 싶은 것이 인지상정이다. 단옷날은 창살 없는 감옥살이를 하던 조선의 여성도 바깥출입을 했다. 여성들이 함부로 나다니다가는 사신들이라도 보면 비웃을 것이라고 기록되었을 정도로 조선시대 여성들은 바깥출입을 할 수 없었다.

혜원 신윤복의 풍속화 「단오풍정端午風情」은 단옷날 자유를 맘껏 만끽하는 여성의 모습을 그리고 있다. 시냇가에서 머리를 감는 여성도 있고, 춘향처럼 그네를 타는 여성도 있다. 날이 무더웠던지 윗저고리를 벗어젖히고 몸을 씻는 여성도 있다. 흰 속곳을 반은 드러낸 채 그네를 타는 여성의 나풀나풀한 모습은 자유로워 모처럼의 한가에 보는 이도 즐겁다.

혜원은 그네 타는 여성의 옷을 원색으로 채색해 초여름 단옷날 푸른 숲과 대비해 강조한다. 여성의 감정이 매우 고조된 활기찬 풍경이다. 멀리서 사미승들이 짓궂게 훔쳐보지만, 그것을 알고 있을 여성들은 개의치 않는다. 아니 오히려 즐길지 모른다. 그만큼 조선시대 여성들은 도덕적인 숭고한 삶만 가치라고 교육받으면서 갇혀 살았다.

단오는 설날과 추석, 정월 대보름과 더불어 4대 명절이었다. 그날만은 눈요기할 풍경이 많았는지 이몽룡도 열심히 하던 공부를 팽개치고 나와서 멀리서 아른아른하게 그네 타는 춘향의 모습을 훔쳐본다. 마치 혜원의 풍속화 속의 개구쟁이 중들처럼.

단옷날에 춘향도 광한루에서 그네를 탄다. 누구에게나 자신의 미모를 뽐내고 싶고 드러내 보이고 싶은 지금 중3 정도의 나이다. 현대라면 연예인 기획사라도 찾아가고 싶을 그런 나이다. 더구나 한미모 하는 춘향임에랴. 춘향이 화단에 핀 꽃보다도 더 예쁜 나이니, 당연히 이몽룡의 눈에 띄어서 한창 원기 왕성한 16살 남자아이를 들뜨게 만든 것은 놀라운 일도 아니다.

이몽룡이 방자를 시켜서 춘향을 부르지만, 춘향은 자신을 기생으로 생각해서 부르느냐고 자존심이 상한다. 춘향으로서는 한창 콧대가 높을 때니 그냥 집으로 가버린다. 정 자기를 만나고 싶으면 집으로 오라는 말을 잊지 않은 채.

조선시대의 결혼은 중매를 서는 매파가 사이에 있어야 했다. 춘향은 적어도 이런 여염집 여성들이 겪는 과정들을 염두에 두었으리라. 길거리에서 연애나 자유롭게 걸기엔 춘향의 콧대가 높았다. 나중에 이 자존심과 콧대는 춘향이 정절을 지킬 수 있는 담대함으로 바뀐다.

조선시대의 여염집이나 사대부집 여성들이 바깥출입이 자유롭지 못했던 것과 달리 기녀들은 마음 놓고 외출하는 자유와 남성을 만날 수 있는 연애의 자유가 있었다. 춘향은 굳이 단옷날을 골라서 그네를 타야 할 필요는 없었다. 어차피 춘향모인 월매는 퇴기로서 당시 모계를 따르던 신분제도에 의해 춘향도 저절로 기녀가 되기 때문이다.

기생이 아들을 낳으면 노복이 되고, 딸을 낳으면 관기나 여비가 되었다. 퇴기로 나앉으면 주모나 포주로 전락했다. 춘향은 이날 여성들이 모두 바깥출입을 하므로 남성들도 집 밖으로 나오리라는 것을 알았을 것이다. 똑 부러지는 여성이었으니까. 기녀들이 남성들의 노리개라고 하지만 오히려 그로 인해 남성들은 또 그 기녀의 마음에 들지 않으면 만날 수 없는 아이러니한 상황이 빚어지기도 했다. 기녀는 한 남성에 얽매일 필요가 없었기 때문이다. 사대부 여성들이 남성들을 선택할 수 없었다면 기녀들은 그들의 위치로 인해 오히려 적극적이고 대담하게 자신의 마음에 든 남성들을 만날 수 있었다.

언젠가 남원을 지나는 중에 광한루를 가본 적이 있다. 짙푸른 녹음 속에서 눈에 잘 띄는 색의 치마저고리를 입고 그네를 뛰었을 춘향, 아니 춘향이 같은 수많은 조선의 여인들의 깔깔거리는 웃음이 아름드리 줄기마다 스며들어 있던 그 자유롭고 생기발랄했던 곳.

춘향이 이몽룡의 눈에 띄었으니 그냥 넘어갈 수도 없는 상황이다. 요즘 말로 절호의 찬스다. 춘향의 기생과 여염집 처자 사이의 이 어정쩡한 갈등은 결국 이몽룡을 집으로 불러들임으로써 춘향을 그 어느 쪽도 아닌 중간에 걸친 인물로 만든다.

우리의 단옷날 전통적으로 먹는 음식을 살펴보자.

쑥떡(艾餠), 창포주(菖蒲酒), 앵두화채, 수리취떡, 대추, 앵두편(앵두
를 살짝 쪄서 살만 설탕에 졸여 녹말을 넣어 굳힌 것), 앵두화채(오미
자 국물 이용), 제호탕(醍醐湯), 오매육(烏梅肉), 사인(砂仁), 초과(草果),
백단향(白壇香, 가루를 꿀에 재워 중탕으로 달여 응고시켰다가 냉수에
타서 마심), 각서(角黍, 고기와 나물을 소로 넣고 밀가루로 만든 둥근
떡), 어알탕(궁궐음식, 쇠고기 대신 민어 등 양념한 흰 살 생선의 살로
완자를 빚어 넣고 끓인 것)

서민이든 궁궐이든 단오에는 그날 먹는 음식이 있었다. 그런데 단
옷날 이몽룡을 만난 춘향은 그날 밤으로 이몽룡이 찾아오자 단오 음
식이 아닌 다른 특별한 음식들로 상을 차린다. 그 이유는 무엇일까.
바로 만반의 준비를 이미 끝낸 춘향이었기 때문에 가능했다.

✽ 백년가약 상에 차린 음식

이몽룡이 광한루에서 춘향을 만난 그날 밤으로 당장 춘향의 집을
방문했음에도 불구하고, 불과 몇 시간만으로는 도저히 만들 수 없는
음식들을 춘향은 차리고, 이몽룡은 최상의 대접을 받는다.

강화(江華)닭, 두메꿩, 대(大)양푼에 갈비찜, 소(小)양푼에 제
육초(猪肉炒, 돼지고기 볶은 것), 송편, 화전(花煎), 송기떡(소
나무의 속껍질을 쌀가루와 섞어 반죽하여 만들어 꾀질할 때 위
를 꾸미는 떡), 봉산(鳳山) 참배, 양주(楊洲)밤, 남양 연시(南陽
軟柿), 보은(報恩) 대추, 봉전복(鳳全鰒, 전복을 봉처럼 오려
만든 것), 염통 산적, 양볶이, 죽순나물, 씀바귀, 청포도, 흑포
도, 머루, 다래, 유자, 감자(柑子), 능금, 석류, 참외, 수박, 개
암, 비자(榧子), 춘당(春糖, 희고 둥그런 사탕), 매당(梅糖, 매
화 모양으로 만든 사탕), 오화당(五花糖, 오색으로 만든 중국
사탕), 초장(醋醬), 겨자, 생청(生淸, 불길을 쐬지 않고 떠낸
꿀), 흑청(黑淸, 빛깔이 검은 조청과 비슷한 꿀), 포도주, 국화
주(菊花酒), 천일주(千日酒), 송엽주(松葉酒), 일년주(一年酒),
백화주(百花酒, 온갖 꽃을 넣어서 만든 술), 이감고(梨甘膏, 술
이름), 감홍로(甘紅露), 죽력고(竹瀝膏), 계당주(桂糖酒, 소주
에 계피를 넣어 삭인 술), 황소주(黃燒酒), 과하주(過夏酒, 한
여름 동안 길속에 묻은 술), 청주(淸酒), 모주(母酒, 밀술), 막
걸리, 모두 합한 혼돈주(混沌酒)

－경판본 『춘향전』 중에서
( ) 안의 풀이는 책 속 주 참고

『춘향전』 이본 중에서 가장 오래된 것으로 알려진 경판본은 16세
인 아이들인 춘향과 이몽룡의 음식답게 단 음식이 많이 나온다. 차려
진 술들을 모두 합쳐서 술을 만들기도 했다니 현대의 폭탄주 원조쯤
되는지 모르겠다.

이 음식들은 완판본에 가면 조금 다르다. 단 음식들은 사라지고,
섬세하고 멋진 정식 상차림에 가까운 음식들이 등장한다. 음식의 본

고장인 전라도의 맛은 춘향전에서도 예외가 아니었던 듯하다.

　　대양판(大眿板, 소의 밥통 고기), 가리찜(소갈비찜), 소양판
(小眿板, 돼지 밥통 고기), 제육찜, 숭어찜, 메추리탕, 대전복
(大全鰒)을 눈썹처럼 오려놓기, 염통산적, 양볶이. 생치 다리
(生雉, 꿩 다리로 만든 안주), 냉면(冷麪), 생률(生栗), 숙률(熟
栗, 익은 밤), 잣송이, 호두, 대추, 석류, 유자, 준시(蹲柹, 꼬챙
이에 꿰지 않고 말린 감), 앵두, 청실리(靑實梨, 껍질 빛이 푸르
고 일찍이 익는 배), 포도주, 자하주(紫霞酒, 신선이 먹는 술),
송엽주(松葉酒), 과하주(過夏酒, 한여름 동안 길속에 묻은 술),
방문주(方文酒, 특별한 방법으로 담근 술), 천일주(千日酒), 백
일주(百日酒), 금로주(金露酒), 화주(火酒, 소주를 말함), 약주
(藥酒), 연엽주(蓮葉酒, 쌀과 누룩을 연잎에 싸서 담근 술)

-완판본 『열녀춘향수절가』 중에서
( ) 안의 풀이는 책 속 주 참고

　음식들은 아주 귀하고 좋은 그릇에 담겨져 나온다. 이몽룡이 어떻
게 이런 귀한 음식들과 귀한 그릇들을 짧은 시간에 단번에 준비할 수
있었냐고 묻자, 춘향 모 월매의 답이 더 간절한 울림으로 들리는 것
은 아무래도 내가 딸을 가진 엄마가 되어서 그런 것인지.

　"춘향을 곱게 길러 요조숙녀 군자호구 가리어서 금슬우지 동
고동락 하올 적에 사랑에 노는 손님 영웅호걸 문장들과 죽마고
우 벗님네 주야로 즐기실 제 내당의 하인 불러 밥상 술상 재촉
할 제, 보고 배우지 못하고는 어이 곧 등대하리. (……) 돈 생기
면 사 모아서 손으로 만들어서 눈에 익고 손에도 익히려고 일

시도 놓치지 않고 시킨 바라.”

　기생노릇을 하던 아픔을 겪었던 춘향 모 월매는 딸이 기생으로 살아가길 원하지 않았을 것이다. 어떻게든 양반과 만날 기회를 엿보며 춘향에게 미리 음식 만드는 법을 가르치고, 귀한 그릇들도 미리 준비했다. 기생으로서 살아가는 방법을 가르친 게 아니라 높은 벼슬을 할 남편을 만나면 그 아내로서 손님 접대하는 법을 가르친 것이다. 춘향이 받은 가사교육은 당시 사대부집 여성이 결혼 전에 받던 교육이다. 저 정도면 춘향모의 딸에 대한 열의가 지금 대치동 엄마들도 따라가기 힘들 정도일까. 저런 산해진미의 음식들이 바로바로 대령되었다면 춘향은 미리 준비된 대단한 신부수업을 받은 셈이다.

　조선시대 여성들의 교육은 가정 중심의 현장교육이었다. 방직, 재봉, 요리, 육아 등이 주였다. 유교교육은 일반 서인이나 여성들은 제외되어, 여성들은 그림을 넣어 이해하기 쉽게 세종 당시에 만든『삼강행실도』등으로 교육을 받기도 했다.『삼강행실도』는 7차 고등국어교과서에도 충, 효, 열의 세 가지 유형으로 실려 있다. 요즘 식으로 하면 만화의 컷처럼 간략하고 이해하기 쉽게 만든 여성들의 예의범절 책이다.

　대유학자인 이황조차 그의 저서로 알려져 있는『규중요람』에서, 여자가 문필을 알고 시를 아는 것은 창기(娼妓)의 행색이라고까지 했다 하니, 조선시대 여성은 학문적인 교육과는 멀었다.

　그러나 춘향은 월매에 의해서 7세에 이미『소학』을 공부한다. 조선시대 여성의 특수한 지위로 궁녀, 기녀, 의녀, 무녀가 있지만, 그중 기녀는 특기를 가져야 했고, 침선과 가무를 익혀야 했다. 춘향은 기녀로서의 교육과 사대부집 여성이 받아야 할 교육까지 섭렵한 셈이다.

경판본이 산문의 형태로 기록되어 있어서 음식을 나열하기가 쉬웠을까. 완판본은 운문체여서 아무래도 가락을 맞춰야 했을 것이므로 음식 이름들이 생략되었는지 모르지만 그 이후의 판본으로 갈수록 두 사람이 백년해로하는 날의 음식이 점점 줄어든다.

고대본『춘향전』에서는 음식의 가짓수가 더 간략해진다.

> 편과 곁에 편청(떡을 먹을 때 찍어먹는 꿀), 홍산 백산 사탕, 귤병(橘餅), 편강(片薑, 얇게 저며서 설탕에 조린 생강), 중배끼(밀가루를 꿀과 기름으로 반죽하여 기름에 지진 유밀과의 한 가지), 생강정과(生薑正果), 연근정과(蓮根正果), 유자와 감자정과(柚子, 甘子正果) 곁에 편청 놓고, 절창볶이, 양회肝에 염통산적, 콩팥구이, 누름적, 맛좋은 차돌박이, 대양푼에 가리찜(갈비찜), 소양푼에 탄평채
>
> −고대본『춘향전』 중에서

이 시기에는 음식보다는 눈으로 보고 즐기는 것을 더 우선으로 쳤는지, 술 이름의 나열보다는 위의 인용에서는 생략되었지만 술잔과 술병의 화려함이, 음식 이름 뒤에 쭉 나열된다. 사람들은 어느 때나 먹는 것이 넉넉해지면 그 다음은 음식을 담는 호사스러운 기물들에 더 관심을 가지기 때문이다.

❋ 춘향 집에서 차린 어사또 음식상

이몽룡이 전라도 남원에서 한양으로 올라가자마자 과거가 실시되어 장원급제하여 어사또가 되어 남원으로 내려오지만, 이때는 신분을 감춘 후라서 이몽룡이 춘향 집에서 받는 음식 대접이 형편없다.

이몽룡이 월매에게 밥 좀 달라고 하자, 월매는 일언지하에 '밥 없네' 라고 거절한다. 이를 들은 향단이 쫓아 나와 춘향이가 알면 서운할 테니 이몽룡을 괄시하지 말라면서 차려주는 음식이 식은 밥이다.

> 부엌으로 들어가더니 먹던 밥에 풋고추 절이 김치 양념 넣고 단 간장에 냉수 가득 떠서 모반에 받쳐 드리면서 (……) 어사또 반기하며, "밥아, 너 본 지 오래로구나." 여러 가지를 한데다가 붓더니 숟가락 댈 것 없이 손으로 뒤져서 한편으로 몰아치더니 마파람에 게 눈 감추듯 하는구나.

> –완판본 『열녀 춘향 수절가』 중에서

경판본에서는 향단이 이몽룡에게 밥 차려주는 부분도 생략되고, 월매를 만난 이몽룡은 곧바로 춘향이 갇힌 감옥으로 간다.

고대본에서는 그래도 완판본에서 받았던 것보다 나은 대접을 받는다.

> 부엌에 들어가 예 보던 두리반에 백반 한 일기(一器) 정히 담고 고추장, 깨자반(들깨의 잎이나 꽃송이 등속에 찹쌀가루 반죽을 발라서 기름에 튀긴 반찬), 콩나물, 김칫국을 보기 좋게 차려다가 어사또 앞에 놓니, 시장도 하거니와 춘향어멈 속이려고 눈을 보얗게 뒤집어 뜨고 닷 푼짜리 수박덩이 같이 뭉쳐 후

닥닥하더니 두 덩이 반에 사발 속 비었구나.

−고대본 『춘향전』 중에서

월매는 형편없는 몰골을 하고 온 이몽룡이 옥에 갇힌 춘향을 구하기 다 틀렸다고 생각해서 다신 보지 않을 사람처럼 식은 밥 대접을 하며 괄시한다. 양반인 이몽룡은 능청스럽게 월매의 대접을 견디며 한 술 더 떠서 거지취급을 달게 받는다.

이몽룡이 먹을 식은 밥이 차려진 두리반은 분명히 '예 보던' 것으로 춘향의 집에서 최상의 음식을 대접받던 상이다. 월매가 아무리 이몽룡이 구차하게 변한 양반이라도 대접하는 것이 심하기는 하지만, 월매로서는 이몽룡의 과거 신분 따위는 안중에도 없었을 것이다. 오로지 딸 춘향의 구출만이 시급한 일이다.

완판본이나 경판본에서 옥에 갇힌 춘향을 보러 월매를 앞세우고 이몽룡이 면회를 갈 때는 춘향을 위해 미음을 준비해간다. 당시 옥살이하는 사람에게는 사식을 넣어도 되었던 듯하다. 감옥을 방문한 월매에게 춘향은 이몽룡을 함부로 대접하지 말라고 당부한다. 춘향이 계산속이 빠른 월매를 아무래도 잘 알고 있었던 듯, 세간을 다 팔아서라도 이몽룡에게 '별찬(別饌, 특별한 반찬) 진지'를 대접하라고 한다.

감옥에 갇혀서 죽게 생겼고, 자신을 구할 권세도 없어 보이는 걸인 차림의 이몽룡을 보면서도 그렇게 말하는 춘향은, 우리가 흔히 신분상승의 고속 엘리베이터를 탔다고 함부로 폄하시키는 춘향과는 딴판이다. 춘향과 이몽룡의 만남은 작위적이지도 않았고, 그저 우연한 만남이 인연으로 변했을 뿐이다.

월매가 딸에게 음식하는 법과 접대하는 법을 훈련시켰다고 말한 부분은 혼기가 찬 딸을 가진 엄마로서 누구나 가지는 마음이다. 현대 엄마들도 딸들이 시집가기 전에 신부수업을 시키거나 유명한 요리선생에게 음식을 배우러 보낸다. 춘향이 이몽룡을 만나기 위해서 모든 것을 준비했다는 폄하는 당치 않고, 춘향전에 나온 음식들을 살펴보면 거지로 온 이몽룡을 끝까지 배려하는 춘향의 마음 씀씀이 남달랐음을 알 수 있어 오히려 미덕으로 보일 정도다.

조선 사회는 여성에게 절개를 강요하였다. 춘향은 기녀로서 절개를 지키지 않아도 되었다. 더구나 이몽룡이 거지 차림으로 왔을 때는 고무신을 거꾸로 신어도 되는 것이었다. 그러나 춘향은 거지 차림의 이몽룡을 보고도 절개를 지키겠다고 결심한다. 고문의 육체적 고통과 인내의 정신적 고통이 동시에 빛을 발하는 순간이다. 상대방의 의사와는 무관하게 자신의 내면적 고아한 가치를 드러낸 것이다.

춘향이 멋진 것은 거지 차림의 이몽룡이라도 양반이니 같이 살겠다는 것이 아니라, 이몽룡을 자신이 믿었던 사람으로 끝까지 인정하는 점이나, 절개를 꺾지 않고 그대로 죽음을 맞겠다는 비장한 영혼을 가졌기 때문이다. 매우 가치 있는 인간의 본성이 발현된 춘향이기 때문에 아직도 우리는 춘향을 기리고 있는 것이 아닐까.

✳ 사또의 생일상, 어사또의 상에 놓인 음식

이몽룡이 춘향을 구출하기 위해서는 고을 사또와 정면승부를 해야 한다. 한양으로 가기 전에는 자신이 살았던 집인 관청에서, 고을 사또의 거나한 생일상이 차려지는 모습을 본 이몽룡으로서는 만감이 교차했을 것이다.

가장 오래된 판본인 경판본에는 사또 생일상 부분이 세밀하게 나오지 않는다. 그러나 이몽룡이 술상을 요구하자 그래도 양반인 것을 알고는 술상을 내어주지만, 다른 양반들은 기생이 딸리고 이몽룡의 술상엔 기생이 없다. 이몽룡이 기생을 요구하자 할 수 없이 기생이 와 술을 따르지만 그 기생마저 이몽룡의 차림을 보고 업신여기면서 '아니꼬와라, 권주가 없으면 술이 목구멍으로 안 넘어가나' 면서 대놓고 투덜댄다. 이때는 양반도 양반 나름이었던 것 같다. 춘향모 퇴기 월매에게 괄시받고 술 따르는 기생에게 푸대접받을 정도로, 영락한 양반은 조롱거리였던 모양이다. 그럴 때 춘향의 일편단심은 더욱 빛난다.

술을 마신 후에 이몽룡 앞에 놓인 상은 마지못해 차린 형편없는 음식들이다.

> 개다리 헌 소반에 이면이 한 접시요 경계다리 하나 놓고 양지차돌(양지머리뼈의 한복판에 붙은 기름진 고기의 부분) 곁들였네. 마른 대추 부스럭떼기 대명공이 근검하다. 어사 두 다리로 상(床)을 박차 엎지르고 일어서 그 엎지른 것을 긁어모아 소매에 묻혀다가 좌상(座上)을 향하여 뿌리니 본관(本官)의 얼굴에 뛰었는지라,
>
> —경판본 『춘향전』 중에서

완판본에서는 사또의 생일에 초대받은 사람들에게 차린 상은 호화

스럽기 그지없다. 지방관청에서 감사나 사신들을 대접하던 잘 차린 음
식상인 다담(茶啖)이 나오고, 지방 관가에 쇠고기를 바치던 관노를 불
러 소도 한 마리 잡았다. 그러나 음식들은 세세히 열거되어 있지 않다.
　이런 거창한 잔치에 걸인 차림의 이몽룡이 등장하자 단번에 등을
떼밀어 밀쳐낸다. 어떻게든 자리를 차지하고 앉은 이몽룡 앞에도 잔
칫날이고 양반의 후예라는 깐으로 이윽고 상이 나오지만 음식들은
역시 형편없다.

> 　어사또 상을 보니 어이 아니 통분하랴. 모 떨어진 개상판에
> 닥채 저붐(닥나무 껍질로 만든 젓가락) 콩나물, 깍두기, 막걸리
> 한 사발 놓았구나. 상을 발길로 탁 차 던지며 운봉의 갈비를 직
> 신, "갈비 한 대 먹고 지고."

> 　　　　　　　　　　　　　　－완판본 『열녀춘향수절가』 중에서

　사또 생일잔치에 초대받은 다른 고을에서 온 수령들은 소 한 마리
를 잡은 잔칫닐에 길비를 뜯고 있었딘지, 이몽룡은 옆 자리의 갈비를
가져다 먹는다. 그리고 시 한 수를 짓고 어사 출도를 외친다.
　완판본과 경판본에서는 신관 사또의 생일 잔칫상이 자세하게 나열
되어 있지 않다.
　그러나 고대본 『춘향전』에 오면 신관 사또의 생일잔치 상차림이
세세히 열거되어 있어서 이때는 백성들이 자신의 처지를 빗대어 사
또의 잔칫상을 신랄하게 풍자한 것으로 보인다.

> 　편과 곁에 상○놓고 홍산(찹쌀가루 반죽을 얇게 조각내어 기

맛있는 문학

름에 지진 것에 튀기거나 볶은 밥풀을 조청이나 꿀로 붙인 유
밀과), 백산, 편강(생강을 얇게 저며서 설탕에 조린 생강), 사
탕, 중배끼, 생강정과, 연근정과, 절창볶이, 양회간에 염통산
적, 콩팥구이며 차돌박이, 대양푼에 가리찜, 소양푼에 탄평채,
참외, 수박, 농어회

—고대본 『춘향전』 중에서

　이 외도 생일 잔칫상에는 온갖 술들이 나열되어 있다. 이 생일상에
차려진 음식들을 보면 완판본에서 이몽룡이 춘향의 집을 처음으로
찾았을 때 차린 음식들과 거의 비슷하다. 당시는 이런 음식들이 최상
의 음식이었던 듯하고, 또 월매가 춘향이 높은 지위의 남편을 만날
때 찾아오는 손님들을 제대로 대접할 수 있는 요조숙녀를 만들기 위
해 이 음식들을 가르쳤다고 했으니 신관 사또의 생일상이 최고로 차
려졌음을 알 수 있다. 동시에 이몽룡이 춘향 집을 찾은 첫날 춘향과
월매로부터 최상의 대접을 받았던 것을 알 수 있다.
　고대본은 사또의 잔칫상은 자세히 나열되어 있지만 이몽룡에게는
술상조차 나오지 않는다. 손님들의 다담상을 다 물리자 비로소 이몽
룡 앞에도 상이 하나 차려진다.

　　모 떨어진 개 상반(床盤)에 먹다 남은 콩나물, 장탕(醬湯)국
한 그릇, 멸치 하나 둥둥 띄워 먹던 뼈다귀 여덟팔자 갈라놓고,
그 뒤 건 고름탁주 한 사발 그득 부어 겨름대를 뚝딱 잘라 (……)

—고대본 『춘향전』 중에서

이몽룡 앞에 놓인 상은 사또의 생일 잔칫날에 명색이 양반인 자라고 차려주지만 형편없는 음식들이다.

완판본과 경판본보다 구성과 내용에서 조잡하고 거친 고대본이 오히려 사또의 잔칫상은 가장 세세하게 나오는 것을 보면 고대본이 만들어질 무렵의 관리들 부패가 더 심해서, 백성들이 신랄하게 풍자한 것으로 보인다. 백성들은 굶주림에 허덕이지만 주지육림에 빠져 있던 관리들의 상차림은 백성들의 고혈을 빨아들인 값이었다.

어사또로 신분이 노출되기 전에, 걸인으로 등장한 이몽룡 앞에 놓인 형편없는 음식은 바로 그 당시 백성들이 겨우 먹던 음식들이 아닐 는지. 『춘향전』은 수많은 사람들이 그 내용을 분석했고 또 앞으로도 그럴 것이다. 그러나 『춘향전』에 나온 음식이야말로 백성들의 마음을 가장 잘 알 수 있는 것이 아닐까. 춘향과 이몽룡이 만났을 때 차려진 음식은 백성들에게는 그림의 떡이었을 것이요. 생전에 한번 먹어보기라도 했으면 하고 바라던 음식이었을 것이다. 그것은 일반 서민의 음식이 아니라 월매가 말하듯 신분이 높은 사람들이 먹는 음식이었기 때문이다.

걸인이 되어 나타난 이몽룡은 아무리 양반의 신세였어도 춘향의 집이나 신관 사또의 생일상에서조차 제대로 대접받지 못한다. 음식이란 서민의 마음을 가장 잘 드러내는 상징이다. 지금이라고 별수 있을까. 부자들이 먹는 밥상과 우리가 먹는 밥상의 차이는 있을 것이다.

『춘향전』의 시대에서 더 나아질 것도 없는 우리 시대, 어사또 이몽룡도 암행어사 출도를 외치지만 이 음식 차이를 개선하지 못했다. 겨우 시 한 수, 술은 백성들의 피요, 맛있는 안주는 백성들의 고름이요, 촛농이 떨어질 때마다 백성들의 눈물이 떨어지고, 노래 소리 높은 곳

맛있는 문학

에 백성들의 원성도 높다는 글이나 지어서 던질 뿐이다.

　고을 수령들이 스스로 검소한 생활을 실천하지 않으면 백성을 위한다는 어떤 미사여구도 허망한 것이다. 마구잡이 행정으로 지방민들의 고혈을 빨아들인 세금으로, 마음대로 펑펑 쓰는 사또들이 지금도 많다고 하니 한번쯤 『춘향전』에 나오던 서민들이 생각하던 음식들을 떠올려볼 차례다.

『춘향전』, 한국고전문학대계 10, 민중서관, 1976.

문학 속에 등장하는 최초의 샌드위치

이광수『무정』

 폼 나는 서구식 샌드위치

1917년에 발표된 춘원 이광수의『무정』이 근대소설의 효시라는 것은 잘 알려진 사실이다. 그렇다면『무정』에 나오는 샌드위치도 근대문학 속에 처음 등장하는 샌드위치일 것이다.

소설 속 인물인 박영채가 순결을 잃고 자살을 결심한 뒤 대동강으로 향하는 기차를 탔을 때, 그 안에서 만난 병욱은 영채에게 샌드위치를 먹으라고 건넨다. 영채는 그때 처음으로 샌드위치를 먹는다.

별로 맛은 없으나 그 새에 낀 짭짤한 고기 맛이 관계치 않고 전체가 특별한 맛은 없으면서 무엇인지 알 수 없는 운치 있는 맛이 있다 하였다.

영채는 샌드위치를 먹으면서 운치 있다는 생각을 한다. 맛과는 별개로 처음 보는 이상야릇한 이 샌드위치가 영채가 보기엔 폼 나는 음식으로 보인 셈이다. 이 소설에서 영채는 한국적 여성상을 드러내는 인물로 나온다. 그런 인물이 빵 사이에 고기를 끼운 이 음식을 처음 보면서 운치 있다고 생각하는 것은 당시 음식 문화가 서구 지향적이었음을 드러낸다. 영채는 기차에서 병욱을 만나 자살 결심을 접고 새로운 인간형, 즉 이전의 한국적 여인상에서 벗어나 적극적이고 의지적인 인물이 된다.

병욱이 기차여행을 하면서 일반적인 도시락 대신에 샌드위치를 준비한 것은 이 소설에서 신지식인으로 나오는 것과 무관하지 않다. 새로운 문명, 새로운 맛에 혹하고 폼 나게 들고 다니는 그런 기분이었을지.

그렇다면 이 샌드위치야말로 춘원의 서구 지향적 사고를 은연중에 드러내는 소재다. 병욱은 원래 이름이 병옥이지만 적극적으로 보이도록 남성적인 이름 병욱으로 스스로 바꾼 여성이다. 춘원의 근대적 사고는 병욱에게 샌드위치를 들리고, 이후 인물들을 유학 보내는 것으로 마무리한다.

이 장면을 읽을 때 나는 샌드위치가 아닌 햄버거가 아닐까라고 생각했었다. 짭짤한 고기 맛이란 표현으로 미루어 고기를 갈아서 소금과 후추 및 마늘을 넣어 간장으로 간을 한 것이라고 생각했었다. 또 샌드위치라면 야채도 함께 들어 있을 것이라고 생각했는데, 샌드위치 설명에는 그런 말이 없다.

영채는 이 음식의 이름을 모른 채 받아먹으면서 어떻게 먹는지도 모르고, 어리둥절하면서 떡이라고 생각한다. 영채는 하나를 다 먹고 다시 병욱이 하나를 더 주는 것을 받아먹으면서 별로 맛은 없으나 운

치는 있다고 느끼는 것이다. 요즘 신세대가 낯설고 신기한 서양음식
에 혹하는 것과 대동소이하다.

'구멍이 숭숭한 떡 두 조각 사이에 엷은 날고기를 낀', 이 이상한 음
식을 먹으면서 영채는 병욱을 만나며 자살에서 벗어나 새로운 인물로
거듭난다. 당시로서는 영채가 떡이라고 생각하는 것 사이에, 즉 구멍
이 숭숭히 뚫린 빵 사이에 고기를 끼워 넣어 먹는 일도 파격이었을 것
이다. 이후 병욱이 영채에게 서양음식인 샌드위치라고 이름을 가르쳐
줄 때 영채는 발음까지 분명해지도록 거듭 외운다. 이로 미루어 당시
는 샌드위치라는 이름조차 널리 알려져 있지 않았음을 알 수 있다.

우리 문학에서 최초의 근대소설 속의 여주인공이 자살에서 벗어나
면서 서양음식을 먹는 것은 매우 아이러니하다.

 ## 죽음을 넘어선 샌드위치의 맛

이 소설이 나오던 해인 1917년에 방신영이 쓴 『조선요리세법』에는
너비아니만 나온다. 불고기란 용어는 조리서로는 1958년에 위 저자가
쓴 다른 책 『고등요리실습』에 나온다고 하니 영채가 먹은 빵 사이에
낀 짭짤한 맛의 고기는 너비아니일 확률이 높다. 너비아니는 당시 요
리법으로는 고기를 얇게 저며 잔칼질을 하거나 주물러, 고기를 연하
게 해서 먹는 소고기 요리다.

자료에 의하면 당시 내로라하는 기생집인 『명월관』은 물론이거니
와 기타 기생집들도 육류 소비가 많았다고 한다. 그러나 기생으로 잠

시 생활했던 영채는 샌드위치도 처음 보았지만 가운데 낀 육류가 어떤 것인지도 모른다. 춘원이 샌드위치를 단순히 서구 지향적이며 관념적인 음식으로 선정한 것으로 보는 이유다.

간편하게 먹을 수 있으면서도 우리 음식과는 거리가 먼 서양식 빵 음식인 샌드위치는 당시 젊은 층의 호응이 높았을 것이다. 지금 아이들이 크라제버거나 버거킹에서 햄버거를 먹듯이. 영채나 병욱은 새로운 문화에 쉽게 물드는 젊은 여성이었다. 더구나 춘원이 이 소설을 계몽의 목적으로 쓴 것이라면 영채를 하루빨리 동양적인 수동성에서 벗어나게 만들어야 했다.

영채는 온갖 고초를 다 겪은 후, 동양적 사고를 훌훌 털어버리고 새로운 자각으로 내면적 성숙을 하는 성장소설의 주인공 같은 인물이다. 그런 영채에게 춘원은 서구식 음식인 샌드위치를 먹여서 구시대적 사고방식에서 벗어나도록 한다.

영채가 자살을 결심하게 된 이유는 순결을 잃은 후, 정혼자였던 경성학교 영어교사 이형식을 더 이상 볼 낯이 없었기 때문이다. 이형식은 미국 유학을 준비 중인 김 장로의 딸 선형의 공부를 가르치는 중에 선형과 약혼을 한다. 형식과 선형의 자유결혼도 당시로서는 파격이지만, 정조를 잃은 영채가 새로이 살 방도를 찾는 것은 지금 시대에도 놀라운 면모다. 춘원의 이 같은 근대적 사고의 저변에는 바로 샌드위치로 나타나는 서구적 사고가 한몫했을 것이다.

1930년대 모더니즘 시인인 김기림의 시에도 등장하는 샌드위치는, 춘원 당시에는 서민적인 음식이 결코 아니었다. 자료에 의하면 1910년대 일제나 서양 선교사에 의해서 제빵이 도입되어, 서울에는 제과

점이 4개 정도만 있었다 한다. 따라서 빵은 서민들이 일상적으로 접할 수 있는 음식이 아니었고, 더군다나 빵 사이에 양념된 고기까지 끼워먹을 수 있던 병욱이 만든 샌드위치는 새로운 고급 음식이었던 셈이다.

김기림의 시집 『기상도』에 실려 있는 시 「자취」에서 샌드위치는 '하이칼라의 꿈' 으로 나온다. 1930년대만 해도 샌드위치를 먹는 것이 신지식인들의 꿈이었으니, 1910년대의 춘원의 시대는 더 말할 필요도 없다. 신학문을 한다면 이 샌드위치는 한번은 맛보아야 할 필수 음식이었을지 모른다. 그래서 한국적 여인의 표상으로 등장하는 영채는 병욱을 만나기 전에는 이 샌드위치에 대해서 알지 못했던 것이다.

『무정』에 등장하는 샌드위치는 말하자면 춘원의 서구 경도적인 음식물이다.

한국적 여인의 표상으로 등장시킨 영채에게 자살 직전에 샌드위치를 먹이는 춘원의 발상이 무척 특이하다. 영채와 병욱, 형식과 선형을 서구적인 학문의 세례를 받는 계몽의 선두주자로 내세우는 춘원의 의노와 맞아떨어진다. 춘원은 서구적 신학문을 우매한 백성들을 깨우칠 수 있는 도구로 보았고, 샌드위치는 바로 이 사고의 징검다리로 채택된 음식이었다. 한국적 정절을 표상하는 영채를 자살에서 구하면서, 춘원은 이 샌드위치를 영채에게 먹여 서구적 사고에 대한 호기심을 유발하게 만든다.

병욱이 영채에게 기차 안의 특별했던 기억에 대해 물을 때, 영채는 병욱에 대한 느낌이 첫 번째며, 두 번째가 샌드위치였다고 대답한다. 이때 샌드위치는 단순한 음식이 아니다. 추상과 관념을 초월하여 구체적으로 감각화한 정신적 사고의 등가물이다.

"애, 네가 나를 볼 때 어떻게 생각했니?"

"웬 일본 여자가 이렇게 조선말을 잘하고 친절하게 하는 고, 했지요."

(……)

"그리고 너 그때에 먹은 것이 그게 무엇인지 아니?"

"나 몰라, 어떻게 먹는 겐지 몰라서 언니 잡수시는 것을 가만히 봤지요."

"내 아예 그런 줄 알았다. 그것은 서양음식인데 샌드위치라는 것이야……, 맛나지?"

"응."

하고 고개를 까닥이며 '샌드위치' 라고 발음이 분명하게 외운다.

 ## 과일 화채

『무정』에는 과일화채를 먹는 장면이 많이 등장한다. 영채와 병욱이 유학을 가기 전에 참외와 수박을 따다가 화채를 만드는 장면이 있다. 형식이 처음으로 선형의 집을 찾아갔을 때 대접받는 음료도 복숭아화채다. 유리대접에 한줌의 얼음을 띄운 복숭아화채에 은으로 만든 서양 숟가락을 곁들였으니 당시는 매우 귀한 손님을 대접하는 음료였을 것이다. 더운 여름이라 형식은 단숨에 시원하고 달콤한 복숭아화채를 들이킨다.

우리 문헌에서 화채의 첫 기록은 1829년의 『진작의궤』로 본다. 문헌에 등장하는 화채의 종류는 무려 30여 종으로 복숭아화채는 오미자 국물을 기본으로 하는 화채에 속한다.

내가 어렸을 때만 해도 얼음이 귀했다. 냉장고가 없던 시절이었다.

여름이면 얼음장사가 집집마다 다니며 얼음을 팔았다. 직육면체의 얼음을 깨느라고 망치와 송곳, 징처럼 박는 쇠등, 다양한 장비가 동원되었다. 얼쩡거리다가 얼음을 한 조각이라도 얻으면 접시에 놓고 바늘을 박아서 톡톡 깨뜨려 부서진 조각까지 녹을 새라 부지런히 먹었다. 과일은 차게 하느라 우물물을 길어 담가 놓고 먹었으니 가뜩이나 단맛이 빠져서 싱거운 과일이었다. 그때는 그것도 맛있었다. 과일보다 설탕이 더 귀해서 큰 양푼대접에 냉수나 사이다를 함께 붓고 과일 양을 잔뜩 늘렸지만 달고 시원한 얼음 맛에 그마저도 없어서 못 먹었다.

1910년대 당시 형식이 먹은, 얼음까지 띄운 복숭아화채는 여간해서는 먹을 수 없는 귀한 것이었다, 선형의 아버지인 김 장로는 이후 선형과 형식을 유학까지 보내는 인물로 물질적으로도 풍부했다.

『무정』에는 영채가 먹는 수박화채도 나온다. 수박화채를 만들기 위해 수박의 뚜껑을 떼고 거기다가 꿀을 넣어 두었다가 병욱은 할머니에게 드린다. 꿀물 화채는 밀수라고 불리는 갈증을 가시게 하는 좋은 화채다. 영채와 병욱은 유학을 가기 전에 밭에 가서 참외와 수박을 따다가 꿀을 넣거나, 사탕을 두기니, 히룻밤을 재우거나, 우물에 넣어 식히기도 하면서 다양하게 화채를 만든다.

> (병욱) 모친은 멀리로 가는 딸을 위하여서 여러 가지 맛있는 것을 해준다. 손수 쌀을 담가서 떡도 만들고 닭도 잡아주고……. 부친도 딸을 위해서 쇠갈비 한 짝을 사오고 병국도 성내에 들어가서 과자와 귤과 사이다 같은 것을 사 온다. 그리고 병욱과 영채는 무명 밭에 가서 참외와 수박을 따다가 혹은 꿀을 넣고, 혹은 사탕을 두어서, 혹은 하룻밤을 재우기도 하고, 혹은 우물에 넣어 식히기도 하여 내어놓는다.

맛있는 문학

병욱의 집에서 먹는 음식들도 일반 서민들이 마음 놓고 먹을 수 있는 음식들은 아니다. 불고기란 용어는 1950년대『큰 사전』에 처음 등장할 정도였다. 1917년의 소설에서 병욱의 집은 쇠갈비 한 짝을 사들일 정도로 풍족하고 꿀물에 화채를 먹을 정도로 넉넉하다. 이런 넉넉함 속에서 영채는 마음을 추스르고 새로운 의지를 세운다.

선형과 병욱은 넉넉하고 여유 있는 집안의 여성들로 서양 유학을 꿈꿀 수 있는 정신적 여유를 갖는다. 여기에 형식과 영채가 덤으로 따라간다. 형식은 고아였고, 영채는 고아가 되는 인물이다. 이들은 선형이나 병욱이란 조력자를 얻는다. 이 소설이 단순히 애정의 문제를 다룬 것이 아니므로 영채와 형식은 서로 맺어져서는 안 되었다. 그들이 서구 유학길을 오르기 위해서는 각자 새로운 조력자가 필요했다.

아직 우리 문학은 고전소설의 영웅구조를 벗어나지 못했던 것인지, 영채나 형식도 조력자의 도움이 있어야 백성들을 구할 수 있는 힘을 얻었다.

 연민의 국밥

샌드위치나 수박화채, 복숭아화채는 당시 서민 음식이 아니었다. 1930년대를 사실적으로 그리고 있는 세태소설인 박태원의『천변풍경』에는 이런 음식들이 등장하지 않는다. 형식과 선형, 영채와 병욱, 이 네 사람은 유학길 중에 삼랑진에 도착해서 수재를 입은 백성들을 만나 자선음악회를 열면서 영채가 한문으로 가사를 쓰고, 형식이 번

역하여 노래를 만든다.

따뜻한 밥 한 그릇 / 국에 말아 드립시다.

　수재를 입은 사람들 앞에서 이렇게 노래하자 사람들은 다 눈물짓는다. 유학까지 가는 이들은 샌드위치를 기차여행 시의 도시락으로 이용하면서, 백성들에게는 국밥을 먹이고 싶어 한다. 춘원의 계몽을 바라보는 이분법적 사고가 음식으로 드러난 부분이다.

　춘원이 4명의 주인공들을 내세워 문명으로 백성들에게 힘을 주어야 한다고 부르짖을 때, 그것은 샌드위치로 드러나는 서구 문명이다. 그들은 샌드위치와 맑고 깨끗한 유리그릇에 담긴 달콤하고 시원한 화채를 먹지만, 일반 사람들에게는 따뜻한 국밥을 먹이고 싶다는 모순된 정서를 갈등 없이 보인다.

　춘원 자신이 『무정』을 쓴 이유에 대해서, '문학적 작품을 쓴다는 의식으로 썼다는 것보다는', '논문 대신으로' 쓴 것이라고 말했음은 의미심장하다.

　신소설의 시대를 거치면서 1910년대는 서구문물에 대한 동경이 팽배했을 것이다. 춘원의 계몽이 때로는 공허한 것으로 보인다고 일견에서는 말하지만, 그래도 젊은이들의 입을 통해서 계몽을 부르짖는 힘은 현재도 예사로운 것이 아니다. 공허한 메아리라도 어느 시대나 깨어 있는 자는 필요하고, 그들이 젊은 층일 때 그 사회는 더 힘이 생긴다.

　춘원이 서구적 사고를 불어넣기 위해 영채에게 샌드위치를 먹이지만, 한편으로 개화와 계몽의 힘이 바로 이 샌드위치가 있었기 때문에 나오기도 했던 묘한 아이러니를 맛본다.

37
맛있는 문학

　지금은 샌드위치의 힘이 너무 넘쳐나서 우리 국밥의 힘이 오히려 무색한 시대다. 영어공화국이 될 정도로 너도나도 1917년의『무정』의 주인공들에서 벗어나지 못하고 있다. 더구나 지배층이 영어공화국으로 만들겠다는 사고는 1910년대의 춘원적인 샌드위치 식 발상이며, 거듭된 구태의연함의 연장선이 아닐지 우려된다.

　지금은 이 샌드위치의 맛을 국밥의 진국인 맛으로 어떻게 바꿀지 고심할 때다.

이광수,『무정, 꿈』, 문학사상사, 1999.

● 줄거리

어려서 부모를 여읜 형식은 박진사의 도움을 받았고, 그의 딸 영채와 약혼한다. 경성학교 영어교사가 된 형식은 김 장로의 딸 선형의 개인교사가 된다. 형식은 자신을 찾아온 영채와 선형 사이에서 갈등한다. 배 학감에게 유린당한 영채는 대동강에 투신하기 위해 떠난다. 그 기차 안에서 영채는 병욱을 만난다. 영채를 찾아 나선 형식은 찾지 못하고 선형과 함께 미국으로 유학을 떠나기 위해서 경부선 열차를 탄다. 영채와 병욱도 유학길에 오른 열차에서 네 사람은 다시 만나고 삼랑진에서 수해를 만난다. 네 사람은 수재민을 돕기 위해 자선음악회를 열며, 백성들을 가난에서 구할 방도를 토론한다.

아이스크림의 달콤함이 가득한 가족회귀와 지적 성장일기

진 웹스터 『키다리아저씨』

 ### 옥수수죽과 아이스크림

『키다리아저씨』 안에는 달콤한 맛이 가득하다. 부드럽고 섬세하고 상냥한 맛 때문에 1912년에 발표한 소설이지만 전혀 퇴색하지 않고 읽을 때마다 가슴 두근거린다. 이 소설의 줄거리만 거칠게 생각하면 우리 드라마의 재벌2세 드라마 원조 같다. 불쌍한 소녀를 구원해준 재벌2세가 나오는 드라마는 언제나 흥미진진하다.

그러나 이 소설이 달라 보이는 이유는 무엇일까. 우리 드라마의 공식처럼 까칠한 행동으로 잘난 척하면서 처음엔 불쌍한 소녀를 업신여기다가 나중에 사랑하는 그런 재벌2세가 나오지 않는다. 재벌2세 격인 저비스 펜들턴은 매우 지적이다. 단지 불쌍하다는 이유로 적선

하기보다는 한 소녀의 장래성을 알아보는 눈을 가지고 있다. 그는 소녀의 작문을 읽고 그 소녀를 지원하기로 마음먹는다. 금전만을 제공하는 것이 아니라, 그 소녀의 장래성을 키워주기로 마음먹고 작문 실력 향상을 위해 편지를 쓰게 하여 소녀의 꿈을 천천히 완성시킨다.

그 편지를 몇 년간 받으면서 서서히 그 소녀의 영혼까지 사랑하는 아주 멋진 남자가 된다. 우리가 흔히 달려와 주기를 갈망하는 백마 타고 온 왕자, 저비스는 가난한 소녀의 영혼까지 사랑하고 꿈을 키워주고 그림자가 되어 후원하는 정신적 교류를 거치면서 살아가기를 기꺼이 택한다. 백마 탄 왕자는 겉치장과 백그라운드만 요란한 인물이 아니었기에 이 소설을 읽는 내내 마음이 따뜻하다.

주인공인 가난한 고아 소녀 주디는 소위 말하는 신데렐라가 되지만 수동적인 신데렐라가 아니라 적극적이고 발랄하고 명랑한 신데렐라다. 자신이 처한 가난과 고아가 된 부조리한 구조를 벗어나기 위해서 지적인 경로의 탐험을 기꺼이 받아들이는 주디는 당당해서 멋지다. 다분히 말괄량이 기질이 있는 당돌한 신데렐라는 마법에 의해 신데렐라가 되는 소녀보다 훨씬 멋지다. 자신이 속한 현실에 속박되지 않는 자세를 가졌기 때문이다.

신데렐라 스토리는 1,000여 종의 유형으로 분류된다. 신데렐라 스토리의 한 유형은 대부분 결혼으로 결말을 맺는다. 이 작품도 마찬가지다. 저비스가 청혼하지만 주디는 거절한다. 상심한 저비스는 병에 걸리고, 병문안을 가서야 키다리아저씨가 저비스임을 알게 된 주디는 청혼을 받아들인다.

이 소설이 여타 신데렐라 스토리와 다른 점은 신데렐라를 괴롭히는 대립적인 구조가 없다. 주디를 괴롭히는 신데렐라 언니도 없고, 계모도 없다. 재벌인 저비스와 고아 소녀 주디의 간격이 얼마나 좁혀질까 하는 독자의 호기심만 있다. 불행한 여성이 돈과 권력이 있는 남자를 만나는 신데렐라 콤플렉스가 없이 진행되는 길에는 자신의 힘으로 현실을 이겨나가는 강한 여성만 있을 뿐이다. 게다가 돈 많고 똑똑한 저비스를 멋지게 차버리기까지 한다. 능력을 가지고 신중하게 살아가는 주체적인 여성 주디는, 신데렐라란 결국 존재하지 않는다는 것을 보여준 셈이다.

이 소설의 꾸준한 인기는 신데렐라 요소와 성장소설 요소가 고루 들어있기 때문이다. 자아발견을 위해 지적 탐험을 하는 여성을 통해 독자도 시간이 흐르면서 내적 성숙을 맛본다. 인격이 고양되는 뿌듯함을 지닌다. 한 여성의 지적 성장을 도운 키다리아저씨의 돈이 가치 있었던 것이지, 재벌인 저비스의 돈으로는 주디를 유혹할 수 없었다는 사실이 즐겁다.

이 소설이 오랜 시간이 흐른 후에도 사람들의 마음을 달콤하게 만드는 이유는, 신데렐라이길 스스로 거부한 주디의 등장이 한몫하지만, 고난을 이기기 위한 단맛의 음식들도 한몫한다. 아이스크림의 부드럽고 달콤한 맛은 주디가 고아원이란 어둡고 우울한 동굴의 경험에서 벗어나게 하는 상징이다.

불안 정서를 많이 느끼는 사람일수록 스트레스로 인해 단맛과 짠맛, 매운맛을 즐긴다는 조사도 있지만 서양은 우리처럼 고추의 매운맛은 없으니 아무래도 고아인 주디가 먹는 음식에는 단맛이 더 많을 것이다.

대학생활을 시작하는 주디는 키다리아저씨에게 보낸 편지에서 다

맛있는 문학

음과 같이 쓴다.

> 먹는 음식 모두가 마음에 들어요, 우리는 일주일에 두 번씩
> 아이스크림을 먹으며 옥수수죽 따위는 절대로 먹지 않습니다.

주디에게 고아원에서 먹던 옥수수 죽은 '따위'의 음식이다. 외롭고
버림받았다는 생각을 하게 만드는 고독한 음식이다. 아이스크림은 고
독과 버려짐에서 벗어나는 음식으로 옥수수죽과 대비된다. 달콤하고
부드러운 그 맛이야말로 모든 스트레스를 날리는 맛이다.

스트레스가 꽉 찰 때 사탕이나 초콜릿을 먹거나 뜨거운 핫 코코아
한 잔을 먹으면 기분이 풀린다. 부드럽고 달콤한 아이스크림이 있다
면 더 좋겠지만. 이처럼 단맛은 고난을 잠시 잊는 맛이다. 물론 이 소
설에서 단맛은 아이스크림만은 아니다.

외로움을 잊은 달콤한 음식들

대부분의 학생들이 방학이 되어 돌아가고 9명이 남은 기숙사에서
는 당밀캔디파티가 벌어진다. 방학이 되어도 돌아갈 집이 없는 주디
는 기숙사 방에서 친구들을 불러 파티를 열고 퍼지(설탕, 버터, 초콜
릿 등으로 만든 연한 캔디)도 직접 만들어준다.

저비스가 주디를 처음 만나 학교 근처의 카페에서 먹는 음식도 아
이스크림과 머핀, 마말레이드다. 주디는 저비스로부터 초콜릿도 선물
받는다. 초콜릿 선물은 이후에도 저비스가 주디의 기숙사를 방문할

때 또 선물하는 것이기도 하다. 크리스마스 때는 저비스로부터 사탕 선물을 받기도 한다.

주디가 록윌로 농장을 방문했을 때, 가족이 둘러앉은 식탁에는 꿀과 젤리가 있다. 주디는 수영장을 레몬젤리로 가득 채운다면 어떻게 될까 하며 저비스에게 편지 쓴다. 학교의 여우사냥놀이 동안에 꿀 바른 비스킷과 딸기잼 항아리와 단풍나무 당밀 한 통에 주디가 탐닉하는 모습은 음식의 달콤함을 얼마나 함께 맛보고 싶게 만드는지 모른다.

단풍나무 시럽은 맛도 좋지만 멋진 향기까지 있다. 단풍나무 시럽을 막 구워낸 핫케이크에 찍어먹는 상상을 해보라. 체육협회 우승자에게도 부드러운 게 튀김과 더불어 초콜릿아이스크림이 나온다.

이처럼 달콤한 맛은 이 작품에서 매우 상징적이지만 정말로 주디가 달콤함이 가득한 음식들만 먹었다고 믿는가. 만일에 그랬다면 주디는 매우 뚱뚱한 소녀가 되었을 것이다. 샐리가 살이 쪄서 입지 못하게 된 수영복을 물려받아 입는 것을 보면 주디는 날씬한 소녀다. 주디가 단 음식만 좋아하는 소녀였다면 이빨은 충치로 엉망진창이 되었을 것이다. 따라서 이 작품에서 단맛은 주디가 외로움을 잊는 가족회귀의 상징이다.

어떤 사람이든지 가장 필요한 자질은 상상력이라고 생각해요. 그것만 있다면 다른 사람의 입장에 처해볼 수 있게 되겠지요. 상상력은 사람을 상냥하고 동정적이며 이해력을 갖게 하지요. 상상력은 어려서 개발되어야 해요. (……) 저는 의무라는 말의 뜻조차 아이들에게 가르쳐주지 말아야 한다고 생각해요……. 아이들이 하는 모든 일은 사랑에서 비롯된 것이어야 해요. (……) 제 생각에는 어른이 된 뒤에는 얼마나 많은 시련에 부딪히게

맛있는 문학

될지 모르지만 모든 사람은 회상해볼 만한 행복한 어린 시절을
가져야 합니다.

　지적인 경로를 통해 만나는 두 남녀의 사랑으로 소설이 돋보이지
만 독자가 함께 여행하는 느낌을 주는 편지형식의 독특한 장치도 이
소설에서 눈을 떼지 못하게 한다. 마치 우리가 받는 편지 같다. 주디
가 말하듯이 '상상력' 이 결핍된다면 우리의 삶은 무미건조할 것이지
만, 이 소설은 마지막 장을 덮기까지 저비스와 키다리아저씨의 상관
관계를 유추하며 함께 편지를 읽을 독자를 필요로 하는 수수께끼 장
치를 쓴다.

　미궁 속에서 길을 잃지 않으려면 그리스 신화 속의 테세우스처럼
그 실의 끝을 따라가야 하듯이 우리는 잠시도 주디가 보내는 편지의
행간을 놓치지 않아야 한다. 주디는 마치 테세우스에게 실패를 준 미
노스의 딸 아리아드네로 보인다. 그렇다면 이 작품에서 죽어야 하는
운명의 미노타우로스는 고아원에서 자랐던 모든 괴로움과 외로움이
었을까. 우리는 그 미로를 함께 따라가면서 달콤한 음식 냄새만으로
도 행복하다.

가족식탁

　소설에 살짝 언급된 삼각관계는 이 소설을 읽는 내내 긴장과 즐거
움을 선사한다. 샐리의 오빠인 지미를 보면서 저비스는 갈등하고 괴
로워하고 사랑으로 인해 절망한다. 저비스는 주디에게 익명의 후원자

여서 자신을 드러낼 수 없는 고민에 휩싸인다. 여기에 샐리의 오빠인 지미가 등장하자, 주디가 지미를 좋아하고 있다고 생각한 저비스는, 자신의 청혼을 주디가 거절한 이유도 지미 때문이라고 생각하고 상심하여 떠나버린다.

이 소설에서 우리는 한 소녀의 성장을 따라가면서 동시에 한 남자의 성장까지 경험한다. 재벌2세 격인 저비스의 유년 추억들이 등장하면서 우리와 격리된 인물이 아니라 우리 속의 유년과 똑같은 경험을 한 저비스로 생생하게 살아있어 따뜻하고 친근하다.

주디가 키다리아저씨에게 편지를 쓸 동안 우리는 키다리아저씨가 되어서 편지를 읽는다. 어릴 적 유년의 기억 즉 목장 다락방에서 찾아낸, 저비스가 어릴 적 읽었던 책을 생각하고, 목장에서의 기억들을 떠올리고, 농장선반 아래의 도넛 냄새를 함께 맡는다.

키다리아저씨는 주디가 편지에 쓰는 모든 책들을 함께 섭렵하면서, 아니 주디도 나중에 놀란 정도로 안 읽은 책이 없을 정도로 독서광이 되고, 사랑하게 된 여성과 정신적 교감을 기꺼이 나누어 가지려고 노력힌다. 우리가 어떻게 이 귀여운 백마 탄 왕자에게 호감을 가지지 않겠는가.

우리 드라마 속 재벌2세들이 회사 경영에 몰두할 동안, 이 책의 재벌2세는 잠시도 지적 탐험을 늦추지 않는다. 저비스가 어릴 적부터 독서광이어서 주디를 돌볼 생각을 할 수 있었고, 주디의 편지에서 정신적 교감을 얻었으리라는 점은 너무도 당연하다.

주디에게 식탁이란 고아원의 식탁과 늘 대비된다. 주디는 저비스와 뉴욕에서 만났을 때 뉴욕의 유명한 식당인 세리음식점의 식탁과 존그리어 고아원의 식탁을 비교한다. 어지간해서는 깨어지지 않는 그릇,

맛있는 문학

나무 손잡이가 달린 나이프와 포크를 쓰는 세리음식점의 깨어지지 않음은 결국 주디가 원하는 깨어지지 않는 가족 식탁에 대한 소망이다.

화목한 식탁에 대한 주디의 향수는 샐리의 집을 방문하면서 '그 속은 어떨까'라고 생각하는데서 잘 드러난다. 주디는 그 전에는 고아원이 아닌 가족의 집을 가본 적이 없었다. 아니나 다를까. 주디는 식구들이 식탁에 모였을 때 가장 행복하다는 것을 느낀다. 주디는 어떤 공간보다도 샐리 집의 '햇볕이 잘 드는 아주 커다란 부엌'이 인상적이다.

18년 동안 살던 존 그리어 고아원에서 느끼던 모든 고독과 소외가 가족의 식탁에는 없다는 것을 느끼면서 주디는 서서히 가족의 세계에 편입되고 가족이란 울타리가 즐겁고 행복한 곳이라는 것을 안다. '세상이 집처럼 느껴지고', 비로소 '묵인을 받아 이 세상에 몰래 끼어든 것이 아니라 이 세상의 한 가족으로 태어났다는 느낌'을 가지기 시작한다.

주디에게 샐리의 집은 진짜 가족을 느끼는 곳이다. 그러나 주디에게 가족이란 어떤 것이라는 것을 느끼게 하는 것일 뿐, 가족은 저비스를 중심으로 만들어진다. 왜냐하면 그가 주디에게 가족처럼 실질적으로 도움을 주는 존재이기 때문이다.

주디에게 키다리아저씨인 저비스는 '가족 전체의 역할'을 하는 존재다. 저비스가 나타나기 전에는 주디는 '가족이라곤 단 한 사람도 없어', '정말 외톨이로 혼자서 등을 벽으로 돌린 채 세상과 싸우고 있던' 셈이다. 이처럼 외로운 세상 속에서 주디는 성장했지만, 저비스의 꽃다발을 받으며, 서서히 자신이 '변하고 있다'고 느낀다.

과연 주디에게 고아원의 생활이 그렇게 의미 없는 것이었을까. 주디가 고아원의 생활이 '훌륭한 체험'이었으며, '조금 떨어져 인생을 관조할 수 있는 유리한 입장으로 만들어주었다'고 결론지을 때 우리는 세상이 온통 아이스크림과 초콜릿의 맛 같은 달콤한 맛만이 가득한 세상이 아닌 것을 분명히 알아버린 여성을 본다. 주디는 소녀에서 훌쩍 여성으로 성장해버린다.

주디가 가족을 찾아가는 길목에서 아이스크림을 먹고 초콜릿을 선물 받고 사탕을 즐길 때 우리도 유년 속에서 그 달콤한 맛을 함께 맛보고 몰래 먹던 경험을 반추해본다. 단 음식을 먹을 동안 이빨 닦으라고 시도 때도 없이 듣던 엄마의 잔소리를 주디가 듣지 못했다는 사실을 비로소 눈치 챈다. 단 음식은 엄마의 관심과 함께 존재하는 음식이고, 가족의 관심과 연결되는 음식이다.

이런 가족의 관심을 주디는 받아본 적이 없다. 고아원을 나와서 맛보게 되는 부드럽고 달콤한 아이스크림에서부터 주디는 가족을 느끼고, 마음속에 아련히 가족에 대한 환상을 품는다. 우리가 이 작품을 읽는 내내 슬프도록 따뜻한 느낌을 받는 것도 결국 달콤한 음식이 가족의 관심과 이이져 있기 때문이다.

진 웹스터, 『키다리아저씨』, 소담출판사, 2003.

고아소녀 주디는 한 자선가로부터 도움을 받는다. 단 도움의 조건
은 편지를 보내는 것이다. 주디는 자선가가 누군지 모른 채 다만
벽에 길게 비치던 그림자로 인해 키다리아저씨라 부르며 편지를
쓰기 시작한다. 주디는 키다리아저씨에게 쓰는 따뜻한 편지로 대
학생활을 보낸다.

주디와 기숙사에 함께 있는 친구의 삼촌 저비스 펜들턴을 알게 되
면서 주디는 여성으로 성숙해진다. 또한 샐리의 오빠 지미와도 친
하게 지낸다. 주디의 대학 졸업이 가까워지고 주디는 저비스로부
터 청혼을 받지만 거절한다. 주디가 지미를 좋아한다고 판단한 저
비스는 상심하여 사냥터로 떠나고 비를 맞아 병에 걸린다. 키다리
아저씨로부터 초대를 받은 주디는 그의 집에 가서 저비스와 키다
리아저씨가 동일 인물임을 알게 된다.

'산 들 바다'의 식사가 산들바람처럼 가르쳐준 상상력

구로야나기 테츠코 『창가의 토토』

 토토의 개차교실

어떻게 공부하고 놀아야 잘 했다고 할까? 토토처럼.

어떻게 가르쳐야 잘 가르쳤다고 할까? 도모에 학원 고바야시 소사쿠 교장선생님처럼.

책을 읽는 동안 자문자답을 하며, '산 들 바다'의 점심을 떠올리면서 미소 짓다가, 나는 한줄기 산들바람처럼 기분 좋게 책을 덮었다.

이 책의 독자들은 토토 같은 학생들보다 어른들이면 더 좋겠다. 아이들은 모두 토토다. 어른들이 고바야시 선생님이 아니다.

토토는 너무 엉뚱하다. 어른들의 눈으로는 제멋대로인 아이다.

토토의 발상들은 자유롭다. 어른들의 눈으로는 시험공부에는 도움이 안 되는 생각들이다.

토토의 행동은 자연스럽다. 어른들의 눈으로는 교칙을 지키지 않는 아이다.

토토는 학교에서 퇴학당한 아이다. 어른들의 눈으로는 자신의 아이와 절대 친구가 되면 안 되는 아이다.

토토의 꿈은 수시로 바뀐다. 어른들의 눈으로는 주관이 뚜렷하지 않은 아이다.

토토와 어른들의 시선을 나누어보니, 아이들의 상상력이 얼마나 짓눌려 있는지 알겠다.

이 책의 주인공은 소학교 1학년 토토다. 토토는 모든 것이 의문투성이여서 엉뚱한 질문을 해대어 퇴학당했다. 다행히도 토토를 이해하는 어른들이 있다. 토토가 잃어버린 지갑을 찾겠다고 학교 화장실의 분뇨를 전부 다 퍼내도 잠자코 지켜봐주신 고바야시 교장선생님과, 토토가 퇴학당하자 오히려 토토를 이해해줄 선생님이 계신 학교를 찾아야 한다고 생각한 엄마가 있다. 퇴학당한 걸 엄마가 토토에게 알려 줄 때는 그로부터 20년 후다.

토토의 엄마는 우리 주변의 치맛바람 엄마들과는 정반대다. 어른들은 아이들을 기다려줄 필요가 있다. 루소는 '자연으로 돌아가라'고 하면서 자녀교육 전에 어머니가 인간이 되어야 한다고 말했다. 아이는 어머니의 꿈의 대행물이 아니라 그 자체의 인격체로 대해야 한다. 토토의 엄마는 있는 그대로의 토토를 바라보았다. 나도 오랫동안 아이들을 가르치면서 '때'가 오기를 기다리는 사람이다. 경험으로 미루어보면 어른들이 기다려주기만 하면 아이들은 틀림없이 이 '때'를 제대로 찾는다. 좀 시간이 걸리더라도. 우리가 살아오면서 그런 경우가 더 많지 않은가.

우리 교육이 주입식이고 암기식인 탓에 많은 아이들이 창의성을 상실하고 상상력이 고갈된다. 이 책은 아이가 읽어야 할 책이 아니라 어른이 꼭 읽어야 할 책이다. 수많은 토토를 만날 기회를 위해서.

일본의 미야자키 하야오의 애니메이션 만화 <이웃집 토토로>가 문득 떠오른다. 토토로는 숲의 정령으로 원시종교에서 산천초목과 무생물 따위에 붙어 있다고 믿던 혼령이다. 미야자키 하야오의 토토로는 이 작품보다 훨씬 나중에 나온 것이어서 토토와는 관계가 없겠지만, 토토의 이름도 어쩌면 숲의 정령에서 나왔을까. 그래서 자유분방하고 상상력이 풍부할까.

토토는 전철로 만든 교실이 있는 학교로 전학 간다. 우리는 기차 차량이나 낡은 비행기들을 교실이 아니라 카페로 사용한다. 기차나 비행기 등을 교실로 쓰면 아이들의 상상력이 얼마나 쑥쑥 자랄까. 굳이 교과서나 지리부도를 펴놓지 않아도 기차를 타고 저 멀리 대륙을 횡단하는 꿈을 꾸거나, 비행기를 타고 세계 구석구석을 누비고 사막이나 밀림에도 착륙하는 꿈을 꿀 수 있을 깃이다. 상상하면서 배우는 공부야말로 주입식이 아니라 산 공부다.

아이들에게 필요한 것은 창조적 상상력이다. 이것은 지나간 축적된 경험을 토대로 미래의 새로운 행동을 열게 하는 활동이다. 고정관념에 사로잡혀 있는 어른에게는 어려운 활동이다. 아동의 상상력이 표현되는 가장 좋은 방법은 놀이를 통해서다. 토토의 기차교실은 상상력을 길러주는데 가장 멋진 소재다.

맛있는 문학

 # 산과 들과 바다의 도시락

아이들에게 급식 시간, 도시락을 여는 시간만큼 즐겁고 행복한 시간이 있을까. 우리가 학교 다니던 시절에는 점심시간 전에 이미 도시락을 다 까먹고 시침 뚝 떼고 있었다. 오죽하면 도시락이 점심시간 때까지 안녕한지 선생님이 검사까지 했을까. 가난해서 도시락을 못 싸오는 아이들도 많았다. 학기 초에 선생님이 그 아이들의 몫으로 도시락을 싸올 아이를 몇 명 지정해서 번갈아가면서 싸오게 했다. 그리고 그 아이가 민망해하고 자존심 상할까 봐 도시락을 다 걷어서 마치 선생님이 나눠주듯이 반 전체에 나눠주곤 했다. 그래서 도시락을 2개씩 싸온 아이조차 누가 도시락을 못 싸오는지 알 수 없었다. 그렇게 공평한 바람에 점심시간에 우울한 친구는 한 사람도 없었다.

이 책을 더욱 즐겁게 읽은 이유는 소학교 1학년 아이들에게 가장 관심거리였을 먹는 것에 대한 이야기가 많이 나오기 때문이다. 토토가 다니는 도모에 학원의 점심시간은 '산과 들과 바다에서 나는 것'으로 차려진다. 교장선생님은 토토 엄마의 말을 빌자면 '필요한 것을 간단하고 쉽게 표현할 줄 아는 분'으로 다른 사람들 같으면 도시락을 쌀 때 '아이가 반찬을 가리지 않게'라고 하거나, 혹은 '영양이 치우치지 않도록 부탁'한다는 말을 했겠지만, 교장선생님은 '산과 들과 바다에서 나오는 것'에 덧붙여 도시락 쌀 때 '무리하지 말 것', '사치스럽지 않을 것'이라고 당부한다. 이는 학생들이 도시락을 싸오더라도 공평한 마음을 가지게 만든다.

점심시간에 가장 부러운 아이는 도시락을 멋들어지게 싸오는 친구였다. 화려하고 값비싼 재료로 도시락을 싸오는 친구도 부러웠고, 온갖 기교를 넣어서 예쁘게 도시락을 싸오는 아이도 부러웠다. 나는 그런 도시락이 너무 부러웠던 사람이라, 나중에 내 아이들이 도시락을 싸서 학교를 다녔을 때, 아주 사소한 재료라도 늘 예쁘게 해보려고 도시락 모양 계획까지 전날 짰었다. 특히 일본 요리책을 보면 예쁜 도시락이 아주 다양하게 나와서 이것을 따라하느라 밥 틀이며 손가락만한 양념통이며, 도시락 장식으로 만들어진 소품들까지 갖추어서 반찬들을 싸보곤 했다.

토토의 학교 급식시간은 다른 사람의 도시락을 부러워할 필요가 없었다. 아이들이 산과 들과 바다에서 나온 것들을 미처 싸오지 못했으면, '하얀 앞치마를 두른 교장선생님의 부인이 양손에 냄비를 하나씩 들고 따라다니며' 반찬이 어느 한쪽이 모자라는 아이에게는 교장선생님이 '바다'라고 하면 어묵조림을 2개 정도, '산과 들'하면 감자조림 등을 주었기 때문이다.

'산과 들과 바다'의 도시락은 아이들에게 저절로 자연을 가르친다. 자연에서 나는 것들을 감사하면서 먹고, 또 저절로 자연공부까지 할 수 있으니 소학교 1학년들에게는 일석이조였다. 프뢰벨이 인간과 신과 자연이 하나 되는 길이 인간의 목적이며 기쁨이라고 말했다면 고바야시 선생님은 이를 실천한 셈이다.

점심시간은 수업의 연장이면서 또 생활의 연장이었다. 다른 사람의 도시락을 바라보면서 어느 것이 산과 바다와 들인지 구분하느라 모두들 정신이 없었다. 왜냐하면 모두들 산과 바다와 들이라는 공평함을 구분해야 했기 때문이다. 이처럼 토토의 점심시간은 자연과 평등함을 배우는 멋진 시간이었다.

토토의 도시락시간에 대해 읽다보면 밥은 무엇을 싸오라는 조건은 없다. 반찬 중심의 도시락이다. 산과 들과 바다가 다 들어가야 하니 변화 있는 메뉴가 저절로 되고 편식도 없으며 맛의 조화까지 이루는 멋진 도시락이 된다. 우리의 아이들에게도 이런 도시락을 만드는 멋진 선생님이 있으면 좋겠다는 생각에 토토가 부럽다.

> 산과 들은 우엉조림과 달걀부침, 바다는 오징어조림이라도 괜찮았으며, 더욱 간단한 예를 들자면 김과 매실장아찌라도 상관이 없었다. (……)
> 누구의 반찬은 좋고 누구의 반찬은 늘 형편없다는 생각도 하지 않았고, 단지 산과 들과 바다에서 나는 것이 다 갖추어졌다는 사실이 기뻐서 서로 웃기도 하고 재잘거리기도 하였다. (……)
> 도시락 뚜껑을 연 토토의 입에서는 '우와'하는 탄성이 절로 터져 나올 것만 같았다. 노란 달걀말이, 완두콩, 갈색 덴부(생선살을 으깨서 설탕으로 맛을 내며 볶을 것), 그리고 달달 볶은 핑크색 명란, 그런 알록달록한 반찬이 마치 꽃밭처럼 보기 좋게 담겨 있었던 것이다. (……)
> "덴부는 산과 들, 바다 어느 쪽이지?"
> 교장선생님은 큰 소리로 모두에게 물었다.

학교의 운동회 상은 채소

일본 동경에서 살 때 한국 학교에서 동경의 소학교로 전학한 나의 큰 아이가 급식 시간을 매우 즐거워했었다. 각 나라별 음식을 먹거나

급식 당번을 정해서 요리사 같은 차림을 하고 아이들에게 의젓하게
나눠주던 시간을 너무 행복해 했다.

한국에 돌아오자 학부모들이 당번을 정해서 급식을 나눠주라는 것
이었다. 아이들이 나눠주면 부주의해서 엎지르거나 시간이 너무 오래
걸리는 것이 싫었으리라. 그러나 아이들은 배울 게 없었다.

토토의 학교 점심시간은 도시락을 먹기 전에 다른 학교의 '잘 먹겠
습니다'란 말 대신 노래를 부른다. <배를 저어라>의 곡에 노랫말만
바꿔서 '꼭꼭 씹어요'로 부른다. 음식을 먹을 때 '실제로 꼭꼭 씹기
위해서이기보다는 여유롭고 즐거운 마음으로 많은 대화를 나누면서
천천히 먹어야 한다' 는 뜻이라고 교장선생님은 설명한다. 토토는 이
노래를 나중에 군인아저씨들 위문 갔을 때 마땅히 알고 있는 노래가
없어서 위문노래로 부른다. 전쟁이 일어나 먹을 것도 없던 때, 토토의
이 밥 노래는 군인 아저씨들의 눈물을 자아낸다.

점심시간이 끝나면 아이들은 산책을 하기 위해 산과 들로 나간다.
이 시간은 단순한 산책이 아니라 '귀중한 자연이나 역사, 생물 공부
시간이라는 것을 아이들은 아직 모르고' 있다. 먼 후일에 몸에 벤 경
험으로 살아있는 생생한 공부를 했다는 것을 깨달을 것이다. 토토가
살아있는 공부를 한 동안에 우리는 그 나이에 단지 책상에 앉아서 교
과서에 밑줄을 그어가면서 배우는, 마네킹 공부를 한 셈이다.

도모에 학원의 점심시간은 얘기하는 시간이다. 식사 전에 전교생
앞에서 한 사람씩 말한다. 50명이지만 아이들에게는 이 전교생 앞이라
는 것이 매우 중요하다. 모두의 앞에서 얘기할 시간을 마련한다는 것
은 발표에 대한 두려움을 없애는 것이다. 교장선생님은 점심시간을 다
양하게 이용해서 아이들이 산 공부를 하는 시간으로 충분히 활용한다.

맛있는 문학

토토의 학교 운동회 상품은 무엇일까. 이 글을 더 읽기 전에 각자 글 위에 손을 가리고 수수께끼를 풀어보자. 운동회 상품은 (채소)다. 아이들이 운동회 상에 불평하자 선생님은 상으로 받은 채소로 저녁 반찬을 만들라고 한다. 그제야 토토를 비롯한 아이들은 처음으로 자기 힘으로 저녁거리를 마련했다는 자부심을 갖는다. 식탁에 올리는 반찬을 마련하기 위해서 사람들이 얼마나 힘이 들고 혼신의 노력을 해야 하는지 저절로 배우는 시간이었다.

> 3등 이하인 아이들에게도 이러한 상은 골고루 나누어졌기 때문에 운동회가 끝났을 때, 도모에 학원의 학생들은 너나 할 것 없이 모두 채소를 들고 있었다. (……)
> 교장선생님은 그런 채소들로 반찬을 만들어 저녁을 먹으면서 가족끼리 오순도순 오늘 있은 운동회에 대한 얘기를 나누었으면 좋겠다고 생각했는지도 모른다. (……)
> 그 상으로 저녁식탁을 풍성하게 장식할 다카하시가……. 키도 더 이상 크지 않고 형편없이 작다는 육체적 콤플렉스를 갖기 전에, '일등을 한 자신을 영원히 잊지 않았으면 좋겠다'고 진심으로 바랐던 것이리라.

 ## 토토의 밥 짓기 실습

토토의 학교는 교장선생님만 아이들에게 자연을 가르치는 것이 아니라 농부선생님도 계신다. 농부선생님은 진짜 농부다. 다른 학교들은 단 하루라도, 가르치는 선생이 필요할 때도 '교사자격증'을 가진 사람

을 부르지만, 고바야시 교장선생님은 아이들에게 '진짜'를 보여주어야
한다고 믿고, 진짜 밭일을 하는 사람을 불러 아이들에게 가르친다.

　　　토토는 아이들이 가져온 가지, 감자, 파, 우엉들을 엄마가
했던 것처럼 보기 좋게 먹기 좋은 크기로 썰었다. 그런 다음 오
이와 가지를 얇게 썰어 소금에 잠시 절였다가, 물기를 짜내어
즉석 오이김치까지 만들었다. (……)
　　　지금까지 아이들은 식탁에 앉아 차려진 밥을 먹는 데만 길들
어 있었다. 음식이 끓기를 지켜보거나 불의 세기를 조절하는
일이 없었던 것이다. 그래서 이런 식으로 직접 만들어보는 즐
거움과 함께 수고스러움 그리고 음식이 완성되기까지의 이런저
런 과정들을 알게 된 것은 큰 발견이었다.

고바야시 선생님은 아이들에게 자연에서 먹을 것을 알려주기 위해
아름다운 '토도로키 계곡'에서의 밥 짓기 시간도 가진다. 밥 짓기를
잘하기 위해 토토는 엄마가 부엌에서 일할 때 '칼질하는 법, 냄비 잡
는 법, 밥 푸는 법' 등을 미리 연구하고 배웠다.

다양한 음식을 활용하는 법을 배우면서 아이들은 저절로 자연의
고마움을 안다. 직접 만들고 기르면서, 또 운동회에서 열심히 노력한
상인 채소로 저녁상을 차리면서, 아이들은 음식을 얼마나 소중하게
다루어야 하는지 배운다.

아이들에게 요리실습은 총체적이고 통합적인 교육이라는 연구도
있다. 수와 언어활동도 되며 과학적 탐색 작업도 거친다. 새로운 기술
을 습득하는 것은 물론이고 올바른 식습관과 몸에 좋은 건강식에도
관심을 가진다. 또한 청결까지 배우는 전교육적 효과가 있다. 우리도

밑줄 긋기 공부가 아닌 살아있는 교육이 필요하다.

이 책은 작가의 자전적 성장소설이다. 1945년 일본이 제2차 세계대전에서 패망하면서 토토의 학교는 불타 사라진다. 토토의 맑고 순수했던 어린 시절이 담긴 도모에 학교를 전쟁이 사라지게 했더라도 토토는 그때나 지금이나 어른들이 만들어 놓은 전쟁과 상관없이 생생하게 살아있다.

자라고 있는 아이들은 모두 토토이기 때문이다.

구로야나기 테츠코, 『창가의 토토』, 프로메테우스출판사, 2007.

● 줄거리

토토는 궁금한 것만 있으면 엉뚱한 질문을 쉬지 않고 하는 아이다. 호기심이 많은 토토는 결국 학교에 적응을 못하고 퇴학을 당한다. 토토 어머니는 토토를 이해하는 학교를 고르고, 도모에 학교에 입학시킨다. 교장선생님은 토토의 이야기를 다 들어주고 토토가 지갑을 잃어버려 화장실의 분뇨를 다 퍼내어도 지켜봐준다. 도모에 학원은 기차로 만들어진 교실에서 자유롭게 수업을 하는 학교다. 점심시간에는 산, 들, 바다 반찬을 싸오게 하고 운동회 상으로는 채소를 주면서 자연을 가르친다. 또 점심시간에는 전교생 앞에서 발표도 하게 만든다. 전쟁이 막바지에 이른 일본은 많은 일들이 벌어지고 전쟁이 끝나면서 도모에 학원도 불타 없어진다.

길 떠난 자리서 꽃 밥이라도 향기롭게
먹을 수 있네

황대권 『야생초편지』

꽃 밥과 꽃 샐러드

편지 잘 읽었습니다. 한 권의 책이 통째로 한 권의 뭉툭한 편지가 되어 툭 떨어져, 읽는 내내 가슴 저린 편지를 받아든 느낌에 홀로 고요히 편지를 펴고 접었습니다.

편지가 사라진 시대. 우리가 살고 있는 시대를 그렇게 불러도 무리가 없는 그런 시대. 그래도 가끔은 목련꽃 아래서 베르테르의 편지를 읽듯이, 누군가의 편지를 받아들고, 사월의 꽃 아래서 흐린 글씨의 흔적이나마 편지를 읽고 싶습니다.

이 지상에 부친 편지의 갈피마다 웬 꽃향내까지 부쳤는지, 너무 눈부셔 마음이 먼저 어지럽습니다. 꽃 밥이나 꽃 샐러드를 먹느라고 마음이 이미 꽃밭이었는지 받은 편지 갈피마다 은은한 꽃향기 퍼집니다. 편지를 읽다가 나도 그 꽃 밥과 꽃 샐러드를 먹을 수 있을 지, 고이 적어서 책상 앞의 메모판에 꾹 눌러놓았습니다. 오래 도회 물을 먹느라, 야생초 하나 키울 힘도, 야생초 하나 발견할 힘도 없는 것 같아 오래 이 메모나 기억해야겠습니다.

♣ 생채로 먹기 좋은 야생초

쇠비름, 명아주, 고들빼기-초고추장에 찍어 먹어도 좋은 야생초

제비꽃-보라색 꽃 빛이 구미를 당기는 향긋한 맛의 야생초

수까치 깨-맛이 순하고 담백해 그냥 씹어도 비린내가 안 나는 야생초

왕고들빼기-봄에 가장 맛있고, 뿌리와 잎을 통째로 씻어 고추장에 비벼
　　　먹으면 쌉싸름함.

마-생약명이 산약으로 귀한 약초로 권유

괭이밥-시큼털털한 맛으로 혼자보다는 다른 모둠 풀에 섞어 먹으면 시큼
　　　한 맛이 도움.

♣ 나물로 먹기 좋은 야생초

달개비-담백하고 맛이 좋아 풍뎅이들까지 인기 있는 야생초

들풀 모둠-명아주, 쇠비름, 쇠별꽃, 뽀리뱅이, 부추, 제비꽃, 조뱅이, 꿀
　　　풀, 씀바귀, 민들레, 꽃마리, 달맞이꽃, 질경이, 방가지똥을 모
　　　두 데쳐서 된장에 무쳐 먹는 야생초

호박꽃-꽃망울째로 쪄서 된장과 함께 먹으면 보기도 좋은 꽃

달맞이꽃-어린 순을 무쳐 먹는 야생초

쇠비름-여름에 뜯어서 데쳐 말렸다가 겨울에 묵나물로 먹으면 쫄깃하니
　　　좋음.

비름-시금치 맛과 비슷하지만 더 담백함.

명아주-시금치나 비름과 맛이 비슷함.

조뱅이-어린 싹은 나물로 무쳐 먹음.

질경이-묵나물로 해먹음.

♣ 국 끓여먹기 좋은 야생초

머위-된장을 풀어 끓여먹을 수 있는 야생초

♣ 김치 담그기 좋은 야생초

물김치-씀바귀, 민들레, 달맞이꽃, 명아주, 고들빼기, 제비꽃, 뽀리뱅이,
　　　조뱅이, 방가지똥, 질경이, 박주가리덩굴, 돌콩, 닭의 덩굴, 들깨,
　　　사철쑥, 개망초, 돌나물

고구마순-아삭아삭한 김치 맛

♣ 차로 먹기 좋은 야생초

쑥, 꿀풀잎, 국화꽃, 산국꽃, 두감쑥차-두충잎, 감잎, 쑥잎

♣ 잼 만든 야생초

십전대보잼-민들레뿌리, 냉이, 도라지, 시금치뿌리들, 고구마, 호박,
　　　마늘, 사과, 인삼가루

메모해 보니 생각보다 많은 야생초들을 만났습니다. 이 메모만 있
으면 이승과 저승의 어디 중간쯤인 삶에 가서도 얼마든지 연명할 수

맛있는 문학

있겠습니다.

아아, 아예 깊은 살림을 차렸군요. 꽃과 야생초들을 김치, 나물, 생채들로 먹고, 또 후식으로 잼도 준비하고, 느긋하게 마실 차까지 준비했으니. 그렇게 오래 감옥에서 지내면서 이런 생의 겹살림이라도 차려야 감옥 밖의 사람들을 느긋하고 여유 있게 구경했겠지요.

그렇습니다. 실은 우리가 감옥 속에 살고 있는 셈입니다. 물질의 감옥, 인위적으로 싹둑 잘라 접붙인 꽃들에 둘러싸인 감옥. 감옥 안에서 담 너머의 우리가 부러웠던 단 하나의 이유는 이곳에 오면 야생초를 마음대로 키울 수 있었기 때문이었겠지요.

나폴레옹 시대도 억울한 죄수가 야생초를 사랑하는 마음 하나로 자신의 억울함을 풀었다는 얘기를 읽은 적 있습니다. 죄수 샤르니는 감옥 마당에 자라는 풀 한포기에 위안을 얻고, 그 꽃에 '피치올라'라는 이름을 붙여서 부르며 손수건에 숯으로 꽃을 그리고 꽃의 생태를 기록했습니다. 그런데 감옥 마당의 자갈 때문에 피치올라가 잘 자라지 못하자 샤르니는 나폴레옹에게 탄원서를 썼고, 사람들이 가치 없게 여기는 풀 한포기도 사랑하는 샤르니의 편지를 읽은 왕후가 샤르니를 석방시키라고 한 이야기입니다. 그 왕후도 마음이 아름다운 사람인가 봅니다. 다른 사람의 마음을 읽을 수 있는 흉내도 아무나 내기 힘들기 때문입니다.

이 이야기가 맞고, 우리가 야생초를 사랑하는 마음이 생기면 이 삶의 감옥으로부터 자유로울 수 있을까요. 자갈밭길인 마음 한복판에 야생초 한 송이 피우며 생명의 물을 준다면 마음의 감옥에서 벗어날 수 있을까요.

들풀 모듬 요리와 야초차

들풀 모듬 요리

재료 : 명아주, 쇠비듬, 쇠별꽃, 뽀리뱅이, 부추, 제비꽃,
　　　조뱅이, 꿀풀, 씀바귀, 민들레, 꽃마리, 달맞이꽃,
　　　질경이, 방가지똥
1. 세숫대야 하나 가득 따서 끓는 물에 살짝 데침.
2. 된장에 무침(제철 풀이 아닌 것이 섞여 있으면 조금 질겨짐).

야생초 편지를 읽다 보니 길가의 풀 한포기, 담 저쪽에 핀 꽃들이 예사롭지 않습니다. 한 번도 그 꽃이나 풀들의 눈인사를 기억한 적 없는데 이제야 그들도 나에게 가벼운 눈인사를 보냈을지 모른다는 생각에 마음이 따뜻합니다.

언젠가 저는 엉겅퀴 꽃바구니를 받은 적이 있습니다. 스승의 날에 받은 꽃바구니였는데, 보랏빛 꽃의 그 묶음들을 본 순간 장미꽃이나 백합꽃을 받는 기분과는 어찌나 다른지요. 그 꽃바구니를 주던 엄마들은 제가 다른 꽃보다 야생화 꽃바구니를 더 좋아할 것 같아서라는 말을 덧붙였었는데, 부끄럽지만 다른 사람들에게도 들켰으니 맞는 말입니다.

꽃을 한 무더기, 그것도 연보랏빛 엉겅퀴 꽃을 받는 순간의 그 황홀함을 어찌 잊을 수 있겠습니까. 한참이나 그 꽃을 즐기다가 진 것이 아쉬워, 그 꽃을 말려서 1년 내내 두고 보았습니다. 야생초 편지를 읽고 답하는 이 마음은 이처럼 너무 터무니없는 것이 아니니, 그동안 인위적이고 인공적인데 길들었던 자라고 생각 말고, 너그러이 여겨주기 바랍니다.

야초차 끓이기

재료 : 바싹 말린 국화꽃 대여섯 송이, 산국꽃 한두 송이, 아니
　　　스 씨앗 두어 개(향기가 기막힘)
1. 위 재료를 망사주머니에 넣고, 주전자에 물을 서너 컵 넣고
   끓인다.
2. 한번 팔팔 끓으면 뚜껑을 덮고 뭉근한 불에 20분 정도 더 끓
   인다.
3. 컵에 따른 차에 잘 말린 쑥 한 잎을 넣어 충분히 우린 후 마
   신다.
팁 : 말린 국화는 향기가 좋은 만생종을 사용하면 더 좋음.

지금 창밖은 어둠이 내려 창 아래 보이는 목련이 가로등보다 눈부신 시간입니다. 야생초 편지에는 목련과와 미나리아재비과의 분류가 명쾌한데, 이 목련이 봄의 전령사라고 한 것을 이제야 믿겠습니다. 희고 화사한 등불처럼 봄밤을 밝히고 선 목련이 질 때쯤 봄이 갈 것이고, 그 아래 어느 풀숲에서 보랏빛 앙증맞은 제비꽃이 피겠지요.

제비꽃의 보라색이 구미를 당긴다고 했는데, 차마 이 은은한 보랏빛 향기의 꽃을 먹지는 못할 것 같습니다. 오랑캐꽃이라고 불렀을 때는 왜 그리도 서먹하고 낯설게 느껴질까요. 제비꽃하고 부르면, 바로 곁에서 향초처럼 피고 있는 것처럼 느껴지는 것을. 꽃들의 이름도 모두 우리의 정서에 맞는, 우리의 이름을 가져야 어여쁩니다.

야생초편지를 읽으면, 네 계절 두루 우리의 먹을거리가 산이나 들판에 가득한 것 같아 안심입니다. 내 몸 하나 야생초처럼 화안하고

청정하자고 그것들을 다 먹는 것으로만 생각하는 게 찝찝하지만, 또 야생초의 개체가 우리보다 많이 산들에 피어나는 모습을 보도록 우리 인간이 자연을 가꾸고 보듬어주면 되지 않으랴 하는 생각입니다. 때때로 우리가 먹을 것과 보고 즐기는 관상 사이에서 갈등하는 이유기도 합니다.

아무렇게나 씨를 퍼뜨리면서 씩씩하고 자유롭게 살아가는 야생화와 풀들을 보면서 저자가 감옥 속의 삶의 고단함을 견뎠을 것을 생각하면 그것만으로도 꽃들은 쓸모 있고 가치 있는 것입니다. 어떤 사물이 힘을 싣고 있기란 만만한 일이 아니기 때문입니다.

아마 화단에 향기 짙고 색이 선명한 그런 꽃들을 키웠다면 버텨낼 힘도 살아갈 힘도 영 기진맥진했을지 모릅니다. 너무 진하고 화려한 것은 그 빛이 쉽게 바래버리기 때문입니다. 그 향기가 오래 가지 않기 때문입니다.

학교 운동장에 야생초를 심어 볼까요

학교 운동장에 심으면 좋은 야생초를 연구한 것을 읽은 적이 있습니다. 그런데 야생초편지에 나오는 것들이 다 알맞은 것입니다. 잔디를 깔고 잡초 제거제를 뿌리는 비용도 만만치 않지만 한창 자라는 아이들이 마구 돌아다니면서 풀썩거릴 동안 그 해로운 약들을 아이들은 마시겠지요.

학교 운동장에 심어도 좋은 야생초로는 흰 명아주, 쇠비름, 냉이,

매듭풀, 토끼풀, 메꽃, 질경이, 주름잎, 쑥, 중대가리풀, 씀바귀, 민들레, 고들빼기, 개망초 등이라고 하니 아이들이 뛰다가 따먹어도 무해한 풀들이면 얼마나 또 좋을까요. 야생초는 자생식물, 산야초, 풀꽃으로도 불리는데 야생초를 가꾸는 마음은 자연에 대한 동경과 사랑 때문이겠지요.

잔디 깔기 비용과 잔디 깎기 비용도 만만치 않은데 그 경제적 손실은 차치하고라도, 감성이 가장 발달하는 어린아이들에게 정서적으로 또 경관에도 훌륭한 야생화를 보여주는 게 어떨까 생각해보았습니다. 가녀린 풀들이 자라는 동안 아이들은 의지와 희망까지 배우겠지요.

올 봄은, 그 봄이 다 가기 전에 야생초편지는 접은 채로 들판으로 나가봐야겠습니다. 이제 마음 안에 야생초 편지를 쟁여 넣고, 그 꽃 이름들 화안하게 다 외울 수 있도록 용이라도 써봐야겠습니다.

꽃 편지 받아놓고, 꽃잎 하나 되돌려주지 못하는 이 구차한 편지를 우표도 없이 부칩니다. 간략하게 꾹 눌러 접은 야생초 메모는 가방 안에 깊숙이 간직했다가, 어느 날 홀로 떠나는 자리에서 긴요하게 펼쳐보겠습니다. 이승과 저승 사이의 어느 길섶에 턱 걸터앉아, 허기나 면할 한 움큼의 야생초를 발견할 수 있게. 야생초로는 나물, 죽, 국, 샐러드, 술, 튀김까지 해먹을 수 있다니 배곯을 일 없이 행복한 나들이가 되겠습니다.

꽃피고, 또 꽃 지는 봄날이 지나갑니다.

꽃 밥이나 한 번 비벼 먹어 봐야겠습니다.

황대권, 『야생초편지』, 도솔, 2005.

함께 밥을 먹으며 익숙해지고 가까워지다

오토다케 히로타다『오체불만족』

 고변산의 주먹밥

『오체불만족』은 항상 필독서 1번으로 아이들에게 읽으라고 권하는 책이다. 이 책이 던지는 의미는 읽는 독자들에 따라서 다양하다는데 가치가 있다. 이 책을 읽는 독자가 부모일 때, 정상인일 때, 또는 저자처럼 장애가 있을 때 생각하고 느끼는 점이 다를 것이다.

내가 필독서로 권하는 아이들은 두 번째 경우다. 육체적으로 정상이다. 그 아이들이 책을 읽고 난 후 생각이 자랐길 기대하는 마음이 늘 굴뚝같다. 생각 같아서야 어떤 큰 변화를 줄 수 있으면 하지만, 지금 당장 그 변화가 일어나지 않은들 어떠랴. 이 책을 한번쯤 읽은 아이들은 어떤 고난도 마음먹기에 따라서 견딜 수 있구나, 하는 생각을 틀림없이 배웠을 것인데.

내가 사는 곳엔 길만 나서면 장애인학교가 있다. 나만이 아니라 동네의 학교를 다니는 아이들은 모두 장애를 가진 아이들과 마주치면서 산다. 이 책을 읽은 후 그들을 바라보는 눈과 마음이 조금이라도 달라지길 바라는 마음에서, 늘 이 책을 필독서 1번으로 정하는 것도 사실이다. 장애란 오토다케의 말처럼 '다만 불편할 뿐이지, 전적으로 불행한 것은 아니라'는 말에 공감할 것이다. 서서히 라도.

> 어렸을 때는 '장점'이라고 파악했던 내 장애가 지금은 단순한 '신체적 특징'에 불과하다고 생각하게 되었다. 뚱뚱한 사람과 마른 사람, 키가 큰 사람과 작은 사람, 피부가 검은 사람과 흰 사람, 그중에 손과 발이 자유롭지 못한 사람이 있어도 전혀 이상할 것이 없다.

저자의 말은 전적으로 맞다. 장애라고 생각하던 사람들이 자신을 극복하고 행복한 삶을 살게 된 경우가 얼마나 많은가. 장애인 최초로 법학박사학위까지 받은 시각장애인 길인배 박사, 청각장애가 있었지만 아름다운 명곡들을 써낸 베토벤, 다발성 경화증에 걸렸지만 뉴욕 마라톤에 10여 차례나 연속 완주한 조 코플로 비츠, BBC방송이 20세기 최고의 인간승리자로 지목한, 태어날 때부터 팔다리 없는 수영선수 피터 헐, 기적의 피아니스트라고 불리며 왼손만으로 피아노를 치는 라울 소사, 또 네 손가락의 피아니스트 희아 등, 일일이 열거하지 않아도 장애를 극복한 경우는 얼마든지 있다.

내 아들은 중학교 2년간 같은 학급의 장애를 가진 친구를 돌보는 역할을 맡았었다. 장애 친구는 정신적 박약 상태여서 돌보기가 힘들었을 텐데 아들은 내색을 전혀 하지 않았다. 오히려 내가 힘들지 않으냐고

물으면, 그런 말을 하는 나를 이상하게 보았다. ‘교통사고로 뇌를 약간 다친 바람에 그렇게 되었지, 처음은 멀쩡했던 친구라고 하면서, 그냥 똑같은 친구예요’라고 했다. 수업시간에도 벌떡 일어나 복도를 마구 휘젓고 다니고, 수업시간마다 고성을 질러대는 친구를 돌보기란 쉽지 않았을 것이다. 이런 사실도 학부형 모임이 있던 날 알았다. 아들이 구태여 말하지 않았기 때문에 몰랐다. 그 아이 엄마로서는 장애학교에 보내기엔 그렇게 심한 장애가 아니라고 생각했을 것이다.

오토다케의 엄마 마음이 그랬을 것이다. 아들을 장애인 학교에 보내지 않으려고 이사까지 다니면서 아들을 받아줄 학교를 찾았다.

저자는 가장 맛있었던 음식으로 주먹밥을 꼽는다. 장애가 있는 몸으로 고보산으로 소풍을 가게 된 저자는 친구들, 담임과 교감선생님의 도움까지 받으며 휠체어에 탄 채 고보산 정상에 올라간다. 고보산의 정상에서 먹은 음식이 주먹밥이다. 모든 어려움을 겪은 후 먹는 음식의 맛을 누가 잊을 것인가. 특히 산에 올라가서 먹는 맛이란.

음식의 가치는 값진 수고 끝에 얻어지는 것으로, 저자에게 주먹밥은 음식 이상의 것이다. 자신의 극기를 시험해본 후, 스스로에게 준 상이기 때문이다.

함께 먹은 급식

저자에게 음식은 고보산의 주먹밥처럼 자신에게 내린 상만이 아니라, 통과의례의 역할도 한다. 처음 학교를 입학할 때, 입학허가를 위한 교장선생님의 질문은 '싫어하는 음식'이 무엇인가였다. 저자는 밀가루 냄새가 풀풀 나는 빵이라고 대답한다. 교장선생님이 날마다 급식으로 빵을 먹어야 하는데 어떻게 하느냐고 반문하는 말로 입학허가를 밝힌다. 저자는 교육위원회 앞에서 접시의 가장자리에 스푼과 포크를 놓고 음식을 입에 넣고 먹는 시범을 보임으로써 최종적으로 입학 허가를 받는다.

> 뭉툭한 팔과 뺨 사이에 연필을 끼고 글씨를 써보였다. 접시의 가장자리에 스푼과 포크를 놓고 지렛대의 원리를 이용해 음식을 입에 넣고 먹는 시범도 보였다. 가위의 한쪽은 입에 물고 또 다른 한쪽은 팔로 눌러가면서 얼굴을 움직여 종이도 잘라보였다……. 내가 보여주는 행동 하나하나에 교육위원회 사람들은 벌어진 입을 다물 줄 모르는가 하면…….

학교 급식을 먹는 것은 '함께'라는 의미가 포함된다. '함께'라는 정상인과의 공동체 생활을, 과연 장애를 가진 저자가 해결할 수 있을지가 교육위원회 측으로서는 관건이었을 것이다. 저자의 학교 친구들은 친해진 계기를 다음처럼 말한다.

> 함께 밥을 먹다 보니 어느 틈엔가 네가 장애인이라는 사실이 머리에서 지워졌어.

함께 음식을 먹는 과정에서 사람들 사이에 친밀감이 형성되고 허물이 없어진다. 저자는 먹을 때 친해졌다는 말을 친구들로부터 많이 듣는다고 하면서 친구가 되기 위해서는 장애인이라는 특별한 배려는 필요 없다고 한다. 그는 이를 '익숙함'이라고 표현하고, 장애인이라는 '마음의 장벽'은 '익숙함'에서 허물어지고, 또한 '남을 인정하는 것'에서 사라지는 것이라고 믿는다.

나는 『오체불만족』을 읽을 때마다 생각한다. 장애아도 똑같이 대하는 마음이 중요하다는 것을, 바로 저자를 대하는 사람들의 태도도 이런 것이었다.

이 책에서는 저자가 장애인이라는 사실을 잊고 친구들과 자연스럽게 어울릴 수 있었던 일로 음식 먹기를 꼽았다. 저자가 좋아하는 음식으로 얌차(차 마시며 딤섬 먹기), 과일, 야채절임을 꼽지만, 잊을 수 없는 음식은 고보산의 '주먹밥'이다. 바로 '함께'였던 시간이었기 때문이다. 저자는 친구들만이 아니라 부모님의 열성으로 자신이 있다고 한다. 장애인인 아들을 부끄러워하지 않고 떳떳이 키운 그의 부모가 더 귀감이다. 정상인인 자식도 부끄러워서 사람들 앞에 떳떳하게 내세우지 못하고 뒤로 숨기는 사람이 숱하게 많다.

저자의 어머니가 사지가 없는 아들을 처음 보면서 '어머, 귀여운 우리 아기……'리고 히기나, 아들이 '개성적'으로 태어났으니 다른 애들과 비교하지 않겠다고 하며, 장애인인 아들을 정상인 아이들이 있는 학교에 넣기 위해 이사까지 불사하면서 살았던 신 맹모삼천지교는 저자에게는 행운이었다. 모자라는 자식이라도 자식을 자랑스럽게 생각하는 부모를 만난다는 것이 얼마나 운이 좋은 것인가.

"겨울 방학이 되면 오른팔도 수술을 해야 하니까, 반대편에도 똑같은 흉터가 남을 거다. 오토야. 그러면 어떻게 되는지 아니? 바로 V사인이 되는 거야. 승리의 V사인 말이야."

수술의 흉터가 승리 사인이라고 위로하는 저자 부모의 낙관적인 성격이 아들의 장애 극복을 도왔다. 어떤 상황이라도 그것을 대처할 수 있는 능력은 어렸을 때부터 부모의 태도에 따라서 달라진다. 부모가 자식이 부끄러워 열등감을 가졌다면 과연 아들이 그렇게 훌륭하게 자랄 수 있었을까. 단언컨대 아닐 것이다.

부모의 '부끄러움'으로 키운 자식이 얼마나 자신의 삶을 힘겹게 살아가고 있는지, 그리고 살아왔는지 겪어본 사람은 알 것이다. 자식은 부모의 그늘서 자라고, 그 성장과정 속에서 용기를 가질 것인지, 부끄러움과 고독을 가질 것인지 결정한다.

저자는 부모의 당당한 태도에서 용기를 키웠고, 당당함과 떳떳함을 배웠다. 이 위대한 부모의 용기야말로 그를 있게 한 가장 큰 힘이요, 의지였다. 이 책을 읽을 때마다 저자의 장애를 극복하는 명랑함과 유쾌한 마음도 행복한 파문으로 밀려들지만, 그 어머니가 자식을 대하고 기른 마음이 더 귀하고 값지다.

어머니에게는 어떤 자식도 장애가 있는 자식은 없다. 어머니에게는 모자라든, 잘났든, 자식은 그저 자식일 뿐이다. 그런 어머니를 가지지 못한 사람이 얼마나 어린 시절 고독과 절망과 열등감에 몸부림치고 있었던 것인지 뭉툭한 슬픔이 되어 떨어진다. 모든 자식들에게 용기와 희망을 불러 넣을 수 있는 사람은 그 자신보다도, 오히려 어린 자식을 키우는 어머니임을 이 책을 읽는 내내 느낀다.

우리 모두는 장애인을 장애인으로 보려고 하지 말고, 저자와 그 친구들처럼 함께 밥을 먹으면서 익숙해지고 가까워져야 한다.

오토다케 히로타다, 『오체불만족』, 창해, 2002.

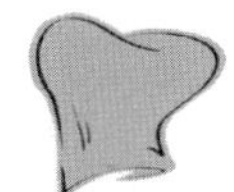

수채화 같은 밥의 길, 도공의 길

린다 수 박 『사금파리 한 조각』

정직해서 먹은 하얀 쌀밥

어린 시절 양지바른 너른 마당에서, 시든 들풀을 콩콩 찧어 깨어진 사금파리 조각을 그릇삼아 담아놓고 소꿉놀이 하던 기억이 콕 박혀 있다. 사금파리는 나에게도 쨍쨍한 햇볕이 내리쬐는 날의 추억과 늘 함께한다. 내가 어린 시절에는 그릇조차 귀해서 사금파리 조각 하나도 버리지 않고 마당의 화단장식으로, 담 위에 삐쭉빼쭉 꽂아 도둑 방지용으로, 놀이할 때 흰 금을 긋는데도 유용하게 사용했다. 이 작품의 사금파리처럼 온 영혼이 깃들지는 않았어도 소꿉놀이에 쓴 귀한 것이었다.

이 작품은 12세기 한국이 배경이다. 밥이라도 먹기 위해서 다니다가 예술의 길로 들어서는 고아며 거지소년인 목이가 주인공이다. 목이는 한 다리를 쓰지 못하는 두루미아저씨와 다리 아래서 산다. 목이는 먹을 것이 없어서 길에 흘린 쌀이나 다른 집의 음식쓰레기더미를 뒤져서 연명하지만, 순수함을 잃지 않고 정직하고 진실하게 산다. 먹을 것을 뒤지러 다니던 중에 도자기를 만드는 민 영감을 알게 되고, 성실한 태도로 그의 집에서 허드렛일을 하면서 먹을 것도 생기고 일도 하게 된다. 미국 최고의 아동문학상인 뉴베리상을 수상한 이 작품은 가난 속에서도 그 꿈과 순수함을 잃지 않고 산 목이가 도공의 길을 걸어가는 과정을 담담한 수채화처럼 그리고 있다. 목이는 배고픔마저 정직과 진실로 이겨내고 마침내 장인의 길로 간다.

'사금파리 한 조각'은 목이다. 세상에 깨어지고 다치고 부서져도 그 본질은 맑고 깨끗하게 남은 아름다운 한 조각. 비록 깨어져도 본래의 아름다움을 지닌 한 조각. 고아로 거지로 세상을 힘겹게 살아가지만, 마음의 푸른빛을 잃지 않고 가마 속 그 은근한 불길 같은 따뜻한 온기를 지니고 살아가는 목이는 깨어진 사금파리 한 조각 같지만, 그 조각만으로도 얼마든지 내면을 환히 알 수 있는 청자의 비색 같은 결 고운 아이다.

이 작품이 한국적 소재를 사용하여 미국 주류문단에 편입하기 위한 전략적 의도를 가진 작품이라고 말하는데 나는 동의하지 않는다. 문학의 소재란 그 내재적 가치를 담기 위한 그릇이다. 작위적인 소재를 사용했든 아니든 작가는 무엇에 대해 쓸 것인지가 중요하기 때문이다. 문학이 교훈이냐 감동이냐는 원론적인 끄나풀에 너무 매달려 있는 사이 우리는 정말 중요한 것을 놓치는 것 아닐까.

이 작품이 한국의 외진 변두리 지방을 배경으로 가난한 고아소년을 내세워 사실적인 역사에 기대어 후진성을 드러낸다는 말에도 나는 충격이다. 인물과 배경이란 작가가 말하려는 가치와 관련되어 있고 차용된다. 줄포는 왕실 가마가 있던 현재의 부안으로 근처의 강진과 더불어 고려청자를 굽던 곳이다. 너무 지나친 지엽적인 논란은 또 다른 콤플렉스에 다름 아니다. 다문화주의란 결국 자신의 문화를 존중하면서 시작하는 것이 아닌지.

> 가장 큰 사금파리가 손바닥만 했다. 목이는 그걸 집어 들고는 물에 넣고 휘저어 모래를 씻어냈다. 사금파리 한 쪽에 얕은 고랑이 길게 나 있었다. (……) 유약 또한 심한 충격을 받았는데도 조금도 훼손되지 않은 채 여전히 맑고 깨끗한 빛을 띠고 있었다.

이 작품이 이런 모든 지엽적인 비판에서 벗어날 수 있는 것은 무엇보다 먹고 사는 일이 급한 인간의 최소의 생존문제를 기반으로 하기 때문이다. 부모가 누군지도 모르는 상황에서 살아가야 할 길이 막막한 소년이 인간 고유의 가치를 잃지 않고 진지하게 살아가는 일이 더 얘기되어야 한다. 사금파리 한 조각처럼 비록 깨어지더라도 인간이 지녀야 할 고유의 품성을 청자색처럼 품고 있는 인간의 영혼에 대해 말하고, 보편적 가치는 어떤 문화 속에서도 흐뭇하게 받아들여진다는 것을 인정해야 한다.

이 작품의 첫 부분에 등장하는 밥은 목이가 정직한 대가로 얻은 쌀로 지었다. 목이는 잠깐의 갈등을 이기고 쌀이 흘러 땅에 떨어지는 것을 쌀 지게를 지고 가는 사람에게 정직하게 일러준다. 쌀 지게를 지고 가는 사람은 자신이 쌀가마니를 꼼꼼하게 짜지 않아서 그러노라고 불성실을 수긍하면서 땅에 흘린 쌀은 정직한 목이의 것이라고 한다. 주워온 쌀로 두루미아저씨와 흰 쌀밥을 지어먹은 목이는 행복했다.

고아의 처지를 넘어서 정직과 감사로 살아가는 목이의 자세는 누구라도 감동하기 충분하다.

🍚 달콤한 곶감 같은 장인의 길

이 작품에는 악인이 등장하지 않는다. 목이가 민 영감이 만든 도자기를 들고 줄포에서 송도로 가는 길에 만나는 도둑이 악인으로 등장하지만, 그것마저도 깨진 도자기로 사금파리를 만들기 위한 장치일 뿐이다.

자신의 자리에서 묵묵한 인물들이 이 작품을 이끌어간다. 사려 깊은 두루미아저씨 덕분에 목이는 비록 거지생활을 할지라도 아름답고 순수하게 자란다. 민 영감은 과묵하지만 자신의 도자기 만드는 일에 자부심을 가지고 가벼운 재주조차 용납지 않는다. 감도관 김씨조차 예술에 대한 심미안으로 목이가 가져온 사금파리 조각만으로도 민 영감의 예술성을 높이 사고 도자기 주문을 낸다.

민 영감 부인도 예술의 길을 가느라고 살림은 잘 모르는 남편을 말없이 이해하고, 목이와 두루미아저씨까지 챙기는 배려를 잃지 않는다. 도자기를 들고 줄포에서 송도까지 그 먼 길을 떠나는 목이에게 먼 길에서 먹기 좋게 만든 딱딱한 떡과 달콤한 곶감 한 꾸러미를 준다. 민 영감 부인이 준 음식은 목이가 길을 가면서 부닥치는 온갖 어려움과 시련을 이기는 힘이다. 우리 설화 속에서 곶감은 호랑이도 무서워하는 음식이다. 호랑이가 온다고 해도 울음을 그치지 않는 아이는 '곶감 줄게' 소리에 울음을 뚝 그친다. 호랑이는 이 말을 듣고 줄행랑을 친다. 민 영감 부인이 목이에게 준 곶감도 목이가 먼 길을 가는 동안 두려움과 허기를 동시에 잊게 만드는 상징이었다.

한국계 미국청소년소설이란 고정관념에서 출발한 일부 평자들의 작중인물들의 평가 중, 목이가 미국식 사고를 가진 현대적 가치를 실현한 인물이라고 하는데 나는 반대한다. 목이는 그냥 그 나이 또래의 아이들이 지니고 있는 순수한 심성을 가진 아이일 뿐이다. 고아소년이 어떻게 그렇게 긍정적일 수 있는가란 의문에 너무 집착하다 보면 아이들의 심성에 대한 의문만 증폭될 것이다. 아이들은 어른들이 생각하는 식으로 살지 않는다. 내가 늘 믿고 있듯이 그 또래의 대부분의 아이들이 그렇듯, 처음부터 목이는 순수하고 정직한 아이로 설정되어 있다.

이 작품에 나오는 인물들은 하나같이 서로에 대한 배려와 진실함으로 눈에 보이지 않는 끈끈한 결속을 이어긴다. 민일 그렇지 않았더라면 이 작품의 향기는 어디서 나왔을까.

두루미아저씨가 정직함으로 인해 쌀을 주워온 목이에게 가르친다.

"학자들은 이 세상의 고귀한 단어들을 읽어내지. 그러나 너하고 나는 세상 그 자체를 읽는 법을 익혀야 한다."

세상 그 자체를 읽는 법은 결국 우리가 배워야 할 덕목들이다. 부모가 없는 거지소년이 배워야 하는 세상살이란 정직이었고 진실함이었다.

맛있는 문학

인간이 먹고 싶은 기본적인 욕구를 억제하는 것은 어떤 학문으로도 배울 수 없는 것이다. 쌀이라는 숭고하고 거룩한 음식을 통해서 가장 소박한 삶의 지혜, 정직을 배울 수 있었던 목이는, 땅에 흘린 쌀을 주우면서 세상살이에 귀를 기울이고 감사하면서 그것만이 오롯이 세상을 살아가는 가치임을 깨우치고 있다. 이 소박한 깨달음을 과연 어떤 학문이 가르쳐줄 것인가. 그것은 그 사람만이 가진 영혼의 내적 가치이기 때문이다. 자아가 주체성을 가지고 인격이 성숙해 갈 때 성장소설로 불린다. 그런 의미에서 이 작품은 성장소설이다.

'닭다리 뼈 두 개'가 '놀랄만한 음식'이었던 거지 소년 목이가 세상 사는 힘은 먹는 것에서부터 배우는 깨달음, 즉 정직함이었다.

숲과 쓰레기더미를 뒤지고 가을날 땅바닥에 떨어진 낟알을 줍는 것은 시간과 힘이 드는 일이기 때문에 떳떳한 행동이라고. 하지만 훔치고 구걸하는 일은 사람을 개나 다름없이 만든다고 배웠다.

> "노동은 사람을 품위 있게 만들지만, 도둑질은 사람에게서 품위를 빼앗아가는 거야."

🍚 왕궁의 반찬도 부럽지 않은 두부와 오이김치

목이가 장인의 길로 가게 된 과정도 먹을 것을 얻는 일로부터 시작했다. 도공들의 도자기들은 부자들에게 인기가 있어 넉넉한 살림을 하는 도공들이 버리는 음식 쓰레기더미 속에는 그 어떤 쓰레기더미보다도 먹을 것이 풍부했다. 목이도 도공들의 음식쓰레기 더미를 뒤지다가 홀로 도자기를 빚는 민 영감을 오래 지켜보았고, 정직함과 성실함으로 허드렛일을 하는 아이로 남았다.

목이는 가마에 불을 지필 나무를 해오는 일에서부터, 장인이 되기 위한 가장 밑바닥 일부터 한다. 열심히 일하는 목이의 행동은 스스로의 성실함도 있겠지만, 민 영감 부인이 목이가 일을 한 날이면 챙겨주는 밥도 한몫한다. 목이는 이 밥을 혼자만 먹는 것이 아니라 두루미아저씨를 위해 남겨서 나눠먹는다. 목이나 두루미아저씨에게는 한 톨의 쌀도 '보물 같은 쌀'이었고, 이 밥의 힘과 먹을 것들은 목이가 이후 장인의 길로 한걸음씩 나아가게 하는 디딤돌이 된다. 밥을 얻기 위해서라도 목이는 도공의 길을 가야 했다.

도공들에게 '밥'이란 특별한 의미가 있었다.

<blockquote>

주인은 제자들과 조수들은 물론 가장 밑에 있는 일꾼들 누구에게나 작업하는 중간에 밥을 먹일 의무가 있었다.

</blockquote>

목이가 민 영감집에서 밥을 주겠다고 했을 때 펄쩍 뛸 듯이 즐거워한 것은 밥을 먹는 것만이 아니라 자신의 길을 갈 수 있다는 희망 때문이었다. 목이에게 '밥'은 '구름을 뚫고 쏟아지는 한 줄기 햇빛'이고, 장래를 보장하는 첫걸음이었다.

목이가 처음 민 영감 집에서 바가지에 밥을 얻어먹게 되었을 때, 왕궁의 잔칫날 저녁밥도 자신이 먹는 바가지속의 밥보다 못할 거라는 감격에 젖는다. 왜냐하면 처음으로 '직접 일해서 번 음식'이었기 때문이다. 그 바가지 속에는 하얀 쌀밥과 짭짤하게 말린 거무스레한 생선 한 토막, 파와 마늘로 양념해 절인 죽순김치가 다였지만.

맛있는 문학

그동안 두루미아저씨와 함께 목이가 먹은 음식이란, 야생버섯국이 거나 바다에 지나가는 가자미 떼를 잡아먹으려고 애를 썼거나, 쓰레기더미에서 주운 시래기로 국을 끓이거나, 쓰레기더미를 뒤져 나온 음식을 먹은 게 고작이었다.

민 영감 부인이 목이에게 해주는 음식은 그저 일하는 아이에게 주는 단순한 음식이 아니다. 목이와 두루미아저씨에게는 '왕실의 보석을 선물 받는' 듯한 음식으로 두부와 오이김치가 반찬이었을 때, 두루미아저씨는 이를 두고 말한다.

"서로 잘 어울리는 음식이야. 말랑말랑한 두부, 아삭아삭 씹히는 오이, 부드러운 두부, 톡 쏘는 오이, 그 부인은 예술가란 말이야."

음식을 베푸는 자나, 그 음식을 받아먹는 사람이나 모두 겸손한 감사의 마음으로 대한다. 그럴 때 음식은 단순히 음식을 넘어서 마음과 마음을 교류하는 아름다운 다리가 된다.

밥의 길, 도공의 길

민 영감 집에서 얻어먹는 음식이 목이가 도공이 될 수 있다는 희망의 메시지로 작용했다면, 또 목이에게 음식이란 세상사는 이야기를 들을 수 있는 매개체다. 목이는 '마을사람들이 살아가는 이야기에 귀를 활짝 열어놓고' 지내면서 어느 집 잔치나 무슨 날을 미리 알아 음식쓰레기더미 속에서 다른 날보다 풍족하게 골라 먹을 수 있었다.

목이가 세상사는 이야기에 귀를 기울였던 것은 민 영감의 조수로 일하는 데도 도움이 되었다. 목이는 다른 사람의 말로 민 영감이 얼마나 훌륭한 도공인지를 알게 되었고, 도자기 만들기에서부터 상품의 가치를 평하는 일까지 배웠다. 민 영감 못지않게 도자기를 잘 만드는 강 영감이 상감처리기법을 도자기에 사용하고 있다는 것을 알아 민 영감에게 알려주는 것도 목이가 세상에 귀를 기울이고 있었던 덕분이었다.

목이가 민 영감 집에서 일하게 되면서 점심밥과 저녁밥까지 마침내 얻어먹을 수 있게 된 것은 민 영감이 목이의 진심을 이해한 때문이었다. 목이는 민 영감의 부인이 죽은 아들을 생각하면서 마련한 따뜻한 솜옷까지 선물 받지만, 이 옷을 두루미아저씨를 위해 기꺼이 내놓는 따뜻한 마음을 가진 아이다.

도공 민 영감 집에서 밥과 옷을 받으며, 민 영감 부인을 사모님에서 아줌마로 호칭을 바꿔 부를 때, 목이는 도공의 길로 한 발짝 더 가까이 다가간다. 민 영감이 '도공이란 직업은 아비지힌데서 아들로 대물림' 되는 것이라고 말해 목이의 희망을 좌절시키기도 하지만, 두루미아저씨는 실망하는 목이에게 '문을 닫아버린 바람이, 다른 문을 열어주기도 하는 거야'라고 희망을 잃지 않도록 격려한다.

두루미아저씨가 세상을 떠난 후, 목이는 민 영감 집에 들어가고 아들로서 도공의 길을 걷게 되는 것이다.

목이가 줄포에서 개성까지 떠난 먼 길은 도공이란 장인의 길을 가는 통과의례다. 목이가 감도관 김씨에게 도둑 때문에 깨어진 사금파리 조각을 보였을 때, 그 조각도 장인의 손길이 배인 그윽한 예술품

맛있는 문학

이었지만, 감도관에게 배달된 예술품은 바로 목이었다. 목이가 그 사금파리 한 조각이었다.

'가장 뛰어난 청자의 유약에 대해서 쓰는, '비색 광채와 물처럼 투명한 빛깔'의 완성은 목이가 여태껏 걸어온 그 맑은 길이었으며, 또한 앞으로 걸어가는 푸르고 맑은 길일 것이다.

줄포에서 송도까지 그 먼 길을 걸어 자신의 맡은 일을 완수하고 감도관 앞에 엎드려, 목이는 생각한다. '세상에는 말로 표현하기 힘든 일이 있는 법'이라고. 이 말이 목이의 예술혼이며 머지않아 가장 훌륭한 장인이 탄생할 것이라는 것을 독자는 눈치 챈다.

인간은 아무리 깨어져 한 조각만 남더라도 그럴 만한 의미와 가치를 가진다. 그리고 그 본연의 빛을 잃지 않는다. 목이는 고아로서 가정에서 깨어져 나온 한 조각이었지만 두루미아저씨, 민 영감, 민 영감 부인, 감도관 등과 퍼즐처럼 짜 맞춰지면서 세상을 살아가는 법을 터득한다.

이 작품의 소재가 다문화적이라고 굳이 말하는 사람들을 배려하자면 바로 깨어진 사금파리 같은 목이가 여러 사람과 살아가는 법이 다문화 속의 사는 법이다. 작품 속 인물들이 살아가는 따뜻한 방식이야말로 바로 다문화 속에서 살아가야 하는 우리의 보편적 가치인 것이다.

절반쯤 남긴 점심밥이 풍성한 저녁밥으로 바뀌지 않은 적이 한 번도 없었다. 언젠가 점심 때, 목이는 밥을 모조리 다 먹고 싶다는 유혹을 느꼈다. 그래도 사발에 밥이 다시 채워질 거라는 확신이 들어서였지만 그런 생각을 했다는 것만으로도 목이는 소스라치게 놀랐다. 인간이 이렇게 금세 탐욕스러워지다니! ……두루미아저씨가, '다른 사람의 친절을 이용하려 들다니'하고 나무랄 게 뻔했다.

예술가는 언제나 배가 고프지만, 민 영감처럼 오랜 시간을 들여 겨우 한 작품을 만들어낼지언정 장인정신을 버리지 않는다. 작가는 이 작품으로 목이라는 한 거지소년을 통해 밥의 길을 따라가게 함으로써 예술의 길과 통한다고 말하고 싶지 않았을까. 밥은 단순히 배를 채우는 물질적인 것만이 아니라 예술에 대한 허기로까지 이어진다는 것을 말하고 싶지 않았을까.

굶주려도 정직과 진실함으로 자신의 길을 찾아가는 이 멋진 이야기에 누군들 박수를 치지 않았겠는가. 허기는 결국 자신의 길을 정직한 눈으로 찾게 만들고, 이 허기는 또 예술을 넘어서지 못한다는 것을 말하는 이 따뜻한 책.

린다 수 박, 『사금파리 한 조각』, 서울문화사, 2006.

주인공 목이는 고아며 거지소년으로 마을 다리 밑에서 다리가 하나 뿐인 두루미아저씨와 살고 있다. 먹을 것이 없어서 다른 집의 음식쓰레기더미를 뒤지거나 땅에 떨어진 쌀을 주워서 먹고 산다. 어느 날, 민 영감이 혼자 도자기를 빚는 모습을 훔쳐보다가 민 영감 눈에 띄어 조수로 일하게 된다. 민 영감 부인이 준 밥으로 두루미아저씨와 나눠먹으며 산다. 왕실의 도자기 담당자인 감도관이 민 영감이 도자기를 완성해 송도로 가져오면 주문을 하겠다는 말을 하고 떠난다. 민 영감이 도자기를 완성하고 노쇠한 민 영감 대신에 목이가 송도로 떠난다. 여행 도중에 도둑들을 만나 도자기가 깨진다. 목이는 깨어진 청자도자기의 사금파리 한 조각을 들고 감도관을 만나고 왕실 도자기 주문을 받아낸다. 줄포에서는 두루미아저씨가 돌아가시고, 목이는 민 영감의 수양아들로 들어간다. 당시 도공은 세습제여서 아들이어야 도공이 되었다. 목이는 이제 도공의 길을 걷는다.

요리, 사랑의 과묵한 언어

라우라 에스키벨『달콤 쌉싸름한 초콜릿』

 영혼의 요리

『달콤 쌉싸름한 초콜릿』에 나오는 요리는 다분히 몽환적이다. 소설 속 요리들은 불탄 농장에서 티타가 유일하게 남긴 요리책에 적힌 것이니 영혼의 요리라고 해도 되지 않을까.

이 소설은 처음부터 끝까지 요리가 나오고, 요리 재료들이 나열되어 있다. 주인공 티타가 겪는 서글픈 현실마저도 맛깔스러우면서 욕망을 표출하는 요리들에 파묻힌다. 요리는 죽음과 생성, 수렴과 발산의 작용을 하며 티타의 영혼과 현실이 된다. 요리가 티타에게 전통 계승의 복종과 의무일 때 현실이며, 스스로의 힘과 의지가 될 때 영혼이다.

부엌은 여성에게 복종과 의무를 강요하는 공간이다. 부엌데기란 폐쇄된 공간인 부엌에서 자아 정체성을 상실한 채 일만 하는 여성을 일컬었다. 조선시대의 부엌은 안채에 속해 바깥채와 분리되어 가사노동을 전담했다. 유교이념은 여성에게 효와 부덕(婦德)을 강조해 시부모봉양과 봉제사(奉祭祀)가 중시되었다. 멕시코에서도 여성의 가사노동의 의무는 예외가 아니었던 듯 티타도 부엌데기에서 출발한다. 티타는 가정의 부엌을 책임지고, 관습을 책임지는 인물로 설정되어 자아는 소멸되고 없다.

멕시코는 꼼빠드라고(대부모제도)라 불리는 가족 중심의 집단주의로 개인은 그 안에서 소멸한다. 부모의 권위에 자녀는 순종해야 했다. 한국적 장자 중심의 가족주의와는 다른 모습으로 멕시코에서는 대부조차 권리와 의무를 부여받았다. 나중에 티타가 조카의 대모가 되었을 때 강력한 권리를 주장한 이유다.

이 소설에 나오는 요리들은 집단주의적 가족 형태를 유지하기 위한 것들이다. 티타가 가족에 대한 숙명론적 의무를 지는 동안 만드는 요리들은, 일상적인 식탁이 아닌 가족을 위한 의식이나 행사, 모임, 기념일 등에 차리는 것들이다.

이 요리들은 멕시코 요리니 우리 입맛에도 꽤 맞을 것 같다. 요리의 주재료로 빈번히 등장하는 양파는 탕이나 국, 볶음 등의 우리 음식에도 다양하게 쓰인다. 티타의 요리에 가장 많이 쓰이는 칠레고추는 칠리소스 재료로 달콤한 맛, 매운맛을 내면서 마치 해질녘의 빛깔처럼 마음속으로 은은히 퍼지는 멋진 향을 낸다. 나는 이 칠리소스를 립, 닭 날개, 두부요리 등 다양하게 사용한다.

티타의 요리는 달마다 다르다. 우리의 절기나 명절에 차리는 음식처럼 느껴져서 정겹게 맛본다. 요리는 만드는 사람의 감정을 싣기 마련인데, 티타의 요리도 감정이 이입된다.

멕시코 작가 옥타비오 빠스에 의하면 멕시코 사회의 가정이란 '산 사람과 죽은 사람이 만나는 곳이고, 사랑이 이루어지는 불이며, 음식 준비를 하는 부뚜막'이다. 그런 의미에서 티타의 부엌도 여기에 해당한다.

맛있는 요리를 천부적으로 잘하는 티타의 현실은 복종과 의무였다. 그 의무는 개인의 자아를 말살하고 집단 속에 가둔다. 티타에게 부엌이란 전통적으로는 단순히 요리하는 공간이지만, 현실적으로는 감금 당하는 곳이다. 티타의 진정한 자아 찾기는 부엌이란 공간을 벗어나야 이루어진다. 단 한 번이라도 부엌에서의 탈출이 이루어지지 않았더라면 티타는 영영 자신의 자유로운 영혼을 만날 수 없었을 것이다. 5월의 요리를 만들면서 티타는 이 폐쇄된 공간에서 비로소 벗어나 자유로워진다.

 수렴의 요리―1월에서 4월

1월에서 4월까지 티타가 복종과 의무로 요리할 동안 주변 인물들의 죽음과 소멸이 일어난다. 티타는 감정을 드러낼 수 없는 '멕시코의 마스크'를 쓴 채 살아갈 운명이다. 주변 사람들의 죽음과 소멸의 경험을 겪으면서 역설적이게도 그녀는 점점 자유로운 영혼을 갖고, 사랑을 찾고, 자아를 찾는다. 티타가 요리하는 과정을 따라가면서 자아의 정체성이 어떻게 드러나는지 알아보자. 그동안 우리는 티타의 멋진 요리를 함께 맛볼 것이다.

♣ 1월, 크리스마스 파이 요리

티타가 제일 좋아하는 음식으로 티타의 생일을 축하하기 위해 만들고 있다. 그러나 바로 그 순간 티타는 사랑하는 페드로가 언니와 결혼한다는 소식을 듣는다. 티타는 엄마인 마마 엘레나를 영원히 보살펴주어야 하는 멕시코 전통대로 결혼하지 못한다. 티타는 아버지가 없으며, 엄마 엘레나가 남성중심사회인 멕시코에서 남성의 역할을 한다. 멕시코에서 엄마(mama)의 개념은 우리의 어머니(madre)의 개념보다 강하다. 집단의 마치스모(남성 위주) 역할을 한다.

전통에 의해 티타는 결혼하지 않고 가족의 부엌을 책임지고 마마 엘레나를 보살피는 숙명적 의무만 가진다. 티타에게 페드로와의 사랑의 소멸이 일어나면서 부엌은 그녀의 운명처럼 외부세계로 나갈 수 없는 수렴의 공간이 된다.

♣ 2월, 차벨라 웨딩케이크

사랑하는 남자 페드로와 언니 로사우라의 결혼 케이크를 만들기 위해 티타는 170개의 달걀을 사고, 달걀을 깨는 과정에서 병아리의 비명소리를 듣는다. 마마 엘레나의 억압에서 벗어나지 못하는 티타의 병아리 같은 온순한 자아가 지르는 비명이다. 티타가 만든 웨딩케이크에 티타의 눈물이 섞여 먹는 사람들에게 그리움을 불러일으키고 마침내 구토하게 만든다. 달콤해야 할 웨딩케이크에 티타의 무거운 슬픔이 얹어졌기 때문이다.

이때 티타에게 요리를 가르쳐주고, 티타의 슬픔을 누구보다 잘 아는 나차가 죽는다. 나차의 죽음은 티타가 홀로 서는 과정에서 통과의례처럼 치러야 하는 장치지만, 동시에 티타를 부엌으로 더욱 몰아넣는 강한 수렴작용을 한다.

♣ 3월, 장미 꽃잎을 곁들인 메추리 요리

요리사 나차가 죽은 후 '식민지 전 시대부터 대대로 내려오는 요리 비법을 전수받은 마지막 계승자', '요리라는 신비한 예술을 최고로 잘 표현할 줄 아는 요리사'인 티타는 처음으로 요리를 혼자 만든다. 페드로에게 장미를 처음 선물 받은 티타는 장미에 어울리는 요리를 하지만, 장미꽃 가시에 찔린 티타의 피가 스며든 요리를 먹은 사람들은 사랑과 욕망의 감정이 생기고, 티타의 언니 헤르트루디스가 가출한다.

티타가 '빌어먹을 체면', '빌어먹을 예의범절'이라고 생각하는 페드로의 소극적 사랑을 확인할 때. 아직 티타에게 부엌은 수렴의 공간이다.

그러나 언니 헤르트루디스가 집을 나가서 자아를 찾기 위한 혁명군이 되면서 티타의 요리는 서서히 발산작용을 한다.

장미 꽃잎을 모두 뜯어낸 다음 아니스와 함께 절구에 넣고 빻는다. 밤은 냄비에 넣고 노릇노릇하게 구워서 껍질을 깐 다음 물에 넣고 끓여서 죽처럼 만든다. 마늘은 잘게 썰어서 버터 두른 팬에 노릇하게 굽는다. 마늘이 다 익으면 꿀, 곱게 간 용과, 장미 꽃잎, 적당량의 소금과 함께 밤 끓여놓은 것에 넣는다. 그리고 옥수수가루 2작은 술을 넣어 소스를 걸쭉하게 만든다. 마지막으로 고운 체에 거르고 장미유를 두 방울만 참가한다. 메추리고기는 맛이 배도록 이 소스에 십 분간만 담가두었다가 꺼낸다.

♣ 4월, 아몬드와 참깨를 넣은 칠면조 몰레

이 요리는 페드로와 언니 로사우라의 아들인 로베르토의 세례식 축하파티에 쓰기 위한 요리다. 로베르토에 대한 티타의 사랑이 담긴 요리는 시와 같다. 티타는 로베르토의 출산에도 관여하며, 젖까지 먹인다. 처녀인 티타가 어떻게 아기의 젖을 먹일 수 있는지에 대해 사실적으로 따질 계제가 아니다. 작가는 이 부분에서 티타를 '풍요의 여신 케레스'에 비유해 티타를 여인으로 만들고 내면의 성숙을 드러내려고 했다.

그러나 티타가 만든 몰레를 모두 행복하게 먹을 동안 마마 엘레나는 로베르토와 페드로를 멀리 보낼 준비를 한다. 티타에게 부엌은 아직 수렴의 공간이다.

 ## 발산의 요리-5월에서 9월

♣ 5~6월, 북부 식 초리소를 만드는 여성 연금술사

이 요리를 만들 때 페드로와 함께 떠났던 조카 로베르토가 죽었다는 소식을 티타가 듣는다. 조카의 죽음으로 인해 티타는 처음으로 마마 엘레나에게 반항하고, 의사 존을 만나면서 집을 떠난다. 한 죽음이 티타에게는 역설적으로 자아 찾기의 길을 열어준 셈이다. 벗어날 수 없을 것처럼 보이던 티타의 복종의 의무는 집을 떠남으로써 줄어든다. 티타는 요리와도 잠시 멀어진다. 티타가 부엌을 떠나는 행위는 매우 의미심장하다. 벗어날 수 없는 운명이란 없다는 것을 깨닫게 만드는 최초의 사건이다. 부엌은 원하기만 하면 벗어날 수 있는 발산의 공간이었다.

티타는 의사 존의 사랑을 받으며 자신을 회복한다. 존을 만나면서 티타는 처음으로 요리하지 않는다. 그 대신 연금술사, 주술사, 의사로서의 능력을 배운다. 티타는 단순히 부엌에서 요리만 하는 여자가 아니라 다양한 능력을 가진 존재가 된다. 그러나 티타가 이에 안주하면 마마 엘레나가 가진 마치스모(남성 위주)의 자격을 계승하는 것이다. 티타가 남성 위주의 마초이즘의 굴레에서 벗어나야 진정한 자아를 발견할 것이다.

♣ 7월, 소꼬리 스프

멕시코의 소꼬리 스프도 우리가 몸이 허약할 때 먹는 꼬리곰탕과 비슷하다. 물을 넉넉히 붓고 오랜 시간 푹 고아서 소금과 후추로만 간해 먹는 곰탕은 몸이 허할 때 먹으면 힘이 난다. 티타는 존의 집에 있으면서 첸차가 끓여온 소꼬리 스프를 먹고 힘을 내어 집으로 다시 돌아와 마마 엘레나에게 소꼬리 스프를 끓여준다. 그러나 마마 엘레나는 거부하고 죽는다. '스프는 몸의 병이건 마음의 병이건 뭐든지 다 고칠 수 있다'고 디다는 생각히고, 자신을 회복한다. 그동안 집을 떠났던 사람들도 점차 돌아온다.

첸차는 소꼬리 스프를 티타에게 먹이려고 존의 집을 방문하면서 부엌을 떠난 티타가 의미 없는 삶을 살 거라고 생각했었다. 그러나 티타는 그녀의 부엌을 떠나 있어도 건강하고 행복한 얼굴로 첸차를 맞이했다. 티타에게 부엌이란 결국 삶 전부가 아니었다. 마마 엘레나가 죽음으로써 죽음과 소멸의 요리를 만들던 수렴의 부엌은 발산의 공간이 되며, 여기에 소꼬리 스프가 생성의 요리로 전환하는 계기가 된다.

소꼬리 스프 재료 : 소꼬리 2개, 양파 1개, 마늘 2통, 토마토 4개, 꼬투리 강낭콩 250그램, 감자 2개, 모리타 칠레고추 4개. 토막 낸 소꼬리는 양파, 마늘, 적당량의 소금과 후추를 넣고 함께 끓인다. 수프이니만큼 평소 스튜를 만들 때보다 물을 조금 더 붓는다. 맛있는 스프는 너무 묽지 않으면서도 맛이 진해야 한다. 수프는 몸의 병이건 마음의 병이건 뭐든지 다 고칠 수 있다.

 ## 자아 발견의 요리─8월에서 12월

8월의 요리, 참판동고를 만들 때 비로소 티타는 페드로와의 사랑을 이룬다. 부엌은 더 이상 수렴의 작은 세계가 아니라 사랑의 진행과 더불어 발산의 공간이다.

9월의 요리인 초콜릿과 주현절 빵을 만들 때, 혁명군 여장군이 된 언니 헤르트루디스가 집으로 돌아온다.

10월의 크림 튀김 요리를 만들 때는 티타는 화상을 입은 페드로를 위해 치료사의 역할을 맡는다. 이제 부엌만이 티타의 세계가 아니라, 또 다른 방법으로 자아를 실현하는 인물이 된다.

11월의 칠레고추를 곁들인 테스쿠코식 굵은 강낭콩 요리를 할 때는 티타의 언니인 로사우라가 자신의 딸 에스페란사를 복종과 의무로 묶어두려고 하지만, 대모인 티타는 단호하게 반대한다. 자신이 전통적인 관습 때문에 사랑을 잃었듯이 조카인 에스페란사가 자신과 같은 처지가 되는 것을 두고 볼 수 없다. 티타는 '그 빌어먹을 관습이 날 구속하는 이상, 그런 것쯤은 필요하다면 몇 번이고 박살 낼 수 있어'라고 부르짖으며, 부조리한 의무와 복종의 부엌에서 완전히 자유로워진다.

12월의 호두소스를 끼얹은 칠레고추 요리를 만들 때, 티타의 언니인 로사우라가 죽으면서 조카 에스페란사는 복종의 의무를 강조하는 관습에서 벗어난다.

이 작품에서 가족들은 개인의 자아를 말살시키는 굴레였다. 가족들이 한 사람씩 죽음을 맞을 때마다 티타는 진정한 자아를 찾는다. 마침내 티타가 죽으면서 복종의 관습은 완전히 소멸한다. 티타와 페드로의 죽음 후, 티타의 요리책이 억압과 의무가 가득했던 농장이 불탄 자리에 남는다. 자신의 정체성을 전통적인 관습의 무덤에 묻었던 한 여성의 일생이 고요한 자아 회귀로 돌아온 것이다.

호두는 딱딱한 껍데기를 벗겨 낸 후, 그 안의 얇은 껍질도 벗겨야 한다. 이때 껍질이 조금이라도 열매에 붙어 있지 않도록 각별하게 주의해야 한다. 안 그러면 호두를 갈아 크림과 섞었을 때, 호두소스에서 쓴맛이 나서 모든 공이 허사가 될 수 있다. (······)

호두 껍질을 모두 벗겼으면 치즈와 크림을 넣고 절구통에서 같이 빻는다. 마지막으로 기호에 따라 소금과 흰 후추를 적당량 뿌린다. 속을 채운 칠레고추 위에 호두소스를 뿌리고 석류로 마무리한다.

칠레고추 소 : 기름을 약간 두르고 양파를 볶는다. 투명해질 때까지 볶은 다음 고기 간 것과 커민, 설탕을 조금 집어넣는다. 고기가 노릇하게 익으면 복숭아, 사과, 호두, 건포도, 아몬드, 간을 한 토마토소스를 넣는다. 다 익으면 소금을 적당량 뿌리

맛있는 문학

고 국물이 좋아들, 때까지 불 위에 둔다. (……)

　　호두소스를 얹은 칠레고추 요리는 맛있어 보이기만 한 게 아니라 정말로 맛있었다. 티타도 이렇게 맛있게 요리한 적은 없을 정도였다. 칠레고추의 초록색과 호두소스의 하얀색, 석류의 빨간색이 어우러져서 칠레고추 요리는 자랑스러운 멕시코 국기의 색깔을 나타내고 있었다.

'12월, 호두소스를 끼얹은 칠레고추 요리'

　　티타의 눈물과 사랑과 욕망을 따라가면서 맛보는 멕시코 요리는 황홀하다. 내가 칠리소스를 요리에 즐겨 사용하면서 그 맛을 알았기 때문일까. 또 티타가 요리재료로 즐겨 사용하는 양파를 내가 제일 좋아하기 때문일까. 이 소설을 읽는 내내 티타의 요리를 후루룩 맛보면서도 눈물이 함께 넘어가는 이유는 무엇일까. 아직도 너무 많은 여성들이 부엌의 수렴적 공간에서 벗어나려고 발버둥 치면서도, 다시 고요히 돌아올 수밖에 없는 슬픈 운명임을 떠올렸기 때문이다.

　　티타의 요리를 맛보면서 인간의 생명을 위한 요리가 인간의 굴레가 되고, 다시 그 요리를 통해 자아를 찾아가는 비장한 인물을 본다. 사랑의 과묵한 언어로 요리하는 한 여성이 서 있다.

　　소꼬리를 사서 찬물에 담궈 피를 뺀다. 물을 펄펄 끓여 그 물에 토막 친 소꼬리를 넣어 한번 부르르 끓으면 첫물을 따라 버린다. 찬물을 새로 부어 소꼬리, 양파 1개, 두껍게 썬 무, 통마늘 몇 개를 함께 넣어 푹 곤다. 잘게 다진 파와 후추를 뿌려 소꼬리 스프를 마신다. 티타의 영혼을 들이키듯 소꼬리 스프를 마셨던 티타가 자기를 찾기 위한 힘을 길렀듯이, 이제 각자의 새로운 영혼을 가지고 자신만의 발산의 공간을 향해 비상한다.

멕시코의 마냐나(내일)를 꿈꾸며.

라우라 에스키벨,『달콤 쌉싸름한 초콜릿』, 민음사, 2008.

● 줄거리

주인공 티타는 막내딸로 어머니가 죽을 때까지 결혼하지 않고 돌봐야 하고 부엌을 책임져야 한다는 멕시코의 전통에 따라야 할 운명이다. 티타를 좋아하는 페드로가 청혼하려는 것을 아는 어머니 마마 엘레냐는 페드로와 티타의 언니 로사우라를 결혼시킨다. 페드로는 티타가 짊어진 숙명을 벗어날 수 없다면 언니와 결혼해서 사랑하는 티타 곁에 있겠다는 결심을 한다. 사랑하는 페드로가 언니와 결혼하고, 티타는 12달의 요리를 하기 시작한다. 요리를 할 때마다 가족들이 죽거나 외부세계로 떠나버리는 경험을 한다. 티타도 점점 주어진 관습에서 벗어나는 요리를 한다. 의사 존의 집으로 떠나는 것을 계기로 티타도 부엌에서 벗어날 수 있다. 다시 돌아온 집에서 서서히 자아를 찾고 그동안에 언니도 마마 엘레냐도 죽는다. 티타는 페드로와 사랑을 회복하고, 불이 나면서 죽음을 맞는다. 불탄 곳에서 티타의 요리책이 발견된다.

확대되는 산 자의 공간, 부엌

요시모토 바나나 『키친』

생명의 공간 부엌

이 소설은 '내가 이 세상에서 가장 좋아하는 장소는 부엌이다'로 시작한다. 주인공 마카케의 부엌은 주변 인물들의 연이은 죽음으로 축소되었다가 살아있는 사람들과의 관계로 다시 확장된다. 소설 속에서 죽음이 반복되지만 삶의 확대는 부엌의 확장과 관계있다.

마카케가 부엌을 좋아하듯이 나도 부엌을 좋아한다. 온갖 냄새가 떠돌아다니다가 창문에 비쳐드는 햇살에 녹아내리면서 반짝이는 부엌. 도마 위의 잔금 자국들, 여러 가지 향이 닿았던 나무 국자, 한편에 놓인 원두커피 머신, 길이 잘 든 프라이팬, 이 모든 것들이 부엌에 있다.

부엌에서 만든 여러 가지 음식들이 때로는 공부할 힘을, 시를 읽고 느낄 힘을 주고, 하루 종일 일에 시달리는 사람에게 영양을 제공하는 것은 얼마나 멋진가. 그 일들은 다 살아있는 자들이 누리는 것들이다. 살아있는 자만이 부엌에서 보글거리며 끓어오르는 찌개를 먹거나, 따뜻한 수프를 마시거나, 고소한 참기름에 막 무친 나물이나 싱싱한 샐러드를 먹는다.

이 소설에서도 부엌은 산 자들의 공간이다. 마카케가 부엌을 좋아하는 것은 그곳만이 살아있다는 느낌을 주기 때문이다. 우리가 먹는 행위는 무엇인가. 살기 위해서가 아닌가. 부엌은 그래서 창조의 공간이다. 생명을 연장시키고 윤기 나게 하는 공간이다.

마카케의 부엌은 단지 '좋다'는 것을 넘어서 부엌만 있으면 '고통스럽지 않다'에까지 이른다. 부엌은 외롭고 고독한 삶에서 유일하게 반짝이는 곳이다. 마카케는 할머니가 돌아가신 뒤 부엌에서 잠을 잤다. 냉장고 옆이 가장 잠자기 편한 곳이라는 것을 알아버린 마카케는 인간의 죽음을 통해 삶의 슬픔이나 고독을 알아버린 셈이다. 그러나 여기서 죽음은 도피나 회피가 아니다. 그녀 스스로 '자신이 언젠가는 죽는다는 것을 잊지 않고 있다. 그렇지 않으면 살아있다는 기분이 안 든다'라고 느낄 만큼 삶과의 고요한 공존이다. 너무 일찍 알아버렸지만.

시인 고은이 장례식 참석 차 들른 충청도의 어느 마을에서 쓴 <문의 마을에서>의 시 한 구절, '죽음이 삶을 껴안고 있는' 그 문의 마을에서처럼 마카케는 부엌에서, 삶 속의 죽음을 껴안고 있다. '언젠가 죽을 때가 오면 부엌에서 숨을 거두고 싶다'고 생각할 정도로.

카이엔 문학상, 이즈미 쿄카상 수상. 대중적으로 바나나현상이란 유행어를 낳으며 큰 인기를 얻은『키친』은 그 후편이랄 수 있는『만월』과『달빛 그림자』세 편이 실려 있다. 세 작품 속에는 죽음의 그림자가 끝내 사라지지 않는다. 죽음 이후 남은 자들의 뼈저린 고독이,

맛있는 문학

오래 사용해 그 끝에 균열이 있거나 한 귀퉁이가 약간 떨어져나간 나무 국자를 닮았다. 반짝이는 음식 냄새가 낡은 균열 사이로 스며들어 있다. 마치 우리의 삶 속에 죽음이 언제나 서려 있듯이.

계란죽과 오이 샐러드, 따뜻한 음식

이 소설에 나열된 죽음에 대해서 살펴보자. 우선 마카케의 부모가 젊은 나이에 나란히 죽었다. 마카케가 중학교 들어갈 무렵에 할아버지가 죽었다. 할머니가 죽고 마카케의 삶에서 죽음은 점차 확대되고 생은 축소된다.

다나베 유이치도 낳아준 엄마가 죽었다. 엄마 대신 유이치를 돌보기 위해 여장을 하고 생활했던 에리코도 살해된다. 유이치는 갑자기 이 세상에 홀로 남겨져 생의 반경은 축소되어 삶과 죽음의 한복판에서 고독과 싸워야 한다. 그것이 바로 인간의 조건이 아닌가. 인간의 부조리한 조건.

이 소설에서 부엌은 죽음과 맞서는 생명의 공간이다. 꽃은 죽음을 정면에서 똑바로 바라보는 생명력을 상징한다. 마카케의 할머니는 생전에 꽃을 좋아해 일주일에 두 번씩 생화를 사다가 꽂았다. 할머니의 단골 꽃집이 유이치가 아르바이트를 한 곳이다. 꽃이 마카케와 유이치를 만나게 했고, 삶을 생생하게 만든다.

마카케가 유이치의 집을 갔을 때, 베란다에 '정글처럼 무성하게 자란 식물군이 담긴 화분과 플랜터가 죽 놓여' 있다. 마카케가 처음 사귀던 소타로도 잔디밭과 공원 등의 녹음이 있는 장소를 좋아했다. 이 꽃과 식물들은 죽음과 대응하는 생명이나 생생한 삶이다.

어느 날 고기만두 꾸러미를 들고 들어온 에리코는 느닷없이 유이치의 엄마가 죽던 때를 회상하면서 암으로 죽어가던 그녀에게 파인애플 화분을 선물했고, 죽어가던 그녀가 그 화분을 죽음이 깃들지 않게 다시 가져가라고 하던 때를 마카케에게 들려준다. 돌아오는 길에 오로지 생명이 있던 파인애플 화분과 자신만이 추위에 떨면서 슬퍼하고 있었다는 말을 덧붙이면서.

이처럼 죽음과 식물, 부엌, 이 세 개가 톱니처럼 맞물리면서 이 소설에서 죽음과 삶의 변곡점을 그린다.

마카케가 유이치의 여장 엄마인 에리코에게 만들어준 음식은 계란 죽과 오이 샐러드다. 테이블이 없어서 마루에 죽 늘어놓고 먹는 아침이지만 함께 먹어서 위로가 되는 따뜻한 식사였다.

    꿈의 키친,
    나는 몇 군데나 그것을 지니리라. 마음속으로, 혹은 실제로. 혹은 여행지에서. 혼자서, 여럿이서. 단둘이서. 내가 가는 모든 장소에서, 분명 여러 군데 지니리라.

    오랜 세월 손때가 묻도록 사용한 부엌이라면 더욱 좋다. 뽀송뽀송하게 마른 깨끗한 행주가 몇 장 걸려 있고 하얀 타일이 반짝반짝 빛난다.
    구역질이 날 만큼 너저분한 부엌도 끔찍이 좋아한다.
    바닥에 채소 부스러기가 널려 있고, 실내화 밑창이 새카매질 만큼 더러운 그곳은, 유난스럽게 넓어야 좋다. 한 겨울쯤 무난히 넘길 수 있을 만큼 식료품이 가득 채워진 거대한 냉장고가 우뚝 서 있고 나는 그 은색 문에 기댄다. 튀긴 기름으로 눅진한 가스레인지며 녹슨 부엌칼에서 문득 눈을 돌리면, 창 밖에서는 별이 쓸쓸하게 빛난다.

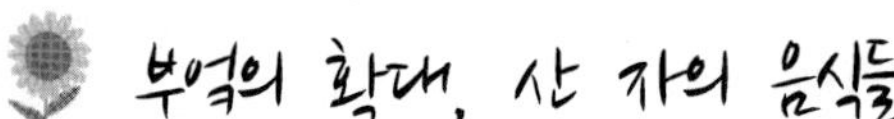 부엌의 확대, 산 자의 음식들

요리 보조사로 취직이 된 마카케에게 부엌은 음식을 만드는 공간, 산 자가 살아가기 위한 공간이다. 할머니의 부엌에서는 할머니와 마카케가 음식을 먹었고, 더 넓어지는 유이치 집의 부엌에서는 유이치와 에리코, 마카케가 함께 음식을 먹었다.

부엌은 점점 더 확대된다. 요리 보조사가 된 마카케는 점점 많은 사람들의 음식을 만드는 삶을 택하고 죽음에서 멀어진다. 부엌이 확장되면서 죽음에서 멀어지고 삶에 더 다가간다. 다만 마카케가 부엌을 확장해가는 동안의 그 지독한 쓸쓸함만 실루엣처럼 따라간다.

마카케가 단지 생명 연장만을 꿈꾸거나 벗어나려고 발버둥 치면서 살았다면 이 소설의 와 닿음도 별거 아니었을지 모른다. 그러나 마카케는 죽음도 그대로 껴안는다. 삶의 한 조건으로 죽음을 바라본다. 소설 속에는 산 자가 가득하듯이 죽은 자도 가득하다. 에리코의 죽음으로 상심하는 유이치에게 마카케는 '우리 주변은 죽음으로 가득하네'라고 말한다. 농담처럼, 쓸쓸한 농담일 테지만.

유이치가 듣고 싶었던 것은 그런 무심한 '농담' 같은 마카케의 대답이었다. 아무리 정색을 한들 죽은 자가 다시 산 자의 곁으로 돌아올 수 없다. 죽은 자가 떠나야 하는 길이 있듯이, 산 자도 걸어가야 하는 길이 있다. 그 길에서 살기 위해 먹으면서 또 하루를 지낸다.

장례식이 있는 집에서 울음보다는 웃음이 더 많이 흘러나오는 일이 나는 늘 어색하고 이상했다. 장례식장에 가도, 어릴 적 할아버지의 꽃상여를 따라간 적이 있는 날도 그랬다. 할아버지의 꽃상여 뒤에서 슬픔보다는, 누군가 허연 상복을 입고 따라가는 살아있는 나를 발견하면 어쩌나 하는 초조함으로 고개를 숙이고 걸었다. 냉정한 슬픔 같은 것이 도랑처럼 흘러가 도대체 그것들이 어디에 가서 멈출지 그 끝을 알 수 없어서 난처했고 암울했다.

죽은 자의 뒤를 따라 산 자도 그렇게 걸었었다. 결국 죽은 자나 산 자나 한번은 같은 길을 동행하는 셈이다. 아주 짧더라도…… 그리고 언젠가 함께 걸어가겠지만…….

마카케는 에리코가 죽은 후 유이치에게 먹을 것을 잔뜩 사오라고 한다. 들 수도 없이 많이 사온 요리재료들로 온갖 요리를 한다. 에리코가 죽기 전, 마지막으로 그녀 아니 여장을 한 그를 보던 편의점과 요플레를 생각하면서.

마카케의 할머니가 죽고 유이치의 집에 머물 동안 종종 세 사람은 여름날의 저녁을 함께 먹곤 했다. 제육과 냉면, 수박 샐러드, 어패류를 듬뿍 넣은 오믈렛, 소담스런 찜 요리, 튀김 등.

에리코가 지상에 없는 시간에 마카케와 유이치는 그때 먹던 음식보다 더 많은 음식들을 허풍스럽게 먹는다. 먹어야만 살아가는 산 자들의 의식인 셈이다. 오직 살아서 미안하다는 고해성사처럼.

앞날도 없이 안심한 공간이 따스하게 느껴졌다. 그리고 뭐라 잘 표현할 수는 없지만, 반드시 뒤탈이 있을 것만 같았다. 그것은 거대하고 공포스런 예감이었다. 그 거대함이 오히려 이 고독한 어둠 속에 있는 두 고아를 고양시켰다.

밤이 투명하게 밝아올 무렵, 우리는 다 만들어진 대량의 저녁을 먹기 시작했다. 샐러드, 파이, 스튜, 고로케, 튀김 두부, 나물, 당면으로 속을 넣은 만두, 닭살 무침, 탕수육, 찐만두……국적이 뒤죽박죽이었지만 천천히 시간을 두고, 포도주를 마시면서 전부 먹어치웠다.

에리코는 그녀의 아내, 즉 유이치의 엄마가 죽고 나자 스스로 여자가 된다. 삶이란 다 그런 것이다. 누구라도 다른 사람의 삶의 조건에 간섭하거나 끼어들 수 없다. 아무리 가까워도 삶과 죽음만은 오로지 그만의 것이다.

“버러지처럼 짓뭉개져도, 밥을 지어먹고 잠든다. 사랑하는 사람들은 모두 죽어간다. 그런데도 살아가지 않으면 안 된다.”

소월이 산 위에서 사랑하는 사람을 아무리 외쳐 불러도, 그 간곡한 ‘초혼’은 ‘하늘과 땅 사이가 너무 넓구나’라는 절규 앞에서 무참하고 무색하다. 산 자는 그 산 위에서 다시 내려와 홀로 살아가야 하는 것이다. 고독과 싸우며, 철저하게 먹고 배설하면서 살아있는 자의 용기로 그 지독한 쓸쓸함을 이겨내야 한다.

마카케가 요리보조사로 이즈에 가기 전에 유이치를 만나러 간다. 유이치의 집에서 밥을 지어먹는 일이 너무나 자연스러워진 마카케는 죽음에 관한 한 유이치와의 공통분모로 따뜻한 연대감이 생긴 것이다. 두 사람이 영화의 사운드 트랙이 흐르는 찻집의 한쪽 구석에 가서 앉을 때도 마카케는 생각한다.

다만 이렇게 밝고 따스한 장소에서, 서로 마주하고 뜨겁고 맛있는 차를 마셨다는 기억의 빛나는 인상이 다소나마 그를 구원할 수 있기를 바란다.

하지만 실은 그녀 자신이 지독한 슬픔과 고독을 견디고 위로받기를 기다린다. 그날 마카케는 처음으로 유이치를 주변 사람들의 죽음을 공유한 친구가 아니라 어쩌면 사랑할 수 있는지도 모른다고 느낀다.

이즈로 출장 가는 마카케가 유이치에게 선물을 고르라고 한다. 장어 파이는 도쿄역의 매점에도 파는 것이니 뒷전으로 밀려나고, 녹차, 와사비절임 등도 아닌 청어알절임으로 선물을 결정한다.

이즈는 두부 요리로 유명한가? 내가 동경에서 살 때 특별한 음식을 먹어본 기억이 없다. 과자도 아주 달거나 아주 짰다. 양배추 사다가 야끼소바를 열심히 해 먹었던 기억, 연어대가리가 든 생선을 사서 고춧가루를 팍팍 풀어 열심히 매운탕을 해 먹었던 기억, 동경생활이 익숙해질 무렵은 간장버섯밥을 해먹었다.

일본의 두부를 생각하면 특이한 향수로 떠오른다. 새벽이면 내가

맛있는 문학

살던 에도가와의 나무집들이 이어진 골목 사이로 두부냄새부터 흘렀다. 일본은 직접 두부를 만들어서 파는 가게가 골목마다 있었다. 일본의 두부는 끌려간 조선인이 만들어 퍼뜨린 것이라는 설도 있지만, 새벽이나 저녁 무렵이면 두부가게의 콩 익는 냄새가 마치 한국의 시골 마을에서 피어오르던 저녁연기처럼 스멀거리면서 퍼져, 그 냄새 때문에 아마 나는 동경의 생활을 견뎠는지도 몰랐다.

마카케가 요리보조를 위해 출장 간 이즈도 이렇게 두부로 유명했던 모양이다.

　　　"온통 두부, 두부야. 맛은 있는데, 아무튼 온통 두부, 두부찜에다 된장 바른 두부, 두부튀김, 유자하고 깨 뿌린 두부, 전부 두부, 장국에 계란 두부가 들어가 있는 정도는 말할 것도 없고, 딱딱한 게 좀 먹고 싶어서, 마지막 코스는 밥이겠지, 하고 기다렸더니, 웬걸 차 죽이 나오더라니까,"

그러나 마카케가 이즈에서 잊지 못하는 음식은 돈가스 덮밥이다. 너무나 맛있어서, 마카케의 요리선생이 취재하고 싶어 했던 맛을 가진 돈가스 덮밥이다. 맛있는 음식을 먹을 때 엄마는 자식을 생각한다. 사랑하는 사람들은 자기가 사랑하는 사람을 떠올리면서 같이 와서 다시 먹어보고 싶다고 생각한다. 풍경이나 음식이나 함께 공유하고 싶은 사람들은 진정으로 사랑하는 사람이다. 어떤 훌륭한 것도 혼자는 의미를 갖지 못한다.

　　　아무리 배가 고프다지만 나는 프로다. 이 돈가스 덮밥은 거의 행복한 만남이라고 해도 좋을 정도의 솜씨다. 고기의 질하

며, 소스의 맛하며, 계란과 양파를 익힌 정도하며, 고실고실하
게 지은 밥하며, 어디 흠잡을 데가 없다. 그러고 보니 낮에 선
생이, '사실은 그 집을 취재하고 싶었는데'라며 이 가게 얘기를
했던 게 기억난다. 나는 운이 좋다. 아아, 유이치가 같이 있다
면, 하고 생각한 순간, 나는 충동적으로 말을 뱉고 말았다.
　"아저씨, 포장도 되나요? 일인분 더 만들어주시겠어요?"

　남겨진 유이치의 고독을 순간적으로 기억한 마카케는 알 수 없는
불안에 '돈가스 덮밥'을 포장해서 택시를 대절해서 먼 길을 달려간다.
마침내 두 사람은 힘겹게 만나고, 유이치는 돈가스 덮밥을 먹고, 마카
케는 차를 마시면서 마주본다. 그러면서 '어둠은 이미 죽음을 포함하
고 있지 않다. 그것으로 족했다'고 생각한다. 지독한 고독과 죽음에
대한 뚜렷한 응시, 마카케는 용감하게 결행한 셈이다.

　가츠동으로 불리는 돈까스 덮밥은 우동과 함께 일본의 간편식이다.
동경에서 살 때 한국의 포장마차 같은 서서 먹을 수 있는 곳이나 탁자
1~2개 정도만 놓인 음식점을 가면 가장 만만하게 먹을 수 있는 것이
이 덮밥이었다. 일본은 달걀, 버섯, 고기, 튀김, 생선들을 밥 위에 놓고
소스를 얹어 먹는 것을 즐긴다. 한 끼로도 간편하면서 충분하다.

　마카케가 포장한 돈가스 덮밥은 고슬고슬한 밥 위에 튀긴 돈가스
를 올리고 소스를 끼얹은 후 달걀 프라이를 올린 것이다. 일본의 튀
김기름은 참기름 반, 옥수수기름 반을 부어 튀겨낸다. 한국에서는 참
기름을 먹으려면 발발 떨면서 한두 방울 떨어뜨렸는데, 동경의 튀김
집에서 참기름이 든 깡통을 들어 기름 솥으로 들이붓는 것을 보곤 그
냥 입이 딱 벌어지고 튀김이 왜 맛있는지를 알았다.

　요즘은 한국식 가츠동으로 김치 등을 얹기도 하는데 우리 입맛에

맛있는 문학

는 이쪽이 훨씬 낫다. 밥 위에 돈가스를 하나 얹고 소스를 끼얹어주는 일본식 가츠동은 내 생각이지만 튀김을 예술적으로 튀기고 참기름을 아끼지 않고 붓는 일본 사람들의 솜씨로 맛있는 것이 아닐까.

마카케가 사온 가츠동은 이즈의 유명한 요리이기도 하겠지만, 유이치에게 전달한 그 마음 때문에 더 따뜻하고 맛있는 것이리라.

부엌, 산 자와 죽은 자의 통로

부엌, 한때 살아있던 자들이지만 지금은 죽은 자들과 따뜻한 음식을 나눠먹으며 마주보고 있던 곳. 아직 김은 식지 않았고, 온기도 사라지지 않았고, 그들이 들고 따뜻한 국을 떠먹던 그릇들도 그대로 남아 있다. 그들만이 연기처럼 사라지고 없다.

마카케의 부엌은 죽은 자들을 기억하고 간직하는 공간이다. 그들이 살아있는 동안 따뜻하고 달콤한 음식을 나눠 먹었고, 그들이 앉아 있던 자리가 남아 있다. 점점 홀로 남는 고독한 존재로 삶을 견디고 있지만, 죽은 자가 연결시켜준 다른 사람들과의 만남은 마카케를 고독 속에서 벗어나게 한다. 결국 죽은 자를 통해 산 자와 연결되고, 산 자들은 또 죽은 자들의 추억으로 연결되어 삶을 이어간다.

마카케의 부엌은 죽은 자의 사라짐으로 축소되는 것이 아니라, 새로운 만남으로 확대되는 공간이다. 타자와의 대화가 이루어지는 공간인 부엌은 인간의 유한성을 보여주기도 하지만 또 고독한 존재들끼리의 만남의 고리를 죄어주기도 한다.

마카케가 유이치와 에리코에게 음식을 해서 먹이거나, 돈가스 덮밥을 먼 거리에서 가져다가 외로움에 지친 유이치에게 먹일 때, 그 자신이 오히려 위로받고 있다. 부엌은 그런 곳이다.

마카케가 부엌을 가장 좋아하듯이 나도 따뜻한 온기가 감돌고 달콤한 향기가 있는 부엌을 좋아한다. 나도 누군가의 음식을 기억하고 있듯이 또 누군가 나의 음식을 기억할 것이다. 마카케가 가득한 죽음에 에워싸여서도 '젊음'의 윤기를 잃지 않았듯이, 우리는 아직 죽음을 맞을 준비를 할 때가 아니므로 부엌은 아직 따뜻하고 지독한 쓸쓸함은 다만 거기 내버려둘 뿐이다.

요시모토 바나나, 『키친』, 민음사, 2004.

● 줄거리

어린 시절 부모를 한꺼번에 잃은 주인공 마카케는 할아버지도 잃고 마지막으로 홀로 남아 그녀를 돌보던 할머니마저 잃는다. 그녀에게 할머니가 생전에 다니던 꽃집에서 아르바이트를 하던 유이치가 찾아온다. 고독한 마카케는 유이치의 집에 살러 가고, 유이치의 엄마인 에리코를 만난다. 에리코는 여장을 하고 살아가는 남자다. 유이치의 엄마가 죽자 유이치를 키우기 위해, 또 그녀의 아내인 유이치의 엄마가 죽자 삶은 그저 행복하면 된다는 깨달음을 얻으면서 그렇게 살아가는 것이다. 게이 바에 나가는 에리코가 살해당하면서 유이치는 고아가 된다. 마카케는 요리전문가의 보조로 일하고 이즈로 출장을 가면서 유이치에게 돈가스 덮밥을 사준 계기로 두 사람은 가까워지고 마카케는 사랑의 감정을 느낀다.

달걀, 사랑의 은유

주요섭 『사랑손님과 어머니』

 ## 밥값으로 치른 사랑의 홍역

『사랑손님과 어머니』에서 사랑은 은유적이다. 드러내놓고 할 수 없는 사랑의 슬픔이 마치 불투명한 창호지문으로 들여다보듯이 차분하다. 서술자가 6살짜리 아이, 옥희라는 점에서 더욱 그렇다. 어머니를 빼앗기고 싶지 않을 나이의 옥희의 눈에 비치는 어머니와 사랑손님의 거리는 그래서 가깝고도 멀다.

작가가 신경향파에서 멀어지면서 쓴 이 소설은 이후 작가의 명성을 오래 유지하게 한다. 이 소설은 카프가 해체되면서 박영희가 '잃은 것은 문학이요, 얻은 것은 이데올로기다'라고 말하던 때 나온다. 작가는 이때 박영희와 같은 심정이었을지 모른다. 다만 그는 작품으로 말한다.

　6살 옥희는 어머니, 작은 외삼촌과 함께 살고 있다. 유복녀로 옥희를 낳은 어머니는 생활에 보탬이 될 하숙을 친다. 옥희 아버지의 친구인 사랑손님이 하숙생으로 들어온다. 옥희 어머니는 과부이지만 겨우 24살의 여성이다. 나이어린 여성이 딸을 데리고 살려면 하숙이라도 치지 않을 수 없다. 생활고를 위해 밥값이라도 벌려고 하숙을 치는 것이 사랑의 홍역을 앓게 되는 계기가 된다.

　사랑손님 방에 들어가지 못하고 내외하는 옥희 어머니에게 함께 사는 옥희 외삼촌이 '요즘 세상에 내외합니까'라면서 누나가 밥상을 직접 들고 들어가라고 부추긴다. 동생의 마음은 누나가 새로운 인생을 살길 바랐을 것이다. 따라서 이 작품에서 밥상은 어쩌면 새로운 사랑이 만들어지는 계기가 될 수 있었다. 이 소설의 배경인 1930년대는 이로 미루어 남녀 간의 관계가 관습에 그다지 얽매이지는 않았던 것으로 보인다. 다만 24살의 과부인 옥희 어머니가 다른 여성들보다 봉건적이고 관습적인 면이 강하다.

　조선시대를 거치면서 출입금지와 남존여비에 묶여 있던 여성들에게 동학혁명으로 인해 새가금지법이 철폐된다. 기독교는 여성에게 남녀평등의 휴머니즘적 사고를 가르쳤고, 여성의 예배당 외출을 허용하고 한글을 보급해 글을 읽고 쓸 줄 알게 했다.

　옥희 어머니도 일요일마다 예배당에 간다. 사랑손님이 보낸 흰 봉투에 든 편지를 읽을 줄도 안다. 그러나 옥희 어머니는 구시대적 남녀관계의 구태의연함을 버리지 못했다. 과부지이만 재가는 아직 꿈도 못 꾼다.

　사랑손님은 옥희에게 이야기책을 읽어주거나 함께 외출을 하고, 옥희는 사랑손님이 아빠였으면 좋겠다고 생각한다. 사랑손님과 함께

맛있는 문학

산책을 나갔다가 친구들을 만난 옥희는 사랑손님을 '아버지'라고 소
개한다. 사랑손님과 옥희 어머니는 옥희를 사이에 두고 서로의 감정
을 간접적으로 드러내지만 옥희가 다락방에 숨는 사건이 벌어진 후,
옥희 어머니는 옥희가 자신의 전부라고 깨닫고 사랑손님에게 갔던
감정을 접는다.

옥희의 의도와는 다르게 어머니와 사랑손님 사이의 사랑은 결국
옥희로 인해 끝난다. 어린아이 서술자의 역할은 애초에 두 남녀의 사
랑에 촉매제가 아니었다.

이 소설의 시대적 배경은 1930년대다. 옥희 어머니가 다시 결혼을
하면 사람들이 자신을 '화냥년'이라고 손가락질한다고 굳게 믿었던
시대였다. 일제시대 우리의 여권신장운동은 서구적 여권신장과는 달
랐다. 서구적 여권신장은 남성과 대립되는 개념에서 시작해 남녀평등
을 부르짖었지만, 우리는 일제시대란 특수한 환경 속에서 독립운동과
결부되어 막상 필요한 여성의 지위나 권리에 대해서는 논의가 늦었다.

그리움의 응축, 달걀 상징

달걀의 원은 하나의 응축된 세계다. 달걀껍질을 뒤집어쓰고 그 안
에 새로운 생명이 웅크리고 있다. 원으로 이루어진 달걀의 모습처럼
응집되는 사랑의 감정은 그래서 더 이상 확대되거나 번져가지 못한
다. 모아지고, 담아둘 수밖에 없다.

옥희 어머니에게 달걀이 담고 있는 세계는 남편을 잃은 여성에게

새롭게 등장한 사랑손님으로 잠시 동안이나마 세계 전부였다. 그 세계는 옥희 어머니가 인생에서 얼핏 포기한 듯이 보였던 사랑이었다. 부화기에서 나온 달걀은 겉모양으로는 더 이상 새로운 생명을 만들기를 포기한 듯이 보인다. 그러나 달걀은 아직 생명을 담고 있다. 새로운 부활과 재생을 꿈꾼다. 옥희 어머니가 사랑손님을 만난 것은 새로운 숨쉬기였고, 그리고 일시나마 숨을 쉬었다.

달걀은 봄이나 풍요와 다산의 상징으로 주로 쓰였다. 로마시대는 달걀이 그 안에 생명을 가진 것으로 인식되어 부활과 재생의 이미지로 간주되어 껴묻거리로 무덤 속에 들어갔다. 달걀은 기독교에서는 부활절에 쓰인다. 원은 순환적 구조다. 달걀이 이처럼 순환과 부활의 상징을 가진다고 볼 때는 옥희 어머니에게도 희망으로 작용할 수 있었다.

달걀은 사랑손님과 어머니의 사랑을 가장 상징적으로 드러내는 소재다. 사랑손님이 달걀을 좋아한다고 옥희가 말하자 옥희 어머니는 달걀반찬을 사랑손님의 밥상에 올린다. 그전에는 달걀이 비싸서 옥희도 제대로 먹을 수 없던 음식이었다. 그러나 사랑손님과의 이별이 찾아오자, 어머니는 더 이상 달걀을 사지 않는다. 가장 먼저 달걀사기를 멈추었다. 달걀이 가진 원의 세계는 빙 돌아서 제자리에 돌아오는 구조였다.

소설의 배경인 1930년대만 달걀이 귀하고 대접받던 시대가 아니었다. 그 이후 오랫동안 달걀은 귀한 음식이었다. 내가 초등학교를 다니던 시절에도 달걀은 소풍 목록 1호였다. 소풍가기 전날, 미리 달걀을 삶아서 가방에 챙겨두었다. 막상 소풍 장소에 가서 달걀을 펼치면 달걀껍질은 와삭 부서져 있고 달걀마저 으깨져서 울상을 지었지만 그래도 귀해서 다 먹었다. 서울에서 대학을 다닐 때, 지방을 오가던 그 방학 기차, 무궁화호에서도 달걀은 점심 대신, 간식 대신으로, 늘 삶

맛있는 문학

아서 먼저 챙겨 다니던 음식이었다. 달걀이 없는 기차는 얼마나 심심한 것인지. 그때 습관 때문인지 나는 지금도 찜질방을 가거나 차를 탈 일이 있으면 달걀을 꼭 삶아간다.

우리나라의 시조들이 등장하는 신화나 전설 속의 알은 세계 속으로 첫발을 디디는 확산의 알깨기로 생명의 의미였지만, 옥희 어머니에게는 그 반대로 세계에서 자신 속으로 들어가서 웅크린 것이다.

어머니는 달걀을 되풀이해서 사지만 그 의미를 확산시키지 못한다. 옥희 어머니에게 알은 확산이 아니라 응축의 상징으로 작용하기 때문이다. 사랑손님이 떠나고 이제 어머니는 더욱 달걀의 견고한 껍질을 뒤집어쓸 것이다.

확산의 자연스러운 세계를 만들기에는 아직 시대가 너그럽지 않았다. 과부도 재가하면 화냥년이란 소리를 듣던 1930년대. 과부가 된 여성에게 그 시대는 너무 야박하고 매몰찬 곳이었다. 옥희 어머니 자신이 그런 사회의 구습을 버리지 못하는 한 세계는 더 완고하다.

옥희 어머니가 사랑손님을 배웅하면서 먼 언덕에서 바라보던 기차의 뒷모습은 쓸쓸하고 비애스러워 슬픔의 긴 여운을 만들고 있다. 기차의 긴 뒷모습처럼 옥희 어머니에게 사랑손님이 오래 남을 것이다. 다만 여운을 남기며 멀어져 간 긴 기차의 뒷모습처럼 옥희 어머니의 쓸쓸한 사랑이 오래 남을까 걱정이다.

사랑도 겉으로 드러낼 수 없어서 6살 어린아이의 눈으로, 빙 에둘러 말했던, 그리고 달걀이란 음식을 통해 사랑을 은근히 드러내야 했던 그 쓸쓸한 은유.

주요섭, 『사랑손님과 어머니』, 소담출판사, 1995

초콜릿, 불안한 청춘의 맛

김민서 『쇼콜라 쇼콜라』

 **부유하는 청춘의 맛, 컵케이크**

인생에서 깊은 갈림길에 선 나이가 어디일까. 인생은 그때그때 다 깊은 계곡이다. 겨우 빠져나왔나 싶으면 다시 또 깊은 골짜기 속으로 어느새 걸어가고 있다.

나는 이 소설 주인공 아린의 갈림길 나이처럼 27살이 가장 절망적이었다고 생각하는 사람이다. 20대 쪽으로도 붙지 못하고, 30대로 넘어가기에도 어정쩡한 나이, 어둡고 절망적인 나이, 무엇을 했으면 좋을지 궁리만 한참 하는 나이, 이제 시작해야 하는 나이, 시작할 수 없을 것 같은 나이, 무엇을 손에 쥐고 있는지도 모르는 막막한 나이. 그러나 희망을 거머쥘 수 있는 나이라는 점에도 공감한다. 아직은 불투명한 희망이라도. 그래서 아린의 27살은 절망과 희망이 날실과 씨실처럼 섞인 나이다.

쇼콜라, 즉 초콜릿은 27살의 나이엔 반어적이다. 모든 것을 잊고 싶은 순간에 단 한 가지 단맛만 기억하고 싶은 순간의 음식이다. 학교 교실에는 아린과 단희, 이렇게 딱 두 종류의 아이들이 앉아 있다. 아니 아린 같은 아이들이 훨씬 많다. 단희 같은 아이들이 드물다. 그런데 두 부류의 아이들 모두 초콜릿을 먹듯이 인생이 가볍지 않다. 인생은 누구에게나 가벼운 것이 아니므로.

이 작품은 부유하는 청춘들이 많이 오가는 홍대 앞이 배경이다. 강남역 인근, 신촌 대학가, 홍대 앞, 압구정동, 신사동 가로수길 등이 요즘 아이들이 많이 가는 장소라고 한다. 가끔 아이들을 따라가 보면 낯선 문화에 어리둥절하면서도 그 길에 떨어진 방황의 흔적들을 본다. 언젠가 나도 흘리고 다녔던.

사촌형제인 아린과 단희는 살아가는 방식부터 다르다. 아린이 무기력한 청춘이라면, 단희는 목표를 위해서 가차 없이 모든 것을 절제하고 제어하는 청춘이다. 아린이 초콜릿을 아무 생각 없이 먹듯이, 단희는 초콜릿을 함부로 먹는 자들을 혐오한다. 아린은 예쁘지도 않고 몸매도 엉망이다. 단희는 예쁘고 몸매도 깔끔하다. 그들이 초콜릿을 다루는 방식이 다르듯이 인생도 다르다.

대문을 나서자 코 닿을 데 있는 카페에서 달콤한 향기가 풍겨왔다. 초콜릿, 아몬드, 시나몬, 바닐라 향기, 컵케이크로 유명한 아담한 카페는 홍대의 다른 카페들이 그렇듯 무언가 있어 보이는 인테리어로 오가는 손님들의 눈길을 끌었다. 테이블 두

개가 들어가는 자그마한 테라스가 특히 예뻤는데, 아린은 우울한 일이 있을 때마다 그곳에 홀로 앉아 초콜릿 컵케이크를 한꺼번에 세 개씩 해치웠다. 그랬다. 그녀는 빅토리아 시크릿 슈퍼모델들의 환상적인 몸매를 탐욕스럽게 쳐다보면서 탐욕스럽게 컵케이크를 긁어 먹는 여자였다. (……)

단희는 달랐다. 사촌동생은 먹고 싶지만 먹어서 안 될 것이 손에 들려 있다면 가차 없이 쓰레기통에 던져버리고 뚜껑까지 덮어버릴 여자였다.

아린은 직장을 갖지 못한 채 주먹밥 만들기 아르바이트, 임시 학원 강사 등을 전전하면서 임용고시를 준비한다. 임용고시라는 화려한 이름의 시험에 합격하리라곤 처음부터 꿈도 꾸지 않는다. 아린의 남자친구 우주도 삶에 목표가 없다. 아버지의 당구장이나 물려받아 살면 그만이다.

단희는 목표를 위해서 고등학교 시절에는 게슈타포라는 별명을 기꺼이 감수하고 오로지 공부만 하며 악착같이 살아왔다. 자신의 목표에 위배되는 어떤 행동도 단희에게는 의미 없고 가치 없다. 그 덕분에 친구도 애인도 없지만 일류 전자회사에 취직했다. 뛰어난 미모와 몸매까지 가지고 있다.

우리가 사는 세상은 아린과 단희의 두 부류로 나누어진 듯이 생각되지만, 그 끝은 어떨까. 첨예하게 다른 두 인생이지만 엇비슷한 자리에 서 있지 않을까. 달콤한 컵케이크를 먹지만 자꾸 먹으면 그냥 덤덤하고 담담한 맛이듯이. 아무리 달디단 음식도 몇 숟가락 떠먹기 힘들듯이.

단희는 한마디로 자기애가 매우 강하다. 지나친 자기애는 대인관계 능력이 황폐하다고 조사되고 있다. 단희의 자기애는 폐쇄적이어서 직장에서도 어울리지 못하고 학교생활도 외톨이였다. 자기애의 특징인 전지전능과 연결된 특권의식으로 단희는 그동안 비사회성조차 의식하지 못했으나 아린의 집에 다시 들어와 살면서 사는 방식에 회의를 느끼기 시작한다.

🧁 가슴 '아린' 이름, 쇼콜라 퐁당

초콜릿은 이 책에서 그저 달콤한 음식이 아니라 아린에게는 무기력을 드러내는 음식이며, 단희에게는 삶의 단맛을 함부로 즐겨서는 안 된다는 경고용 음식이다. 아린에게는 자포자기 맛이라면, 단희에게는 절제의 강력한 데드라인이다. 아린은 컵케이크를 먹을 때, 단희가 살 빼려고 하면서 더 먹느냐며 제지하자 그 말이 맞는 줄 알면서도 울컥한다.

> 이 달콤한 음식이 자신의 의지박약의 상징인 것만 같아 눈을 감아버리고 싶었던 적이 종종 있었다. 다이어트를 외치면서 초콜릿 컵케이크 주문을 저지당하면 분노하는 여자, 그 한심한 의지박약아가 현재의 자신인 것이다.

의지박약이 비단 아린만의 것일까. 그 나이 또래의 몇몇 단희들을 빼면 모두 다 아린이다. 아린은 더 이상 우리 시대에서 고유명사로 존재하지 않을지 모른다. 아린이란 이름은 말 그대로 가슴이 '아린'

그런 나이의 이름이기 때문이다.

'나긋나긋하게 사람 무시하는 유전자'를 가졌을지 모르는 단희가 겉으로 보기엔 20대 후반의 인생을 성공적으로 거머쥐었다고 생각하는 것이 현재 우리의 삶의 기준이다. 물론 행복의 기준은 아니다. 그 성공은 행복이냐 아니냐의 기준과는 멀다. 그냥 성공이다. 그런데 단희는 다시 돌아온 아린의 집에서 더 외롭다. 보통으로 사는 사람의 모습이 자꾸 들여다보고 싶다.

단희도 금지 음식으로 여겼던 초콜릿을 먹고 있다. 초콜릿이 듬뿍 든 뜨끈뜨끈한 쇼콜라 퐁당.

금지된 선을 넘었을 때의 아찔한 해방감. 숟가락질에 점점 더 가속도가 붙었다. 문득 아린이 떠올랐다. 초콜릿 컵케이크를 마시듯 해치우며 행복해 하던 사촌언니. 그녀가 그렇게 단 것에 집착한 것은 어쩌면 현실을 짓누르는 고민거리들이 이 달콤한 초콜릿과 함께 입안에서 녹아 없어지길 바라서였는지도 몰랐다. 지금의 자신처럼.

단희도 이제 초콜릿을 먹기 시작한다. 혐오식품이요 금지식품으로 치부했던 초콜릿은 단희가 반한 '드물게 잘생겼지만' 삶의 낙오자였던 마이클이 말한 대로 '스트레스에는 달콤한 게 제일'에 딱 어울리는 음식이다.

쇼콜라 퐁당은 프랑스어로 '녹는 초콜릿'이다. 부드러운 빵 사이에 들어간 초콜릿은 숟가락으로 떠먹을 때마다 따뜻하고 부드럽게 흘러내린다. 자신이 정한 목표에서 한 치의 오차도 없이 인생을 살았던 스물여섯 살의 단희나, 자신의 인생 목표에는 한 걸음도 다가갈 수

117

없던 아린에게 초콜릿은 결국 똑같은 의미다. 두 사람이 초콜릿을 먹어야 하는 그 우울하고 쓸쓸한 청춘의 상대는 다르지만.

초콜릿의 주원료인 카카오 종자의 약 5%는 테오브로민으로 폐의 평활근을 이완시켜 긴장을 풀고 편안하게 만든다고 한다. 무기력하게 살아가는 아린은 자기에게 닥친 '지금'을 잊기 위해, 단희는 이제 '긴장'을 줄이기 위해 초콜릿을 먹는다. 쇼콜라 퐁당. 초콜릿 속에 퐁당 빠져든다는 우리말의 어감이 느껴져 더 역설적인 단맛의 음식.

단희는 사랑을 시작했으므로 초콜릿을 먹는다. 초콜릿에 들어 있는 소량의 페닐에탈아민은 인간이 사랑을 느낄 때 두뇌에서 나오는 것과 같은 화학물질로 감정을 고조시키는 것이라고 한다. 초콜릿의 트립토판은 미미하나마 마약 효과를, 카페인은 각성효과와 흥분제의 역할을 한다고 하니 단희가 초콜릿을 먹기 시작한 것은 새로운 감정이 생길 것이란 암시다.

삶, 장게장표 주먹밥

주먹밥은 가장 만만한 음식이다. 먼 거리를 여행할 때, 도시락 쌀 때, 다양한 주먹밥은 모양도 내기 좋지만 간편하게 먹기 쉬운 음식이다. 다른 반찬이 구태여 없이도 먹을 수 있다. 편의점에서는 삼각 김밥이 가장 인기 있는 음식으로 70% 이상의 비율로 선호도가 높다는 통계도 있을 정도다. 테이크아웃 밥은 20~25세의 연령대가 주 6회 이상 섭취를 한다고 조사되고 있다.

삼각 김밥은 오니기리라고 해서 일본식 김밥이다. 동경에서 살 때 삼각 김밥과 후리가케를 뿌린 주먹밥을 늘 순식간에 쌌었다. 동경은 물가가 너무 비싸서 밥을 사먹기도, 우동 하나 사먹기도 쉽지 않아 주먹밥은 후다닥 도시락용이었다.

사람들은 사무실에 앉아 컴퓨터를 두드리지 않는 직업은 미래가 보이지 않는 불안정한 직업이거나 사회의 낙오자가 어쩔 수 없이 선택하는 직업이라고 생각한다. 그래서 아린은 누구에게도 주먹밥 만드는 일을 사랑한다고 털어놓을 수 없었다.
'정거장' 표 주먹밥은 정거장 주먹밥, 참치 주먹밥, 멸치 주먹밥, 오늘의 주먹밥, 튀김 주먹밥, 다섯 가지로, 오늘의 주먹밥은 그날그날 재료에 따라 달라졌다. 어느 날은 쇠고기를 넣기도 하고 가끔은 구운 연어가 들어가기도 했다.

임시직으로 전전하던, 알바 인생의 아린은 주먹밥을 만들 때가 가장 행복하고 편했다. 주먹밥 만들 때만은 자신 있고 행복했던 아린은 마침내 주먹밥집을 맡기에 이른다. 27살 아린이 가진 최초의 제대로 된 직업이다. 아린에게 주먹밥 집이 이름처럼 영영 머무르게 될 인생의 '정거장'일지, 아니면 잠시 머물다가 다른 곳으로 떠날 '정거장'일지 두고 볼 일이다.

20대 초반의 연령대가 가장 선호하는 음식이 주먹밥일 때 이들이 추구하는 간편식이 앞으로 우리의 식문화를 어떻게 변화시킬지 감이 오지 않는다. 아린도 편의점에서 주먹밥을 만들 때 그 시간이 가장 편하다. 여기서는 직업의 귀천에 대해서 논의하려는 것은 아니니 넘어가기로 하자. 다만 아린이 좀 더 적극적이고 용기 있게 자신의 일

을 찾아가지 않고 아르바이트 자리에서 편하게 느끼는 현실은 어쩐
지 서글프고 답답하다.

아린과 단희의 갈등과 화해는 초콜릿을 먹으며 이루어진다.

이제 두 여자는 눈앞에 놓인 따끈따끈한 초콜릿 컵케이크를
한 입씩 나누어 먹고 있다. 한 여자는 위로를 받으며, 또 다른
여자는 해방감을 느끼며, 두 여자 모두 행복해지기 위해서.

초콜릿은 아린에게 위로였을 때 단희에게는 멸시의 대상이었다. 이
제 단희에게 위로가 될 때 아린에게는 해방의 상징이 된다. 어느 쪽이
든 초콜릿은 행복의 상징이다. 스페인의 정복자 코루디스가 서인도 정
복 당시에 병사들에게 카카오음료를 먹이자 힘을 얻은 것처럼, 아린과
단희도 새로운 인생을 위해 초콜릿을 먹고 힘을 얻을지 모르겠다.

아직 불안하게 더 흘러갈 청춘의 시간들이지만, 삶의 정거장에 20
대 후반의 두 여자들은 잠시 서 있다. 우리들이 불안하게 흘러가던
그 청춘의 징검다리를 건너고 지금 이 자리에 서 있듯이.

김민서, 『쇼콜라 쇼콜라』, 노블와인, 2010.

아린과 단희는 한 살 터울의 사촌형제다. 26살과 27살이지만 살아가는 방식은 다르다. 초콜릿을 탐닉하는 아린은 몸매도 얼굴도 능력도 잘난 게 없어서 아르바이트나 하는 무기력한 삶을 산다. 반면에 단희는 친구도 필요 없이 살았지만 날씬하고 예쁘고 공부도 잘해서 일류전자회사에 취직한다. 아린의 남자친구도 아버지 당구장이나 물려받으며 어영부영 살아야지 하는 인물이다. 단희의 부모가 외국에 가면서 단희는 아린의 집에 살러 온다. 아린으로 인해 사기성이 있던 마이클을 알게 된 단희는 서서히 변해가고, 그처럼 혐오하던 초콜릿도 먹기 시작하고 사람들과 관계를 맺어간다. 마이클도 마침내 거짓된 삶을 벗고 올바로 살아가고, 아린은 아르바이트를 하던 주먹밥가게를 맡아서 한다. 두 사촌형제는 이제 나란히 앉아서 초콜릿을 먹고 있다.

맛있는 문학

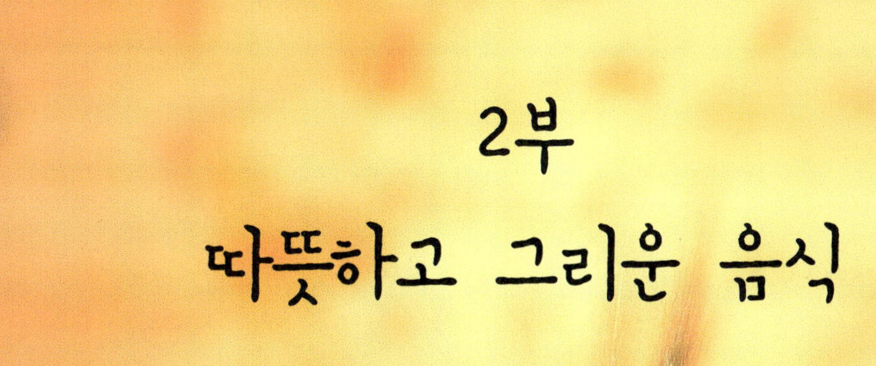

2부
따뜻하고 그리운 음식

흰 식탁보 깐 밥상에 차린 그리운 음식들

백석 『나와 나타샤와 흰 당나귀』

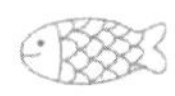 ## 두레상에 놓인 토속음식

백석을 연모하던 자야라는 여성은 운영하던 요정 대원각을 법정스님에게 시주했고, 스님은 이를 사찰 길상사로 바꾸었다. 2004년 수능 언어영역에 초유의 정답 오류사건이 있었는데, 백석의 시 <고향>이 나온 문제였다. 이런 일련의 사건으로 널리 알려진 백석을 통속적이지 못하게 하는 것은 'ㅇ'을 하나 떼버린 토속적인 시인이기 때문이다.

백석의 『나와 나타샤와 흰 당나귀』란 특이한 제목의 시집을 다 읽고 나면 눈앞에 흰색의 식탁보를 깐 둥근 두레상에 맛난 음식을 잔뜩 차려 배부르게 먹은 것 같다. 코끝에, 머리칼 속에, 입고 있는 옷에도 꼭 배어든 것만 같은 음식 냄새, 혀끝에 남은 그 맛은 무엇일까.

백석의 시는 새로운 어휘사전이 필요할 정도로 토속적인 사투리의 힘이 강하다. 우리를 낯설게 하지만 어느새 매우 익숙한 맛으로 바뀌고 우리를 못 견디게 그리운 밥상 앞에 앉게 한다. 칠이 군데군데 벗겨진 다리가 보이는 나무 밥상 위에는 레이스로 뜬 흰색의 식탁보가 아니라, 하얀 모시나 흰색의 무명으로 마름질한 흰 식탁보가 깔려야 제격이다.

밥상 위에는 부뚜막에서 막 간한 나물이 담긴 양푼이, 나물을 놓을 흰 사기접시, 채반에 올린 부침개, 연탄불 위에 걸친 가마솥 뚜껑 위에서 익어가는 생선조림들, 딱 그런 음식들이 놓여야 제격이다. 밥상 앞에 따라와 앉는 그 옛날의 할머니, 외할아버지, 이모들 그리고 사촌들까지 떠오르는, 가슴이 문득 저릿저릿해지는 기억들까지 밥상 앞에 앉는다.

백석의 시를 읽는 동안 혀끝에 따라온 맛은 머리로 음미하는 것과는 차원이 다르다. 음식이 관념의 맛으로 버무려졌을 때 문학은 한갓 공허한 울림이 된다. 백석의 시에 차려진 음식은 낯설어서 어떻게 먹는 것인지 걱정이 앞서는 음식이 아니라, 편하게 먹을 수 있는 음식상이다. 모두 그리운 음식들이다. 가슴이 꽉 메게 그립고 돌아갈 수 없는 옛날까지 묻어 있어서 서럽기까지 한 것들이다.

> 아, 이 반가운 것은 무엇인가
> 이 히수무레하고 부드럽고 수수하고 심심한 것은 무엇인가
> 겨울밤 쩡하니 익은 동치미국을 좋아하고 얼얼한 댕추가루(고
> 춧가루)를 좋아하고 싱싱한 산 꿩의 고기를 좋아하고
> 그리고 담배 내음새 탄수 내음새 또 수육을 삶는 육수국 내음새
> (……)
> 이 그지없이 고담하고 소박한 것은 무엇인가
>
> ―시 〈국수〉 중에서

백석의 토속적 세계는 근대화된 의식 속에서 단순한 회상 속 정물이라고 간혹 평가받는다. 백석의 시 대부분을 차지하는 음식의 맛과 냄새를 맡으면 그런 정의가 가능할까. 우리가 지금 먹는 음식들이 그 옛날에 먹지 않던 것이 어디 있으며, 또 그 옛날에 먹던 음식을 지금 먹지 않는 것이 어디 있는가. 음식이란 그냥 덜 먹고 더 먹고의 차이다.

내가 무척 좋아하는 국수를 후각, 시각, 미각 또 멀고 먼 원형적 기억까지 뭉뚱그려 놓아서 먹고 싶게 만드는 힘은 백석이기 때문에 가능하다.

 ## 신화적인 무의식의 음식 나열법

백석이 활발하게 시를 쓰기 시작한 1930년대 후반은 시와 소설에서 모더니즘이 대세이던 시기였다. 순수시를 쓰던 시문학파들, 이상의 초현실주의적 모더니즘, 백석의 시가 모더니티가 있다고 평한 김기림의 모더니즘, 한국적 모너니즘 시인으로 불리는 김광균이 시를 쓰던 공간이었다. 이 속에서 시인들이 어떻게 자신의 영역만을 견지할 수 있었을까.

백석의 시들이 산문적 요소가 강하고 띄어쓰기들이 혼재된 시가 나타날 때, 이상의 띄어쓰기를 무시하고 자동기술법에 의존해 쓴 시와 소설들이 있었다. 백석의 시들 <여우난골족(族)>, <고야(古夜)> 등처럼 음식이나 추억에 관련한 다수의 시들은 산문적이고 띄어쓰기를 무시한다. 지난 기억들이 떠오르는 대로 쭉 나열한다. 백석이 순전한 토속적이 아니라는 평가는 당연히 당대의 문화적 충격을 받았을 것이며, 조선일보 편집기자였던 그로서는 누구보다도 그 부분에 민감했을 것이다.

그러나 백석은 시대적 변화들을 모사하지 않았다. 자신만의 언어를 구축했다. 그 점을 우리는 간과하지 말아야 한다. 거기에 백석만의 음식이 맛있게 차려진다. 남성 작가로서는 매우 드문 현상이다. 여성이 아니면서 그 많은 음식을 기억할 수 있는 이유는 무엇일까. 바로 우리의 것을 음식에서 찾으려고 했기 때문이다.

백석의 시에 등장하는 음식들은 무려 150여 종이 넘는다. 설마 이 음식들이 그의 어린 기억 속에 다 있었을까. 있더라도 그 이름들을 다 알았을까. 당연히 아니다. 그런데 그의 시에는 이 음식들의 이름이 모두 나온다.

모더니즘이라는 서구의 문화들이 여울지어 흐르고, 일제가 신사를 설치하면서 조선민속인 무교를 억압하고, 국사당을 외곽으로 내몰아 버리는 사태 속에서 신문사에 있던 백석은 가장 먼저 이 대책 없는 우리 것의 소멸에 절망했을 것이다. 백석은 작가로서 고민했고, 그리고 마치 신화 속처럼 그의 무의식에 끼어들어 있던 음식들을 하나하나 꺼내는 작업을 했을 것이다. 백석의 시 <가즈랑집>, <외가집> 등에 귀신과 무녀가 등장하는 것도, 귀신들이 찾아오는 시간인 제사에 대해서 시들을 쓰는 것도 예사롭지 않다.

백석의 시는 그저 태어난 것이 아니다. 그의 고민 속에서 탄생한 것이며, 그것을 자연스럽게 나타내는 방법으로 띄어쓰기를 무시한 채 마치 지금 눈앞에 끝없이 차려지듯 음식들을 밥상에 쭉 포개서 올린다. 언젠가 전라도 해남에서 먹어본 한정식이 그랬다. 반찬 그릇을 놓을 자리가 없을 정도로 음식들이 차려졌고, 음식들은 겹겹이 쌓였다. 백석이 시를 쓰기 시작하던 일제시대인 1933년에 한글맞춤법이 첫 개정되지만 신문사 편집기자인 그는 이것을 비웃듯이 시를 써내려간 것이다.

이웃과 나누어 먹던 음식들

내가 어릴 때만 해도 떡은 명절이나 제삿날, 혹은 생일에 큰 마음 먹고 만든 음식이었다. 백석의 시에서도 떡은 이런 특별한 날들과 이어져 있다. 음식은 그냥 음식이기보다 우리의 전통적 의식이나 명절과 관련이 있어서 익숙하고 정겹다. 명절은 공동체의 시간이다.

내 기억 속에서 떡에 입힐 푸르스름한 콩가루와 미색의 콩고물들이 아직도 대청마루에서 분분히 날고 있다. '노란 싸릿 잎이 한불 깔린 토방에 햇칡방석을 깔고' 먹는 호박떡, 인절미, 송구떡, '명절날 엄마 아배를 따라' 간 큰집에서 먹은 콩가루 차떡, 백설기를 돌나물김치와 먹으며 귀신의 딸인 가즈랑 할머니를 생삭하고, 멍절날의 조개송편, 달송편, 죈두기송편의 곱게 빚던 모양에 넣던 밤소, 팥소보다도 설탕 든 콩가루소가 더 맛있다고 시인은 생각한다. 기장차떡과 제삿날 '쩌락쩌락 떡치는 소리' 는 감자떡이고, <고방>에 가면 단옷날 즐겨 만드는 소나무속껍질을 삶아 우린 물을 멥쌀가루에 반죽해 만든 송구떡 등이 백석의 시에 등장한다.

이 외도 백석의 시에 나오는 다른 음식들을 살펴보자.

국은 민물새우를 넣고 끓인 무징게국, 대구국, 소피를 넣고 끓인 시래기국, 가지냉국, 미역국, 추탕 등이 차려진다. 김치로는 돌나물김치, 동치미가 나오며 김장김치를 하느라 '오가리며 석박지, 생강에 파에 청각에 마늘'을 넣고 만드는 김치가 있다. 생선을 간장에 조림한 것이 맛있다고 하고, 호루기젓갈이 나온다.

시 <통영> 에 나오는 '아가미' 는 짭쪼름해서 뜨뜻한 밥 한 그릇이 후다닥 비워진다. 한국의 나폴리라고 불리는 통영은 박경리의 소설 『김약국의 딸들』의 배경 도시다. 또 백석의 구원의 여인으로 알려진 '란' 이 사는 곳이다.

이 시에서 아가미는 대구아가미젓갈로 보인다. 내가 대구아가미젓갈이라고 단정 짓는 것은 바다가 있는 지방의 젓갈로는 단연 으뜸이기 때문이다. 대구아가미젓갈의 씹는 맛이란 어디 견줄 데가 없을 정도로 밥 한 그릇을 뚝딱 먹어치우게 한다. 바닷가 도시에서 살았던 내가 제일 좋아하는 음식이기도 하다.

도미, 가자미, 전복회, 꼴뚜기, 명태, 노루고기, 여러 번 반복되는 이북음식인 가자미식혜 등이 맛나다. 산꿩고기는 국수 말아먹는데 웃기나 국물로 쓰인다. 호박잎에 싸서 찐 붕어와 수육 등이 곳곳에 걸게 차려져서 허기를 느낄 정도로 푸짐하다.

전복회, 꼴뚜기, 명태, 노루고기, 산꿩고기, 참치회, 떡국, 박삶기, 제비꼬리, 마타리, 쇠조지, 가지취, 고비, 고사리, 두릅순, 회순, 산나물들, 물구지우림, 둥굴레우림, 도토리묵, 도토리범벅, 무감자, 시래기타래, 호박죽, 미역국, 약밥, 두부, 콩나물, 볶은 잔디, 도야지비계, 창란젓, 고추무거리, 메밀, 강낭엿, 돌배, 번데기 냄새, 금귤, 귀이리차, 개구리 뒷다리, 날버들치, 찹쌀탁주, 여기에 간식으로 밤. 은행, 천도복숭아 등까지, 백석의 시에는 그야말로 육해공이 총망라한다. 어느 한 가지 음식의 맛과 향기가 아니다.

백석은 그의 삶 자체가, 음식 속에서 다감한 한 편의 서사였고 서정이었다. 백석이 하나도 빠뜨리지 않고 이렇게 쟁여놓은 음식들이 일제에 대한 반감으로 인한 것이든 아니든 이렇게라도 함으로써 우리의 고유함을 잃지 않았다. 음식 냄새를 풀풀 풍겨야 안심이 되었던 것이다. 백석이 차린 음식들이 후각과 미각이 우세한 이유다.

백석의 시에 등장하는 음식들은 끼니가 되어서 차려지는 음식이 아니다. 유년의 추억이나 일가집의 추억, 명절과 제삿날의 기억, 이웃에서 흘러나오는 음식 냄새들로 어우러져 있다. 백석시의 음식들이 추억이나 회상 속에서 이루어지는 것이 아니었다면 단지 관념에 흘러버렸을 것이다. 백석의 시는 모두 우리의 것에 연결된다. 매우 실체적이고 생생하다. 이 생생함이 평안도 사투리에 실려 더 그 맛을 궁금하게 하고 설레게 한다.

백중 때 먹는 깨죽과 빈대떡이 있다. 절밥까지 먹은 기억 속에서 흰밥과 튀각, 두부가 있다. 내 기억 속에도 있는 간하지 않은 나물들 위에 우두커니 있은 다시마튀각이 얹힌 절밥은 백석의 기억이 아무래도 원조였던가 보다.

피나무 소담한 제상 위에는 떡, 보탕, 식혜, 산적, 나물 지짐, 반봉, 과일들, 왕밤, 싸리꼬치, 두부산적이 정갈히 차려진다. 그 제상을 바라보며 그 옛적의 할아버지와 또 그 할아버지와 손자와 또 그 손자까지 생각하는 초시간적인 순간에 음식은, 음식 이상이 되어 우리의 것으로 대물림한다. 백석의 시의 맛은 바로 우리의 피 속에 그 맛을 간직하게 하고 우리의 살로 대물림하게 하는 데 있다.

백석은 이를 두고 한마디로, 시 <목구(木具)>에서 '슬픔을 담는 것,

아, 슬픔을 담는 것'이라고 곱씹는다.

> 처마끝에 명태를 말린다
> 명태는 꽁꽁 얼었다
> (······)
> 해는 저물고 날은 다 가고 별은 서러웁게 차갑다
> 나도 길다랗고 파리한 명태다
> 문턱에 꽁꽁 얼어서
> 가슴에 길다란 고드름이 얼었다

—시 〈멧새 소리〉 중에서

'길다랗고 파리한 명태'는 바로 백석이었다. 고향을 그리워하면서도 타향에 머물러야 했던 비애들이 시 도처에 나오는 이유다. 타향에서는 그 옛날 고향에서 모두 둘러앉아 먹던 구수한 음식들이 없었다.

백석의 시에 추억의 음식들이 나올 때 그도 주체할 수 없었는지 쭉 나열하면서 산문적이 된다. 그리움이 연달아 폭죽처럼 터졌을까.

흰 식탁보 깐 밥상

백석의 시에 등장하는 음식과 사물들이 우리 것이라고 느끼는 것은 바로 흰빛 때문이다.

나타샤와 나는
눈이 푹푹 쌓이는 밤 흰 당나귀 타고
산골로 가자 출출히 우는 깊은 산골로 가 마가리(오막살이)에
살자
(……)
산골로 가는 것은 세상한테 지는 것이 아니다
세상 같은 건 더러워 버리는 것이다

-시 〈나와 나타샤와 당나귀〉 중에서

백석의 시 <나와 나타샤와 당나귀>란 시에서 흰빛이 환상적으로 느껴지는 이유는 나타샤란 이국적인 이름 때문일 것이다. 우리의 것, 우리의 음식에 대해서 말하던 시인이 나타샤와 함께 눈이 푹푹 쌓인 산골로 가서 살고 싶다고 할 때, 눈은 자신의 사랑을 방해하는 세상과 유리되게 만드는 소재다. 화자는 눈이 푹푹 쌓인 산골로 들어가는 것은 또 '세상에 지는 것이 아니라, 세상 같은 것은 더러워 버리는 것'이라고 한다. 수동적이기보다 능동적인 삶을 살기 원했던 백석의 힘이 잘 드러난다.

1920년대 이상화가 난데없이 '마돈나여'라고 부르짖었듯이 백석도 도무지 그의 시적 기류와는 낯선 이 '나타샤'를 부른 까닭은 무얼까. 당시 백석은 자야와 함께 단성사에 톨스토이의 소설인 <전쟁과 평화>의 영화 상영을 보러갔다고 한다. 나도 오드리 헵번이 나타샤로 나온 <전쟁과 평화>를 보았지만, 이 소설 속의 여주인공이 나타샤다. 백석은 이로 인해 나타샤란 이름을 차용한 것으로 보인다.

뜬금없이 왜 흰 당나귀일까. 선비들처럼 당당하게 말을 타고 들어

133
맛있는 문학

가는 것이 아니라 왜소하고 힘이 없어 유약해 보이는 당나귀를 백석은 택한다. 조선시대에 그려진 몇 편의 기려도(騎驢圖)에는 말이 아니라 당나귀를 타고 가는 선비들이 나온다. 당나귀는 갈기를 세운 말처럼 늠름하지도 않고 연약한 네 다리로 겨우 사람을 태우고 목은 힘겨워 꺾은 채 걸어간다. 백석은 이 기려도 속의 힘겹게 걸어가는 당나귀를 탄 선비에 자신을 비유한 것일까.

말을 타고 늠름히 걸어갈 수 없는 시대, 당나귀라도 타고 어디론가 가고 싶었던 시대. 비록 그 시대를 떠날 수 없었지만 백석이 흰빛으로 시를 휘감았을 때, 세상의 더러움과 오욕으로부터 자유롭고 싶었기 때문이리라.

이미 백석이란 이름에 흰빛이 들어 있지 않은가. 마치 주술처럼. 그 흰빛은 바로 백석이 부르짖던, 세상 같은 더러운 것을 버리게, 혹은 버리지 못하더라도 차단하는 마음이었던 셈이다. 그러나 나타샤라는 낯선 서양 이름으로 부르는 여성과 함께 가려고 했을 때 백석은 슬프게도 정작 떠날 수 없었다.

백색문화가 우리 민족의 속성인 것은 맞다. 백자, 창호지문, 흰 쌀밥, 백설기, 흰옷. 흰빛은 순수하고 순결한 우리의 마음을 닮았다. 일제시대 눈은 폐쇄와 단절의 상황을 드러내는 것이기도 하다. 이육사가 <광야>에서 '지금 눈 내리고/매화 향기 홀로 아득하니'라고 했을 때 '눈'은 꼼짝도 할 수 없이 우리를 가두던 폐쇄된 일제시대를 가리킨다. 백석도 이런 단절의 심정이 작용했었을까. '산골로 가자'고 청유형으로 말하며 부탁하지만, 같이 가려는 '나타샤'가 가지 못할 때는 그도 갈 수 없었다.

이 흰 바람벽에
내 가난한 늙은 어머니가 있다.
(……)
내 사랑하는 어여쁜 사람이
어느 먼 앞대 조용한 개포가의 나지막한 집에서
그의 지아비와 마주 앉어 대구국을 끓여놓고 저녁을 먹는다
벌써 어린 것도 생겨서 옆에 끼고 저녁을 먹는다
(……)
―나는 이 세상에서 가난하고 외롭고 높고 쓸쓸하니 살어가도
록 태어났다
그리고 이 세상을 살아가는데
내 가슴은 너무도 많이 뜨거운 것으로 호젓한 것으로 사랑으로
슬픔으로 가득 찬다.

―시 〈흰 바람벽이 있어〉 중에서

흰빛은 시인에게 더러운 세상과의 차단벽이기도 하고 순수의 방공
호다. 위 시에서 흰 바람벽을 마주하고, 단 감주나 한잔 먹고 싶다고
생각하는 동안에 그 벽에 김치를 담그고 있는 어머니, 화자가 사랑하
는 사람이 그의 지아비와의 사이에 난 자식을 사이에 두고 대구국을
끓여먹고 있는 상상으로 외롭고 쓸쓸하다.

이 시의 사랑하는 여인은 백석이 평생을 마음속으로 사랑했던 구
원의 여인 '란'으로 알려져 있다. '란'은 통영에서 살고 있어 백석의
시가 통영과 관계된 시가 다수 있음은 예사롭지 않다. 바다나 포구,

대구국 등은 바로 '란'을 그리워하는 이미지다.

바다가 있는 고장에서는 대구를 미역이나 콩나물을 넣고 끓여먹는다. 비리지 않고 몹시 시원하다. 나도 제일 좋아하는 생선이 대구다. 어렸을 때만 해도 대구가 너무 비싸서 마음대로 먹지 못하는 생선이었다. 대구는 쫄깃한 볼때기는 탕으로, 아가미와 내장은 젓갈로, 대구의 대부분을 차지하는 알도 젓갈이나 탕으로 먹는 생선이다. 대구가 워낙 비싸다 보니 대신에 명태를 먹었다. 시적 화자는 자신이 가장 사랑하는 여인에게 가장 맛있는 생선국 '대구탕'을 먹이고 싶었던 것이리라.

백석은 외로움이나 쓸쓸함은 하늘이 가장 귀하게 여기는 자에게 내리는 것이라고 퍽 낙관적이고 적극적으로 생각한다. 왜냐하면 음식을 먹는 상상 속에서 보는 이들은 다 그가 사랑하는 어머니이거나 여인이었기 때문이다. 그래서 그는 얼마든지 외로워도 좋았고 쓸쓸해도 좋았다.

백석의 흰빛을 좋아하는 고결한 성품은 시 <남신의주 유동 박시봉방>에서 자신을 정갈한 '갈매나무'로 만드는 힘이 된다. 백석에게 흰빛은 깨끗이 빨아 깐 식탁보 같은 것이며, 그의 상상은 이 흰 바람벽 앞에서 추억속의 그리운 음식들과 함께 자리 잡는다.

백석의 시들이 토속적인 것은 그의 시에 수차례 반복되어 나오는 가자미식혜, 국수 먹는 광경, 수박씨 호박씨 까먹는 것까지, 우리의 유년시절부터 익숙하게 대하던 음식들이기 때문이다.

이런 음식들은 마침내 개울물에 뽀득뽀득 빨아 훨훨 털어서 햇살에 바짝 말린 흰 식탁보를 깐 추억의 밥상 위에 차려진다. 백석이 차린 소박한 음식들이 정찬이 된 것은 눈이 내려 당나귀까지 흰색으로 바꾼 그 흰빛, 백의민족인 바로 우리를 위해 차린 음식이기 때문이다. 구태여 음식에 관념을 덧입히지 않고, 있는 그대로 기억 속에서 꺼내어 차렸기 때문이다.

음식이 고달픈 가난이나 부재 속에 놓이는 한 가지 소재로만 등장했다면 백석의 시는 날이 갈수록 그 감칠맛과 정갈한 백색의 멋을 더하지 못했을 것이다. 그의 토속성을 한껏 돋운 음식들은 그냥 그리운 것들이다.

냄새와 혀끝에 감도는 그리운 음식의 향기를 지닌, 그런 그리운 것.

백석,『나와 나타샤와 흰 당나귀』, 시와 사회, 2003.

삶과 죽음의 공존을 가르쳐준 식탁

로버트 뉴턴 펙 『돼지가 한 마리도 죽지 않던 날』

 ## 죽지 않은 돼지

구제역으로 수많은 돼지가 묻혔다. 죽었다가 아니라 묻혔다고 표현하니 이 소설의 주인공 로버트의 마음처럼 저리고 쓸쓸하다.

이 소설의 제목인 '돼지가 한 마리도 죽지 않은 날'의 의미는 다양하다. 돼지 도살자인 아버지가 돌아가심으로써 더 이상 돼지들이 죽지 않아도 되거나, 깨끗한 옷을 입고 아버지가 교회에 가는 날만은 돼지가 한 마리도 도살되지 않는 날이거나, 한 마리의 아기 돼지 핑키가 로버트의 마음속에서 죽지 않고 영원히 살아있다는 의미거나, 어렵고 힘든 생활을 꾸려가느라고 늘 힘들었던 아버지가 돌아가신 뒤로는 저 세상에서 돼지를 죽이면서 살아가는 날이 이제는 없을 것 등의 의미로 해석해도 될 듯하다.

이 소설의 다양한 해석은 가난 속에서도 신에 대한 경외감을 가지고 생명을 존중하는 사람들의 삶이 들어 있기 때문에 가능하다.

구제역의 급 전염은 바이러스 문제도 있지만, 돼지들을 오로지 살찌우기 위해 좁은 우리 안에 가둬놓은 탓이라고 한다. 내가 어릴 때만 해도 돼지 키우는 집들이 많았다. 내가 살던 집과 담장도 없이 살던 노씨 집은 돼지들을 몇 마리 키우면서 아들을 서울의 대학도 보냈다. 나는 방과 후면 음식 찌꺼기들을 가지고 돼지 구경을 갔다. 그러는 동안 새끼 돼지가 암퇘지로 변하거나, 꿀꿀거리며 아는 척을 하던 돼지가 어느 날 사라지는 경험을 했다.

돼지들도 어느 날 새마을 사업이 불어 닥치면서 점점 사라졌다. 한 마리씩 사라지던 돼지가 어느 날 딱 한 마리만 남았는데, 돼지우리 속에 여러 마리가 꿀꿀대고 있을 때는 먹을 것을 가져가면 저마다 달려오던 돼지들이, 혼자 남으니 먹을 것을 가져가도 사람을 무서워하면서 한구석으로 숨었다.

사람들은 돼지가 지저분한 짐승이라고 생각하지만 돼지는 우리만 넓으면 스스로 대소변도 가리고 잠자리도 정해서 자는 깔끔한 짐승이다. 내가 음식 찌꺼기를 가지고 돼지에게 가는 저녁 무렵, 돼지 주인은 물을 끼얹어 돼지를 늘 씻겨주었다. 바닥은 그래서 늘 깔끔했다.

열심히 돼지를 키우던 사람들 사이에서 돼지 냄새가 난다는 말이 나기 시작하더니 어느 날부터 그 돼지 냄새로 서로 싸우기 시작했다. 먼저 돼지를 팔기 시작한 사람들이 아직 돼지가 남은 집에다 대고 냄새난다고 떠나라, 팔라 하면서 돼지 싸움은 동네 싸움으로 번졌다. 어느 날 동네서 돼지가 한 마리도 남지 않았고, 돼지 냄새도 사라졌다. 동네잔치나 결혼식, 장례식, 굿상, 명절이면 추렴을 해서 돼지 한 마리씩 잡던 일도 그때부터 사라졌다. 돼지 한 마리를 잡으면 각을 떠서 집집마다 나누던 풍습도 사라졌다. 각자의 울타리 속에서 일어나는 일은 이제 각자가 알아서 해결하는 시간으로 변한 것이다.

저녁이면 남은 음식찌꺼기를 들고 돼지가 있던 집집으로 모여서 동네 이야기를 나누던 사람들도 사라지고 돼지 때문에 울타리도 없던 집들이 하나씩 울타리를 쳤다. 돼지들은 사람들 기척만 들려도 꿀꿀대면서 정신없이 이리 몰렸다 저리 몰렸다 하면서 집지키는 선수들이어서 울타리가 따로 필요가 없었기 때문이다.

이처럼 나도 돼지에 대한 따뜻한 추억이 있다. 로버트처럼.

이 소설은 성장소설이다. 로버트가 내면적으로 성숙해가고 사회적 책임에 다가가는 과정을 통과의례처럼 쓰고 있다. 거기엔 인간과 짐승의 삶과 죽음이 있다. 로버트는 살아있는 것들이 태어나고 죽으면서 삶을 깨우친다. 로버트는 소 행주치마의 새끼 낳는 일을 돕고 아기돼지 핑키를 선물로 받으면서 생명의 가치를 배운다. 아기 돼지 핑키와 아버지의 죽음으로 삶과 죽음의 모순된 이분법적 구조를 알게 되고 그 안에서 로버트는 성장하고 어른이 된다.

행복한 우유 한 잔

12살 로버트는 어떤 일이든 있는 그대로 받아들이면서 자연에 어울리게 사는 아이다. 로버트의 아버지는 농사를 짓는 한편, 돼지 도살로 생계를 이어간다. 로버트는 '아빠 몸에서는 밤이고 낮이고 항상 그 냄새가 났다'는 것을 알고 있다. 로버트는 이웃집 소 행주치마가 새끼 낳는 것을 도와준 대가로 선물 받은 아기 돼지 핑키를 온 마음을 기울여 키운다. 처음으로 자신의 것이 생겼기 때문이다.

생명이 있는 것들은 다 유한하다. 인간만이 아니라 모든 살아있는 것들의 운명일 수밖에 없다. 겨우내 먹을 고기를 마련하기 위해 로버트의 아버지는 핑키를 도살하고, 로버트도 그토록 애지중지 키운 핑키를 죽이는 일을 어쩔 수 없이 거들어야 했다.

로버트 가족을 비롯한 셰이커교도들은 집에 사치품이 있으면 안 될 정도로 검약하게 살며 가난도 신의 뜻으로 받아들인다. 아버지가 돌아가실 때 로버트는 13살이지만 가족을 책임지고 아버지의 몫까지 살아야 한다. 그때 비로소 로버트는 가난이 얼마나 고통스런 것인지 경험한다.

"하느님, 왜 이렇게 가난해야 합니까? 사는 게 지옥 같아요."

로버트가 신을 향해 이렇게 부르짖기 전에는 우유 한 잔으로도 행복했던 소년이었다. 이웃집 소 행주치마가 새끼를 낳을 때 돌보다가 팔을 물려 바늘로 꿰매는 고통스런 상처를 입었어도 우유 한 잔만 마셔도 행복했다. 다른 사람의 젖소가 길을 잃고 로버트의 집에 들어왔을 때, 그 소로부터 신선한 우유를 한 잔 짜서, 아버지는 마시는 커피에 그 우유를 탔고, 로버트는 딱 한 잔만 그 소의 우유를 마셨다. 그때도 다른 소의 우유를 짰다고 '하느님이 우리를 용서해 주실까요?'라고 로버트와 아버지가 서로 물을 정도로 순박하게 행복했다. 딱 마실 만큼만 짰으니 그 정도야 용서할 것이라고 믿는 사람들이다.

천지에 깔린 풀을 우유로 바꿀 수 있다는 것, 그리고 옥수수로 돼지를 키울 수 있다는 것.

그들은 자연이 이렇게 생명으로 바뀐다고 믿어 부드러운 우유 한 잔만 있어도 행복했고, 자신이 살고 있는 땅을 좋아했다. 이 소설에서 우유는 로버트와 그 가족이 자연을 생각하는 마음을 담은 음식이다.

모든 우유가 다 그런 것은 아니다. 돼지 핑키를 잡아야 했을 때 미리 눈치 챈 로버트는 집에서 기르는 소 데이지에게서 짠 신선한 우유가 형편없는 맛이라고 느낀다. 로버트에게 우유는 자연이면서 또 감정을 싣는 음식물이기 때문이다.

로버트의 집은 우유 한 잔이 따뜻하고 특별한 음식이라고 생각할 정도로 가난한 집이다.

선행으로 받은 음식들

열두 살 로버트는 행주치마가 새끼를 낳는 것을 돕느라고 행주치마의 입 안으로 팔을 집어 넣었다가 물려서 다친 다음날 착한 일을 한 선물로 콩 요리와 신선하고 따뜻한 우유 한 잔을 받아 맛있게 먹는다. 아버지로부터 상으로 사과 한 개도 받는다. 사과는 가을에 수확해서 다락에 두고 조금씩 먹던 것이다. 조금밖에 안 남아서 로버트에게는 정말 귀한 음식이었다. 로버트는 아버지에게서 스프루스껌도 한 개 받는다. 로버트에게 껌은 행주치마로부터 받은 상처의 고통을 잠시 잊게 만들 만큼의 효력이 있다.

스프루스껌은 전나무에서 채취한 진을 껌을 만드는 원료로
사용한다. 처음에는 딱딱하고 껄끄럽지만, 한참 씹다 보면 부
드러운 맛이 살아난다. 아빠가 준 껌을 씹으니, 입 안에 아주
달콤한 맛이 고였다. 가끔 껍질을 뱉어내야 한다는 것이 약간
귀찮을 뿐이었다.

아이들에겐 가끔 어른이 이해하지 못할 것들이 많다. 맛있고 푸짐
한 음식보다 껌 하나, 초콜릿 하나가 오히려 그 아이의 기분을 좌우
할 때가 더 많다. 위기철의『아홉 살 인생』에서 주인공 여민이 초콜
릿 하나를 얻자 골방청년의 연애편지 심부름을 해주고, 윤흥길의『장
마』에서 주인공 동만이는 초콜릿 하나를 얻어먹고 빨갱이인 삼촌을
고자질한다.

로버트가 껌을 씹으며 고통을 잊을 정도로 좋다고 하는 소박한 말
을 잠시 생각해보면 빙긋이 웃음이 나온다. 아이들은 다 똑같다.

개구리 고기는 닭고기 맛과 비슷했다. 먼저 미끈미끈한 껍질
을 벗긴 다음, 뒷다리를 잘라서 불에 구워 먹으면 그렇게 맛있
을 수가 없었다. 그리고 나머지 부분은 좋은 닭 모이가 된다.
하지만, 뒷다리 두 개밖에 못 먹는다는 게 안타까웠다.
(……)
"왜 뒷다리만 먹어야 돼요? 앞다리도 먹을 수 있으면 좋을
텐데요?"
"그야 살이 없으니까 그렇지, 커다란 개구리를 잡아서 친하
게 사귄 다음, 뒤로 뛰는 법을 가르쳐 보렴. 그러면 앞다리도
뒷다리만큼 통통하게 살이 붙어서 먹을 수 있을 테니."
다음 날 낮에 조그만 연못으로 나가서 커다란 개구리를 잡아
하루 종일 뒤로 뛰는 법을 죽어라고 가르쳐주었다. 하지만, 그

건 애당초 불가능한 일이었다. 단 한 번도 뛰지 않으니 말이다.

로버트는 개구리 앞다리를 맛있게 만들기 위해 개구리를 잡아서 열심히 훈련을 시키지만 개구리는 뒤로 뛰지 못한다. 앞으로만 뛸 뿐이다. 로버트가 아무리 가난을 벗어나려고 해도 벗어날 수 없듯이. 그리고 그 가난 속에서도 절대로 자신의 순수함과 순박함을 버릴 수 없듯이.

삶과 죽음이 공존하는 식탁

구제역 사건으로 온 나라가 떠들썩할 때 나는 이 소설을 다시 읽었다. 로버트의 돼지 핑키는 죽었다. 먹을 게 없어서 어쩔 수 없이 돼지 핑키를 잡아야 했던 로버트의 가족에게 핑키는 인간을 위해 자연물로 돌아간 돼지다. 그래서 돼지 핑키의 죽음은 막상 담담하다. 핑키의 주인 로버트에게 핑키의 죽음은 슬픔을 억누른 채 살아가는 법을 배우기 위한 통과의례의 과정이다. 로버트는 삶이란 죽음을 사이좋게 데리고 걸어가는 것이라는 것을 알았을까.

우리가 구제역에 걸린 돼지들을 함부로 살 처분하는 것과는 상황이 다르다. 우리는 아무도 돼지의 생에 대해서 엄숙하지 않다. 돼지는 자신을 전부 다 주고, 잔칫상이나 제물로 빠지지 않고 사용되어도 더러운 우리 속에서 갇혀 살면서 인간의 먹을거리로만 살아간다. 돼지는 가죽까지 하나도 버리지 않고 사용한다.

우리는 그날 저녁을 맛있게 먹었다. 따뜻한 과자와 벌꿀이 맛있었다. 식사를 마치자, 초콜릿 케이크가 나왔다. 다람쥐 위에서 꺼낸 호두는 충분히 말려졌다. 캐리 이모가 따뜻한 오븐에서 호두를 꺼내 케이크 위에 뿌렸다. 커다란 초콜릿 하늘에 하얀 별들이 박힌 것 같았다. 나는 케이크를 잘라서 입 안에 넣었다. 둘이 먹다가 하나가 죽어도 모를 만큼 맛있었다.

이 소설에서 식탁은 삶과 죽음이 함께 공존하는 공간이다. 로버트의 아버지가 돌아가셨을 때 집 안에 관을 놓을 자리가 없어서 부엌 식탁 위에 관을 올려둔다. 거실은 조문 온 사람들이 있어야 할 장소라서 관을 둘 수 없다.

일상적으로 음식을 올려놓고 세끼 밥을 먹는 식탁 위에 시신을 넣은 관을 둔다는 것은 우리 식의 정서가 아니다. 우리는 병풍 뒤에 관을 두어 죽은 자를 가린다. 부엌 식탁이 관을 올려도 상관없는 곳이란 생각은 이미 삶과 죽음은 하나거나, 죽음이 삶을 초월해서 존재한다고 생각하는 것이다. 우리는 시신도 산 자에게서 가장 멀리 떨어진 곳에 매장한다. 죽은 지기 한때 살았던 삶의 현장에서 가장 멀리 보낸다.

시체를 넣은 관을 식탁 위에 두고 장례를 지낸 로버트는 아버지의 죽음이나 돼지 핑키의 죽음이 삶에서 멀어진 것이 아니라, 그저 삶 속에 존재하고 있다는 것을 알았기 때문이리라. 삶과 죽음은 이제 같은 자리에서 서로 따뜻이 위로하고 있다.

로버트 뉴턴 펙,
『돼지가 한 마리도 죽지 않던 날』, 사계절문고, 2004.

주인공 로버트는 길을 가다가 이웃집 테너 아저씨의 소 행주치마가 새끼 낳는 것을 보고 도와주다가 팔을 물려 상처를 입는다. 테너 아저씨가 고마움의 표시로 아기 돼지 핑키를 로버트에게 선물한다. 셰이커교도인 로버트 집은 가난하다. 아버지는 농부이며 돼지도살자다. 사과 농사가 제대로 되지 않고, 겨울을 지낼 고기로 사슴사냥을 나서지만 한 마리도 잡지 못한다. 가난한 로버트 집은 어쩔 수 없이 핑키를 죽여서 겨울에 먹을 고기를 마련한다. 아버지도 얼마 후에 돌아가신다. 거실은 조문객을 맞아야 하고 관을 놓을 자리가 없어서 부엌 식탁 위에 아버지의 시신이 담긴 관을 놓고 장례를 지낸다. 로버트는 이제 아버지 대신 집의 가장으로서의 삶을 살아야 한다.

추억과 역사의 삶의 편린인 음식

박완서 『그 많던 싱아는 누가 다 먹었을까』

 **추억의 싱아**

이 소설에 나오는 '싱아' 가 무엇일까. 이 소설을 읽을 때면 아이들은 나에게 먹어본 적 있냐고 질문한다. '싱아' 사진을 보니 낯익지만, 먹어본 적은 없는 것 같다. 그 대신 내가 살던 곳은 바다를 낀 도시여서 찢어진 잡지를 고깔처럼 만든 종이 안에 삶은 고동 등을 넣어 손에 들고 다니면서 먹었다. 논밭에서 나는 깜부기를 핥아먹던 기억, 고소한 냄새가 풍길 때쯤의 벼이삭, 밀알을 훑어 먹으며 미끄덩거리던 그 맛을 즐기던 일이 기억난다.

이 소설은 작가의 자전적 요소가 다분하다. 내가 어릴 적 맛보던 것들을 잊지 않고 그 동네의 구석구석까지 추억하듯이, 작가에게 싱아는 추억의 음식으로 향수를 자아낸다.

나는 불현듯 싱아 생각이 났다. 우리 시골에선 싱아도 달개
비만큼이나 흔한 풀이었다. 산기슭이나 길가 아무 데나 있었
다. 그 줄기에는 마디가 있고, 찔레꽃 필 무렵 줄기가 가장 살
이 오르고 연했다. 발그스름한 줄기를 꺾어서 겉껍질을 길이로
벗겨 내고 속살을 먹으면 새콤달콤했다. 입 안에 군침이 돌게
신맛이, 아카시아 꽃으로 상한 비위를 가라앉히는 데는 그만일
것 같았다.

싱아는 6~8월에 흰색의 꽃이 피는, 줄기가 1m 정도의 높이로 곧
게 자라는 풀로, 열매는 삼각형으로 광택이 나며, 봄에 뜯은 어린잎과
줄기는 나물로, 어린 대는 신맛이 있어 날로 먹고, 한방에서 수렴제,
폐렴·기침 치료제로 쓰기도 하며, 우리나라 전국 각처에 볕이 잘 드
는 산기슭이나 빈 터에서 자라는 다년생 초본이라고 되어 있다.

싱아와 비슷한 것으로 까마중으로 불리던 것이 있다. 먹으면 들큰
한 맛이 있고, 먹고 난 후는 입 주위나 혓바닥이 온통 새까매서 잘 지
워지지 않아 그런 것을 따먹고 다닌다고 어른들에게 혼이 나곤 했다.

이 소설에서 싱아는 아이들이 산과 들을 쏘다니면서 먹던 것들이
다. 주인공은 싱아를 먹던 유년 시절을 추억하면서 '쓸쓸한 정서'라고
한다. 이 소설이 작가의 유년 기억을 담은, 소설로 그린 자화상이라고
하지만 아무래도 작가의 유년의 기억에 상상의 추억까지 덧입힌 것
이리라. 그러나 이 소설에 나오는 모든 기억은 너무 생생해서 우리의
유년이고 추억이다.

먹을 게 귀하던 시절, 산과 들과 길거리에 나는 풀들과 논밭에 있
던 벼이삭이나 깜부기들, 실개천의 미꾸라지와 가재들, 얕은 바닷가
의 고동들과 짭짜름한 풀들도 다 먹을거리였다. 아이들은 햇볕에 새

까맣게 그을리면서 우르르 몰려다녔고, 후드득 날아오르는 메뚜기를 잡아서 강아지풀에 주르르 꿰고 집으로 돌아가면 저녁 반찬으로 튀겨져 나왔다. 개구리를 잡은 남자아이들은 다리를 묶어서 줄레줄레 꿰어 가져가면 무얼 했을지 궁금했지만 결코 묻지 않았다. 나올 대답이 징그러웠기 때문이다. 이렇게 내 유년의 산과 들이나 작가의 산과 들은 다르지 않다.

주인공은 교육을 위해 시골에서 서울로 왔다. 풍요로운 시골에서의 벗어남이 서울의 지독하게 가난한 동네로의 전입으로 바뀌는 어정쩡한 공간이동이었다.

이 소설의 주인공이 내적 성숙을 가져온 계기는 우리의 비극적인 역사였다. 주인공 어머니의, 여자 아이도 공부해야 한다는 교육관으로 시골을 탈피하지만 역사적 비극은 이를 끝내 좌절시킨다. 거대한 세계의 폭력은 개인의 힘을 약화시키거나 강화시킨다.

주인공은 세계의 폭력 앞에서 사회적 좌절감을 맛보지만 반면에 자아는 삶을 혼자 끌고 갈 힘을 얻는다. 도둑질이라도 해서 가족을 먹여 살리겠다는 궁리는 어떤 비극적 역사도 지아를 완전히 굴복시키지 못한다는 것을 보여준다.

 ## 사람들을 추억하는 음식

싱아가 주인공의 유년과 고향을 추억하는 음식이라면, 사람들을 추억하는 음식들이 있다. 주인공을 유난히 귀여워한 할아버지를 기억

하는 음식으로는 '노란 편지봉투에 싼 미라사탕 아니면 잔칫상에서 염치 불구하고 집어넣었음직한 약과나 다식', 반신불수가 된 할아버지를 만나러 방학에 고향을 갈 때면 간수했다 주던 밤이며 곶감이다. 미라사탕은 개성 사투리로 둥근 사탕이다. 내가 어릴 적에 먹던 왕사탕이나 눈깔사탕을 말하는 듯하다. 어찌나 큰지 입에 넣으면 다물어지지 않아 연신 침을 삼키거나 흘리던 사탕.

설탕도 귀해서 명절 선물용으로 최고였던 시절, 사탕 하나만 있어도 종일이 심심하지 않았다. 누가 사탕 하나만 주고 가도 조각조각으로 나누어서 동생들과 매우 공평하게 나눠먹었다. 너무 귀해서 도저히 혼자는 먹을 수 없던 사탕이었다.

주인공이 할머니를 기억하는 음식은 송편이다. 주인공이 초등학교를 마감하는 수학여행 날, 개성 역에 내리자 할머니는 송편 세 보자기를 싸서 주인공을 만나러 왔다. 선생님, 서울의 작은 집, 아이들과 나누어 먹으라고 가져온 송편을 주인공은 부끄러워서 아무에게도 주지 않는다. 그러나 할머니가 보자기에서 끌러 내놓은 막 찐 듯한 말랑한 송편에서 풍기던 참기름 냄새와 솔잎 향내는 이 소설을 쓸 때까지 잊지 않고 기억한다.

주인공이 엄마의 쌈지 속에서 몰래 꺼낸 돈으로 사먹은 것은 일 전에 다섯 개씩 주는 눈깔사탕이다. 아이스케키는 심부름으로 사오지만 냄비 속에서 다 녹아 단팥물만 남는 아쉬운 맛이다. 여름철이면 아이스케키라고 리드미컬하게 외치는 소리가 들릴 때면 사먹고 싶어서 몸살이 다 날 지경이던 그 추억이 나에게도 있다. 어쩌다 겨우 사도 먹기가 너무 아까워 천천히 먹다가 여름날 땡볕에 녹아버린 게 더 많던 아이스케키.

주인공 집은 일본 설인 양력설을 쇠었다. 명절이면 쇠고기를 쓰는 탕을 제외하고, 돼지를 잡아서 편수, 누름적, 녹두지짐 등의 음식들을 했다. 돼지 잡는 모습을 본 후로는 돼지고기를 먹지 못하는 오빠를 위해 집에서 특별히 민물게장을 담갔다. 주인공은 오빠가 먹다 남긴 게딱지에 게장 간장을 떨어뜨려 밥을 넣어 맛있게 비벼먹던 추억도 있다. 설에는 엿을 고아 만드는 강정, 튀밥이나 볶은 콩, 땅콩으로 만드는 두루뭉술한 강정, 흰깨와 흑임자를 따로따로 볶아 만든 깨강정 등도 기억한다.

주인공이 총독부도서관에 함께 공부하러 다니던 복순이를 기억하는 음식은 숟가락으로 껍질을 박박 벗겨 찐 감자다.

주인공이 유년의 추억 속에서 사람들을 떠올리고 그립게 만드는 것은 이처럼 음식들이다. 음식들은 매우 감각적으로 작가의 기억 속에 남아 있다. 고향의 추억인 싱아는 새콤달콤한 미각으로, 할아버지는 곶감과 밤을 싸둔 침에 절어 시척지근한 베수건 냄새로, 할머니의 냄새는 송편의 솔 내와 참기름내의 고소하고 향기로운 후각으로, 논에서 벼가 누렇게 익을 때 암세 속에 고약처럼 꽉 찬 검은 장이 있는 민물 게로 담근 게장은 시각과 미각이 동원된 맛들이다. 주인공의 음식에 대한 감각들은 소설을 읽는 독자들에게 더 생생한 느낌을 준다.

뱀장어만 잡히면 숙부는 이건 네 몫이라고 하면서도 투망질을 그만두고 서둘러 집으로 돌아왔다. 살아있을 때 뼈를 바르고 소금을 뿌려 굽기 위해서였다. 날씨가 하루하루 더워 오는데도 부엌에는 늘 불화로가 있었다. 그 위에다 석쇠를 얹고 뼈를 발라낸 뱀장어에다 굵은 소금만 뿌려서 구워도 그렇게 맛있을 수가 없었다. 한창 기름이 올랐을 때의 뱀장어는 구워지면서도 맹렬한 불꽃을 일으켰다.

 콩깻묵 밥과 미숫가루의 자화상

기억 속의 음식이란 게 다 맛나거나 추억을 불러일으키는 것은 아니다. 음식은 때로 역사의 한 장면이거나 파편 속에 콱 박힌 아린 기억이다. 가난한 역사들, 고통스런 역사들 속에서 음식은 민중들에게는 생존을 위한 가장 절실하고 간절한 것이다. 역사가 힘겨울 때 가장 고통스런 자들은 힘없는 백성들이었고, 먹고살 길이 막연한 사람들이었다. 이들은 우리의 힘겨운 역사 속에서 먹을 것을 구하기 위해 목숨마저 내던져야 할 때도 있었다.

주인공도 일제시대와 한국전쟁을 거쳤고, 그 속에서 먹을 것을 구하는 일 또한 전쟁과 다름없었다. 주인공은 유년의 달콤하고 구수한 음식을 벗어나, 힘든 역사 속에서 음식 구하기의 고단한 생활로 들어선다. 음식이 추억이고 향수라고 알던 사람에게 음식이 투쟁이라는 것을 알게 될 때 얼마나 고통스러울지 상상해보라.

주인공은 일제 말기에 이르러 '배급 통장이 없이는 어디 가서 밥 한 끼 제대로 얻어먹을 수 없는 각박한 세상'을 산다. 쌀보다 콩깻묵이 더 많이 섞인 밥을 먹게 되는 생활, 일본 순사거나 일제 앞잡이들이 식량수탈을 위해 긴 장대 끝에 창같이 생긴 날카로운 쇠붙이를 꽂고 다니면서 집집마다 아무데나 찔러대고 다니는 것을 감수해야 하는 생활, 공습과 식량난을 핑계로 경성사람들을 '소개령'이란 명목으로 시골로 분산시키는 정책. 그 속에서 단순히 먹고살기도 벅찬 생활을 한다. 슬프지만 음식은 전쟁을 실감나게 하고 삶을 거칠게 만드는 소재가 된다.

주인공의 엄마는 딸일수록 맛있는 걸로 입맛을 높여 놔야 음식을 맛있게 만들 수 있고, 먹어보지 않은 음식은 결코 맛있게 만들 수 없다고 생각하던 사람이었다. 그런 생각도 전쟁 속에서는 더 이상 유용하지 않다. 엄마는 오빠에게는 콩깻묵이 섞이지 않는 밥을 먹이기 위해 밥을 따로 짓고, 엄마는 먹을수록 점점 더 콩깻묵이 많이 나오는 밥을 먹는다. 그걸 아는 주인공은 그 역겨운 냄새의 밥을 먹기 싫어서 애써 모른척한다.

음식은 인간의 생존을 위해서도 필요하지만, 인간의 삶을 고양시키거나 평화스러운 안식을 주기도 한다. 전쟁이 나서 피난용 식량인 미숫가루를 만들기 위해 '솥뚜껑을 뒤집어 놓고 쌀을 볶고' 있는 상황에서 음식은 단지 생명을 부지하기 위한 수단으로 전락한다.

주인공은 피난가지 못하고 남은 서울에서 목숨을 부지하기 위해, 시골에서 서울에 올라와 처음으로 살았던 동네 현저동으로 온다. 가난하고 볼품없던 농네여서 시골보다 시는 게 못하다고 주인공이 제일 혐오하던 현저동이라도 와야 할 정도로 전쟁의 상처는 크고 깊다.

지지리도 가난한 동네의 '다닥다닥 붙은 집들이 식량으로 보일 정도로 처절한 궁핍상황에서 주인공은 집들을 털 궁리를 한다. 집집마다 설마 밀가루 몇 줌, 보리쌀 한두 됫박쯤 없을라구' 하면서 주인공은 빈 집을 털 계획을 세운다. '목구멍이 포도청이 되는' 상황에서는 도둑질마저 겁나지 않는다.

이 소설이 작가의 말대로 유년의 기억이 포함된 자화상이라고 한다면 소설 속 음식에 대한 기억도 작가의 의식 속에 가라앉은 것들이다. 작가에게 음식은 유년의 기억 속에서 '향수'며 '쓸쓸한 정서'였다.

　　우리는 어려서부터 삼시 밥 외의 군것질거리와 소일거리를 스스로 산과 들에서 구했다. 삘기, 찔레순, 산딸기, 칡뿌리, 메뿌리, 싱아, 밤, 도토리가 지천이었고, 궁금한 입맛 뿐 아니라 어른을 기쁘게 하는 일거리도 많았다. 산나물이나 버섯이 그러했다. 특히 항아리버섯이나 싸리버섯은 어찌나 빨리 돋아나는지 우리가 돌아서면 땅 밑에서 누가 손가락으로 쏘옥 밀어 올리는 것 같았다.
　　마을 도처에 흐르는 실개천에서 물장구치며 놀 때도 누가 해진 체 하나만 가지고 나오면 오도 방정 떨기 선수인 보리새우를 얼마든지 건져 올려 저녁의 된장국을 구수하게 만들어줄 수가 있었다.

그러나 달콤새콤한 싱아의 행복한 먹을거리에 대한 반추도 역사 속의 삶으로 휩쓸릴 때는 생존의 도구로 전락한다. 싱아로 대변되는 그 달콤한 추억 속의 음식들보다 역사의 소용돌이 속에서 살기 위해 몸부림치며 먹어야 하는 그 음식이 더 절절하게 느껴지는 것은 무엇일까. 인간생존의 조건이 그만큼 처연하고 불쌍하기 때문이리라. 굳이 전쟁이 아니더라도 살아가기 위해서, 오로지 목숨을 연명하기 위해서 먹어야 하는 사람들이 지금도 많다. 추억 속의 관념적인 음식맛에 길들여져 있는 사람들은 과연 이 간절함을 알까.
이 소설의 제목이 향수를 자극하는 싱아이지만 작가가 말하고 싶던 것은 향수의 음식세계가 아니라, 우리가 역사 속에서 너나없이 겪어야 했던 생존의 음식과 대비시켜 얼마나 절박한 삶을 살았는지 반어적으로 증언하고 싶었던 것이 아닐까.

고난의 시절이야말로 주인공의 자아를 단단하게 만들던 힘이었으
므로.

박완서,『그 많던 싱아는 누가 다 먹었을까』, 웅진닷컴, 2002.

● 줄거리

주인공은 송도에서 조금 떨어진 박적골에서 유년을 보낸다. 여자
도 배워야 한다고 믿는 어머니를 따라 서울에 와서 가난한 동네
현저동에서 산다. 주인공의 서울 생활은 초등학교 입학시험을 치
르기 위해 주소를 두 개씩이나 외우고, 가정방문을 위해 친척집을
자신의 집으로 속여야 했다. 서울생활을 하는 동안에도 싱아를 먹
던 고향을 그리워한다. 오빠가 졸업하고 취직하면서 살기가 나아
지고 어머니는 빚을 내서 집을 샀다.
할아버지가 돌아가시고, 숙부는 창씨개명을 하자고 하지만 오빠는
반대한다. 주인공은 도서관에서 책을 읽는 즐거움에 빠지고, 상급
학교 시험에 합격한다. 오빠는 그동안 결혼하지만 미모는 뛰어나
나 몸이 약한 올케는 병으로 죽고 만다. 주인공의 담임선생님은
주인공이 문학에 소질이 있음을 일깨워준다. 재혼한 오빠는 아이
가 생기자 좌익 활동에 거리를 둔다. 1950년 주인공은 서울대 문
리대에 입학하지만 그해 6.25가 터진다. 오빠는 의용군에 나갔다
가 1.4 후퇴로 피난을 가야 할 때 돌아왔다. 올케가 아이를 낳아
식구들은 피난을 가지 못하고 현저동으로 들어온다. 주인공은 도
둑질을 해서라도 먹고살 각오를 하고 벌레와 같은 고통의 시간들
에 대해서 언젠가 글을 써 증언할 것이라고 결심한다.

맛있는 문학

'밥 묵었나'의 문화가 만든 백색 미학

주강현『우리 문화의 수수께끼 1』

 민들레 문화, '밥 묵었나'

이 책에 쓰인 한 구절을 인용하면서 시작하자.

배꼽은 늘 세상의 중심을 뜻한다. 배는 삶의 중심이기도 하다. 인간사에서 배고픔보다 절박한 것이 있을까. 배고픔이란 인생살이에서 고통의 상징이었다. 제대로 먹지 못하는 일뿐 아니라 가난하게 사는 삶 자체를 배고픔으로 표현했으니 말이다.

어릴 때 동네 사람들이 만나면, 아랫사람들은 어른들에게 '아침 잡수셨습니까'하고 인사하는 것을 듣곤 했다. 어른들은 아랫사람에게 '밥 묵었나'하고 인사를 받았다. 서로의 안부인사가 먹는 말이었다. 그런 인사들을 들을 때마다 어린 나는 아, 다들 먹고살기가 무지 힘들구나. 하루 종일 먹는 일만 신경 써야 하는구나, 하는 생각에 외롭고 쓸쓸했다.

이제는 이런 인사를 하지 않는다. '건강하세요', '안녕하세요'다. 건강과 안녕이 지금 사회의 화두로 보인다. 과연 우리는 배고픔을 건너뛰었을까. 아니면 배고픔을 잊고 있는 것은 아닐까.

이 책을 읽다보면 우리의 다양한 민속 문화가 이름 없는 풀처럼 여기저기 심어져 핀 것이 아닐까 생각든다. 민들레 문화라고나 할까.

이 책, 1권에는 성적제의에 의한 우리 문화의 주술성이 어떻게 건강한 성풍속도로 변형될 수 있는지, 남근과 여근의 성 상징이 유교적 윤리관을 강요하던 시대를 얼마나 아이러니한 모습으로 비꼬고 있는지, 금줄문화가 현대의 장벽인 문의 문화와 대립되어 신성과 금기의 들여다보이는 열림의 문화였는지, 숫자 3이 왜 우리 민족이 선호하던 숫자였던가에 대한 질문, 제주도의 돌하르방 문화와 마을 어귀서 아직도 마주치는 솟대의 의미, 서낭당, 남사당, 동성동본의 문제들, 장례의 의례를 열심히 고찰한 흔적이 역력하다.

그러나 나는 이 책에서 문화의 하나가 된 음식에 대해서만 보려한다.

> 나는 아무래도 우리 민족의 흰색 선호가 가장 잘 드러난 대목을 백설기에서 찾고 싶다.
>
> (……)
>
> 우리 생활에서 떡은 매우 중요한 제례음식이다. 제례에 쓰는 떡은 떡 문화의 다양성만큼이나 복잡하나, 막상 가장 신성한 제사를 올릴 때는 순수 무색의 백설기를 올린다. 백설기는 쌀가루를 그대로 찧어낸 '원초적인 떡'이다.
>
> (……)

맛있는 문학

농경 정착이 이루어진 이래로 쌀은 그 자체가 신성함의 상징이었다. 흰쌀의 순수한 결정으로 빚은 백설기는 그래서 농경민족의 상징적인 제물이 되었다.

우리 민족의 백색 선호는 음식만이 아니라 의복, 도자기, 창호지문 등에도 있다. 해마다 찬바람이 불기 직전이면 창호지 문이란 문은 다 떼어내어 물을 뿌려 불렸다가 지난 해 창호지부터 떼어내는 작업을 했다. 문이 잘 마른 후 창호지를 발랐고, 손잡이 부근엔 말린 국화꽃이나 단풍잎을 넣어 이중으로 창호지를 붙여 은은히 비쳐 보이게 했다. 문제는 그 창호지의 풀이 다 말라야 문에 갖다 붙일 수 있어서 하루 정도는 방문 없이 잠을 자야 했다. 게다가 그늘에서 말려야 해서 한쪽 구석에 세워둔 문을 어린아이들이 구경하느라고 오가다가 손가락구멍이라도 내는 날은 그 해는 창호지로 땜질한 문을 보아야 했다. 물론 그러지 않아도 열두 달 창호지 문은 성한 적이 없지만.

방문의 창호지문도 이렇게 은은한 백색을 즐기는 우리 마음이 반영된 것이다. 백자의 그 은은한 멋이야 두말할 필요도 없다.

백설기와 흰 밥의 은은한 문화

이 책은 음식에 대한 부분이 미진하다. 그러나 흥미 있는 부분이 있어서 아침마다 아니, 종일 말하는 '밥 드셨습니까' 란 인사의 원류라도 찾아보려는 참이다.

우리 민족이 백의민족인건 어린애도 다 아는 사실이다. 영국의 왕

립회원이었던 비숍 여사는 우리나라에 와서 발견했던, 잿물에 펄펄 담가 만들던 흰옷은 예수님의 흰옷에 황송하게 비견할 정도로 희다고 했고,『삼국지 위지 동이전』이나『구당서』,『조선부』의 고대 책들의 근거로 우리 민족이 흰색을 숭상해왔음을 기록하고 있다.

다른 조사 자료를 더 보태면, 고려시대는 왕에서 백성에 이르기까지 백의를 즐겨 입었고, 조선시대는 8할 이상이 백의를 입었다고 한다. 오죽하면 사대부들을 대상으로 백의를 입지 말라는 명령이 내렸다고 하니 우리 민족이 얼마나 백색을 좋아했는지 알 수 있다. 백성들이 흰옷을 입을 수밖에 없는 이유로 염색할 염료가 부족했거나, 복색금제로 인해 그렇다는 말도 일리가 있다. 이런 이유로 백성들은 주로 흰옷을 입었고, 그러다보니 오랜 세월동안 흰옷에 익숙해진 것도 사실일 것이다.

일제는 흰옷을 폐풍으로 간주해 폐지시키려고 대한매일신보에 기사로 내보냈고, 일제의 강점이 극에 달했을 때는 흰옷 대신 몸뻬 장려 기사까지 실었지만 우리 민족의 흰옷 입는 습성은 사라지지 않고 그대로 이어져 왔다. 일제의 우리 흰옷에 대한 비호감은 급등했었는지, 동아일보에 <색의 장려>를 내보내면서 흰옷을 입는 것을 적극 방해했다 한다. 색옷을 입은 사람은 상등 사람, 흰옷을 입은 사람은 하등 사람으로 분류하고, 흰옷 입은 사람은 물총을 가지고 다니면서 먹물을 쏘았고, 변소출입까지 금지시켰다고 한다. 이로 인해 백성들은 흰옷 입은 사람이 없을 정도였다고 하니, 우리 민족의 정신이 흰빛에서 나온다고 느낀 일제의 민족정신 말살의 단면을 본다.

민속학자인 저자가 우리 민족이 흰색을 좋아한 근원을 몽골민속에서부터 일제시대를 거치고, 상례에까지 이르는 과정에서 찾으려는 데

나는 전적으로 동의한다. 무릇 문화란 강물이 일사천리로 한 줄기만 흘러가지 않는 것처럼, 여러 지류가 겹치고 나눠지고 또 합치면서 태어나기 때문이다.

나는 특히 이 책의 백설기 문화에 동의한다. 아이들 돌잔치나 제사상에는 백설기가 기본이다. 요즘은 어릴 때부터 무지갯빛 희망이나 꿈을 가지라고 알록달록 무지개떡을 만드는지 몰라도, 백설기는 빠지지 않는다. 돌상에 백설기가 없으면 아이가 걸음마를 할 때 잘 넘어진다고 어른들은 말한다.

우리는 아이들을 낳으면 삼신상에 흰 쌀밥을 세 그릇을 놓았다. 삼칠일에는 쌀밥과 백설기를 놓았다. 아이들 돌상을 차릴 때마다 나도 흰 쌀을 수북이 쌓아놓았다. 아이가 그 흰 쌀을 집으면 부자로 살 것 같아서 집기를 바라며 조마조마했다. 둘째 딸을 임신해 있을 동안 아이가 산더미처럼 쌓아놓은 쌀을 웃으면서 가지고 노는 꿈을 꾸고 일어나자마자 아, 그 애는 부자 되겠다고 생각했을 정도이니 이만하면 백의민족인 나도 어지간히 백색을 동경하는 것이 거의 광적이 아닌가.

이 책의 저자는 백의민족의 근원을 음식 중에서도 딱 하나 백설기에서 찾으려고 하지만 나는 여기다 더 덧붙이고 싶다. 우리는 새해 첫날 떡국을 먹는다. 흰 쌀로 만든 떡국을 먹어야 설날답고, 나이도 한 살 더 먹는 맛이 난다. 즉 우리는 새해가 시작되는 첫날부터 흰색과 만나야 한다.

제사상에는 흰 백설기도 놓지만 흰 밥도 놓인다. 메라고 부르는 제삿밥이다. 이 책에는 제상에 놓이는 떡만 말하지만, 떡이란 쌀로 밥을 지어먹고 난 뒤에 그래도 또 쌀이 남아돌 때 먹을 수 있는 것이다. 쌀밥도 지어먹을 수 없는 궁기로 흰떡을 먹을 수 없다. 나도 쌀을 먹다가 햅쌀이 날 무렵쯤 남은 쌀로 떡가래를 뽑는다. 밥이 먼저이지 언감생심 떡이랴. 제사상은 백설기만이 아니라 고물을 묻힌 찰떡도 놓는다. 어릴 때 큰 제사가 있는 날을 보면 노란 콩고물과 연둣빛 고물을 흰 찹쌀떡에 묻히고 굴려 색을 입혔다.

이 책의 저자가 백설기를 내세우지만 나는 흰 쌀밥에 대한 향수에 대해 말하려고 한다. 제사에 놓이는 메는 잡곡을 절대로 섞지 않는다. 그냥 흰 쌀밥을 수북이 담아 놓는다. 절대로 깎아 놓으면 안 된다. 반드시 고봉이어야 한다. 보면 저 흰 쌀밥이 흘러내리지 않을까 조바심이 절로 난다. 제사가 끝나도록 그 밥은 무너지지 않고 잘도 버틴다. 그 한 그릇만으로도 둘러앉은 몇 명이 다 먹을 만한 양이다. 사실은 영혼이 와서 먹을 것도 아닌데 제삿밥은 고봉으로 수북하다. 못 먹고 죽은 귀신이라도 있는 것처럼, 먹는데 원한이 맺힌 것처럼 수북하다.

우리의 백색 문화는 바로 '밥 묵었나'의 문화에서, 그리고 밥도 제대로 먹지 못하고 살았던 조상들에 대한 미안함에서 비롯된 것이라고 주장해도 전혀 억지는 아닐 듯하다. 아니, 조상까지 갈 것도 없이, 바로 오늘 아침 흰 쌀로 밥을 지어 먹고 싶은 그 마음에서 백색 문화가 비롯한 것인지 모른다.

그래서 나는 저자의 백색문화론에 다시 더 보태고 싶다.

흥부가 타는 박에서 흰 쌀이 끝없이 쏟아져 나올 때, 심청이가 공양미 삼백 석에 몸을 팔아 죽음으로 갚을 때, 흰 쌀만 제대로 있었어도 슬플 리가 없는 문화였다. 우리 민족은 흰색에 포한이 지고, 흰색을 동경하고, 흰색에 둘러싸여 있고 싶어 했던 것이 아닐까. 우리의 문화는 밥 문화에서, 그것도 쌀밥 문화를 우리의 의식 저변에 깔고 이루어진다.

고단한 역사의 아수라장 속에서, 역사라는 거창한 물음에까지 가지 않아도, 매일매일 중 단 한 번이라도 이 흰 쌀밥에 고깃국이라도 한번 먹어보고 싶었던 소원을 가진 사람들이 바로 우리 백성이었다.

자연을 위해서 짙은 물감을 들이지 않고, 자연과 가장 가까운 색이어서 백의민족이 되었다는 보편적인 인식도 맞을 것이다. 그러나 여기에 더 덧붙여 나는 이런 보편적인 답보다 더 근원적인 배고픔의 미학이 만들어낸 것이 바로 백의민족, 백색문화가 아닌가 한다.

음양오행에서 백색은 그 방향이 서쪽이며 계절은 가을을 말한다. 백호를 나타내는 색이며, 오륜으로는 의(義)이며, 신체로는 폐를 상징한다. 게다가 맛으로 치면 매운맛에 해당한다. 우리가 매운 것을 좋아하는 게 괜한 것이 아니다. 백색이 바로 매운맛을 나타내는 것이므로 자연히 음양오행의 기운에 의한 것이다. 배추를 백채(白菜)라고 부르며 거기에 빨간 고춧가루로 맛을 내는 것이 그저 일어난 현상이 아니라 흰색이 바로 매운맛과 조화를 이루기 때문이다. 김치가 우리의 깊은 문화가 될 수 있음은 바로 그 저변부터 우리 것이기 때문이다. 백색문화와 매운맛은 우리의 성정에도 맞다. 반도여서 이리 치이고 저리 치인 우리이지만 매운맛으로 아직까지 잘 살고 있다. 우리의 문화가 백색이어서 부정적이고 자기비하적인 언급을 하는 일이 종종 있다. 그러나 나는 이러한 본래적인 기운만으로도 다 상쇄될 수 있다고 믿는다.

나는 아직 개고기는 먹지 못했다. 저자가 개고기를 예찬하면서 파리의 브리지도 바르도를 맹비난하지만, 나는 브리지도 바르도처럼 개를 좋아한 적이 없으면서도 아직 개고기는 못 먹어보았다. 음식에 대한 편견을 가진 것은 아니다. 먹을 게 산더미처럼 넘치는 삶을 살지 못해도, 먹을 게 있으면 감사하면서 먹어야 한다.

우리의 개고기 문화는 삼국시대부터 개장국, 지양탕, 구장, 개장 등으로 불리면서 전해졌다. 당시의 불교 숭상분위기와는 얼핏 대조되어 보인다. 그러면 왜 살생을 금지하는 불교적 분위기가 팽배했던 사회에서 집을 지켜주는 고마운 짐승을 아무 혐오감 없이 먹었을까.

우리가 보신탕을 혐오식품으로 간주하는 것은 무지막지한 타살방법과 조리과정 때문으로 보인다. 언젠가 여행 중에 동네 마을회관 벽에 불에 거슬린 채 남은 개고기를 보고는 매우 역겨웠던 적이 있다. 너무 놀라서 물어보니 개고기를 먹고 껍질을 걸어놓은 것이라고 했다. 여름 봄보신으로는 개고기만한 것이 없다고 하는 실명을 덧붙였지만, 그 혐오스런 광경을 보니 더욱 더 나는 개고기는 먹을 일이 없을 것이다.

어릴 적 내가 살던 동네는 우리의 마을들이 으레 그랬겠지만, 개들이 많았다. 울타리가 없다 보니 개들이 집을 지키느라 집집마다 한 마리씩은 있었다. 모두 똥개였다. 어느 날 동네 개가 어슬렁거리고 돌아다니면서 어린 애들이 눈 똥을 핥아먹는 것도 보았다. 그날 이후로 나는 똥을 먹어서 똥개라고 사람들이 부르는구나, 그렇게 생각했다. 강아지를 보고도 나는 물까 봐 겁나서 도망가는 사람이다. 똥개는 오히려 사람을 보고도 본척만척한다. 위협적이기는커녕 사람을 비실비실 피하거나 모른 척 지나갈 뿐이라서 나는 똥개는 무서워하지 않았다. 그처럼 순하디 순한 똥개들이었다. 여름이면 동네 어른들은 개 한 마리씩을 잡았었다. 나는 사람들에게 끌려가면서 돌아보던 그 똥개의 눈을 잊을 수가 없다. 그래서 아이들이 개를 키우자고 그렇게 애원해도 나는 키워본 적이 없다. 앞으로도 없을 것이지만 그렇다고 다른 사람의 애완의 취향이나 보신탕 먹는 식성까지 가타부타할 생각은 추호도 없다.

> 개고기는 사람의 근육과 가장 가까운 아미노산 조성을 가진 양질의 단백질로 구성되었다고 한다. 돼지고기나 소고기를 찬물로 씻으면 기름이 엉겨 붙으나 개고기는 그대로 씻겨나간다. 현대인이 그토록 기피하는 콜레스테롤도 적다. 무엇보다 개장국을 끓일 때 부추, 깻잎, 고추, 파, 마늘, 들깨 따위의 건강식 야채를 함께 먹으니, 그것 자체만으로도 몸에 좋은 것은 뻔한 이치다…… 병후 조리, 상처 치료 등에도 효험이 높다. 〈동의보감〉에서도 성이 따뜻하며 독이 없고 오장을 편하게 하며 혈맥을 조절하고 장과 위를 튼튼하게 하며 골수를 충족시켜 허리, 무릎을 따뜻하게 하고 양도를 일으켜 기력을 증진시킨다고 한다.
>
> (……)
>
> 지극히 형을 아꼈던 다산은 형의 몸을 걱정하여 개고기 조리법까지 상세히 적어 보내면서 애꿎게 개고기를 타박하는 사람들의 잘못된 선입견을 지적하기까지 했다.
>
> 다산의 아들인 정학유의 〈농가월령가〉 8월조에도 나온다.

정학유의 <농가월령가>에는 며느리를 친정으로 근친 보내면서 개 잡아 삶고 술과 떡을 보내면서 농사에 지친 며느리에게 이걸로 위로가 되겠느냐고 묻는다.

개고기를 불쾌한 음식으로 치부한 것이 어디서부터 잘못되었는지 모르겠다. 다산 정약용도 몸보신에 좋은 개고기 조리법을 몸이 약한 형에게 자세히 적어 보냈다. 정약용이 박제가에게 들은 개고기 요리법을 옮겨보면,

> "제가 거기에 있었다면 5일에 한 마리씩 삶는 것을 결코 빠뜨리지 않겠습니다. …5일마다 한 마리를 삶으면 하루 이틀쯤이야 생선요리를 먹는다 해도 어찌 기운을 잃는 데까지야 이르겠습니까? 1년 366일에 52마리의 개를 삶으면 충분히 고기를 계속 먹을 수가 있습니다. …들깨 한 말을 이편에 부쳐드리니 볶아서 가루로 만드십시오. …또 삶는 법을 말씀드리면, 우선 티끌이 묻지 않도록 달아매서 껍질을 벗기고 창자나 밥통은 씻어도 그 나머지는 절대로 씻지 말고 곧장 가마솥 속에 넣어서 바로 맑은 물로 삶습니다. 그러고는 일단 꺼내놓고 식초, 장, 기름, 파로 양념하여 더러는 다시 볶기도 하고 더러는 다시 삶는데 이렇게 해야 훌륭한 맛이 나게 됩니다. 이것이 바로 박토정(박제가)의 개고기 요리법입니다."

정약용은 몸이 약한 형을 위해 박제가에게 전수받은 개고기 요리법과 들깨까지 부친다. 그리고 정약용도 유배지에서 건강을 해치지 않기 위해서 개고기를 먹는다. 그 힘으로 정약용은 유배지에서 500여 권이라는 다작을 할 수 있었을까.

우리의 보신탕집들은 백주 대낮에 얼굴을 내밀지 못하고 어디 저 한켠 구석에서 마치 큰 죄를 지은 것처럼 숨어 있다. 얼굴을 살짝 내밀고 있어도 사철탕이란 오리무중의 이름을 달고 있다. 나는 이 사철

맛있는 문학

탕집이나 영양탕 집이라는 간판을 보고 그 탕이 보신탕이나 그밖에 대중적이지 못한 짐승을 탕으로 끓인 것이라는 것을 알게 되었을 때는 나이가 한참 들었을 때였다. 다만 우리가 개고기를 먹을 때 적어도 잔인한 방법으로 그 개를 죽이거나 혐오스럽게 잡으면 안 될 것이다. 이 세상에 생명가진 것들이 서로에게 어떠한 존재가 되는 것인가는 어느 한쪽이 다른 한쪽에게 무지막지한 폭력을 사용했는지 아닌지로 드러날 것이다.

내가 어릴 적 살던 도시는 국립결핵요양소가 있던 곳이어서 특히 개고기가 폐병환자에게 좋다는 말을 많이 들었고, 그때마다 사람들이 개를 잡았던 듯하다. 그럴 때 잡는 개고기는 환자의 치료식이었다. 그래야 하지 않을까 싶다. 정력에 좋다고 개를 두드려 잡아서 먹는 일에 대한 혐오감과 개고기를 먹는 혐오감은 구별되어야 한다. 더구나 개는 단매로 두드려 잡아야 더 맛있다고 하던, 개 잡는 요령을 마치 대단한 식도락의 장기쯤으로 착각해 장황하게 설명하는 것은 알고 싶지도 않다.

우리 문화가 보신탕 문화라는 말은 피하고 싶지만, 개고기를 사랑했던 마음은 다른 의미였다는 것을 알고 싶었다. 그래서 이 책에서 읽은 개고기에 대한 언급에 사족을 덧붙였다.

똥돼지

똥돼지의 맛을 예찬하련다. 나의 소견으로는 사람의 몸에서 배출된 똥을 먹어서인지 맛이 정말 좋다. 개도 똥개가 맛있다던가. 담백하고 고소한 맛이 그만이다. (……) 남원이나 제주도에서도 아는 사람은 똥돼지만 찾는다고 한다. 혼례식 잔치가

있는 집은 아예 똥돼지를 한 마리 주문하여 잔칫상에 내놓는
다. (……) 놀라운 변화인데 차마 '똥돼지'라 못 부르고 '흑
돼지' 따위로 부르고 있다. (……) 중국의 연잎 돼지요리나 서
양의 바비큐요리를 능가하는 요리를 개발할 일이다.

똥돼지가 제주도의 명물이라고 하는데, 똥돼지, 똥개라고 부르는
것이 한통속이라는 것을 이제는 안다. 언젠가 제주도에 갔을 때 '토
종 흑돼지'라고 파는 것을 먹은 적이 있다. 육질이 도시에서 먹는 기
름기가 많은 돼지고기와는 전혀 다른 맛이었다. 고기가 단단하고 기
름이 입 안에서 뱅뱅 돌지 않고 고기와 붙어서 한 덩이로 넘어갔다.
　똥돼지는 제주도에서만 키우는 것은 아니었다. 내가 어릴 때만 해
도 우리 집에도 있었다. 아주 잠시였지만, 좀 무서웠다. 그래도 변소
에 돼지가 있는 게 귀신이 나온다고 생각하는 것보다는 나았다. 남쪽
지방에서는 이 똥돼지가 살림밑천이기도 하고, 퇴비를 만들어내는 역
할도 하고, 또 음식물쓰레기까지 청소하는 다중 역할을 한 셈이다.
　구제역 살처분의 대상이 된 돼지들이 인간의 욕심으로 인한 돼지
들의 슬픈 운명이었다면, 이 똥돼지들은 인간과 가까웠던 돼지였다.
똥돼지들을 우르르 몰아넣은 집을 본 적이 없다. 똥돼지들은 1~2마
리 이상은 한꺼번에 우리에 몰아넣고 키우지 못하기 때문이다.
　집에서 키우는 이 만만한 똥개나 똥돼지가 그나마 백성들이 먹을
수 있는 음식이었을 것이라고 생각하니 흰 쌀밥에 몇 점의 고기반찬
이야말로 가장 성찬이 아니었을까.

　밥 묵었나.

이처럼 따스하고 포근하고 가슴 저 아래서부터 배부르고 화안해오는 인사가 어디 있는가.

이 '밥 묵었나'의 인사는 지금도 건강과 안녕을 챙기는 문화 속에서도 유효하다. 우리 주변에는 아직도 제대로 밥이라도 먹지 못하는 사람들이 수두룩하고, 내일 아침에도 오늘처럼 밥을 제대로 먹을 수 있을까 고민하는 사람들이 더 많다.

우리가 백의민족인 거, 멀리 가서 찾으려고 할 것도 없이, 바로 오늘 밥상에서 찾아도 되지 않겠는가. 고봉으로 푼 흰 쌀밥. 그거 한번이라도 푸지게 먹고 싶었던 우리 백성들. 하얀 옷을 입으면 하얀 쌀밥을 두르고 있는 느낌에 푸근 포근했을 사람들.

김유정의 <만무방>에서 모범 농사꾼이었던 응오는 결국 자신의 논에서 벼를 훔치는 '만무방'으로 전락한다. 그대로 내버려두면 지주가, 일제가 다 수탈해가기 때문이다. 이 쌀밥이 문제였다. 백성들의 배고픔도 하나 해결하지 못하고, 지금도 자리다툼을 하는 자들만 많다. 우리 민족이 백의민족이라고 자랑스럽게 말할 수 있으려면, 바로 흰 쌀밥을 걱정 없이 먹을 수 있는 밥상문제부터 해결해줄 수 있어야한다. 나는 언제나 이 말이 듣고 싶다.

밥 묵었나.

그리고 대답하고 싶다.

예, 배부르게 먹었십니더.

왜냐면 나는 흰 쌀밥이라도 근심 걱정 없이 먹고 싶은 그 백색에 대한 갈망을 가진, 그 백의민족 중의 한 사람이기 때문이다.

주강현, 『우리 문화의 수수께끼 1』, 한겨레출판, 2007.

붉은 상처로 양념한 가슴 저린 음식

김원일 『마당 깊은 집』

 보리죽과 풋고추 넣은 소고기 장조림

『마당 깊은 집』은 작가의 자전적 요소가 많은 소설이라고 알려져 있다. 소설의 배경인 1954년, 한국전쟁 직후의 먹고살아가는 일은 대부분의 사람들에게 생생한 상처였다.

작가는 실제로 마당 깊은 집에서 살았었다고 고백한다. 지금 마당 깊은 집이 있다면 그 마당을 텃밭으로 만들어 온갖 푸성귀를 심을 것이다. 그러나 소설의 마당 깊은 집은 세 들어 살고 있는 사람들이 푸성귀처럼 살아가는 현장이다. 그들은 퇴비를 내리 주는 푸새들처럼 건강하다. 너무나 뻔한 서로의 상처들을 들여다보면서, 보이는 상처들이 결국 자신들의 상처의 흔적임을 알면서, 악다구니와 냉담과 갈등을 비료로 살고 있다.

이 소설은 주인공 길남의 현재와 과거 회상이 날실 씨실로 짜여 있다. 『마당 깊은 집』은 그래서 주인공 길남의 무의식에서 절대로 떼어낼 수 없는 기억의 공간이며 깊은 우물이다. 그 기억은 불쑥불쑥 찾아온다. 현재의 그의 식탐도 가난 때문에 먹지 못하던 시절의 포한이며, 먹는 일만이 행복하고 즐겁다. 아내가 그의 건강 때문에 밥그릇을 조그만 공기로 바꿨을 때 그는 불같이 화를 낸다. 그의 이런 분노는 어디서 올까.

길남은 장남이다. 흔히 장남은 어떤 일이 있어도 부모 곁에 머물고 다른 자식들이 하나라도 입을 덜기 위해 집 밖으로 내보내지지만 이 소설에선 반대다. 길남은 장남이지만 먹고살기도 벅찼던 집에서 떠났고, 한솥밥을 먹을 수 있는 처지가 겨우 되자 이번에는 장남이니까 집으로 올라온다. 돌아온 집에서 길남은 장남으로서의 먹고살 앞가림을 어느 형제보다도 강요받는다. 길남은 가족과 떨어져 지냈던 2년여 동안도 장터 주막에 있었다. 한 입 걸어 먹기는 장터 주막만한 곳도 없었기 때문이다.

『마당 깊은 집』에서 먹고사는 책임은 아버지가 부재하는 가정에서 장남의 역할이었지만, 아직 어린 길남으로서는 감당하기 벅찬 의무였다. 음식은 이 작품에서 길남이 장남 역할을 하기에는 너무 힘들다는 것을 드러내는 역설적 소재이기도 하다. 왜냐면 길남은 이 작품 안에서 가난을 짊어지고 갈 동안은 내내 어린아이이기 때문이다.

전쟁 후유증에 따른 인심 사나운 세상일수록 양극화 현상은 두드러져…… 요릿집은 밤마다 불야성을 이루었고…….
빽 없고 가진 것 없는 서민들은 수제비로 하루 끼니를 잇기에도 하루가 부대꼈다.

세상이 이 두 가지로 나누어졌듯이 마당 깊은 집도 두 부류로 나뉜다. 마당 깊은 집의 아래채는 겨우겨우 살아가는 세든 자들이 거주하고, 주인집은 위채로 분리되어 있다.

길남은 이 위채에서 난생처음 먹어보는 풋고추 넣은 소고기 장조림을 훔쳐 먹는다. 저녁끼니로 보리죽 한 그릇을 먹은 날, 길남은 도저히 허기를 참을 수가 없어서 위채로 밥도둑을 가고, 길남의 말대로 훔쳐 먹는 부끄러운 짓은 이후 몇 번이고 계속된다. 그리고 부잣집은 '소고기로 이런 반찬을 만들어 먹는다'는 사실을 알게 된다. 길남의 소고기 장조림 도둑질을 안 사람은 주인집 아주머니다. 그녀는 길남에게 훔쳐 먹는 일이 얼마나 부끄러운 일인지 가르친다.

야단을 맞은 것보다 자신의 행동에 더 비겁함을 느낀 길남은 장조림 사건으로 세상을 살아가는 방법에 한 발짝 다가간다. 길남이 부끄럽게 폭로하는 것은 배고픈 허기를 채우는 도둑질이 아니라, 소고기로 이런저런 요리로 해먹을 수 있는 사회와 보리죽도 마음 놓고 먹지 못하는 사회로 구분된다는 사실이다. 그리고 장남 역할을 부여받은 길남이 아직 소고기 반찬에 군침을 삼켜야 하는 어린아이라는 사실도 드러낸다. 나아가 그를 둘러싼 세계가 아직 낯설지만 일어서서 가야 한다는 것을 배운 첫걸음이기도 했다.

종지가 있어 건덕지를 집어내어 먹다 보니 풋고추 넣은 쇠고기 장조림이었다. 나로서는 생전처음 먹어보는 찬이었다. 부자는 쇠고기를 이런 반찬으로 만들어 먹는구나 싶었다. (……)

맛있는 문학

세 차례에 그렇게 훔쳐 먹고 난 이튿날이었다. 누군가가 나를 불렀다. 돌아보니 안씨였다. (……)

"내 누구한테도 그 말 안 할 테니 다시는 그런 짓 말거래이. 설령 점심밥을 굶어 배가 쪼매 고푸더라도 사나이 대장부가 될라카모 그쯤은 꿋꿋이 참을 줄 알아야제. 너거 어무이는 물론이고 성제간도 그렇게 참으미 이 여름철을 힘겹게 넘기고 안 있나. 내 아무한테도 이 말 안 하꾸마."

내가 어릴 때만 해도 장조림은 귀한 음식이었다. 그것은 소풍갈 때나 도시락에 들어 있는 음식이었다. 더구나 형제가 많은 집에서야 장조림을 만들었댔자, 겨우 그 국물에 밥이나 참기름 떨어뜨려 비벼먹을 수 있는 음식이었다. 참기름도 수전증 환자처럼 어깨부터 팔을 부들부들 떨면서 딱 한 방울 떨어뜨려 먹는 거였다. 그러니 길남이 훔쳐 먹은 장조림 같은 결 따라 찢은 곱고 포실한 고깃덩이를 건져먹기는 한참 후에나 먹을 수 있는 음식이었다.

외형적으로는 부재하는 아버지 자리를 메워야 하는 역할을 강요받지만, 내면적으로는 다른 집의 소고기 장조림에 군침 흘리는 길남의 어정쩡한 성장기는 우리의 가난하고 슬픈 역사가 잉태한 한토막이다.

 소고기국이 가르친 책임

아주 훗날 이제는 주인공에게 추억이 된 마당 깊은 집이지만, 당시로선 못 견디게 아쉬웠던 음식들에 대해 많은 갈증을 가지게 한 집이었다. 세 들어 살고 있는 자들도 있는 자와 없는 자로 나뉘어져, 있는

자는 수박을 양푼이에 퍼 담아 사카린을 섞어 수박화채까지 해먹었
고, 길남은 갈증과 더위를 참으며 그 광경을 바라보고만 있어야 했다.

장정은 장작 패는 옆에 가마니를 깔고 밥상을 받았다. 그는
안씨에게 대접을 달라더니 콩나물, 시금치, 김치를 밥과 함께
대접에 붓고 고추장으로 비볐다. 나는 장작을 패려다 말고 아
가리가 미어지게 먹는 그의 걸쭉한 먹성을 지켜보았다. 나는
거지가 아닌데도 남이 밥 먹는 장면만큼이나 좋은 구경거리가
없었다.

길남이 신문배달을 하는 중에 다슬기를 빨아먹으며 지루함을 잊는
장면은 그 시간 동안 허기를 잊는 시간이었다. 함께 세 들어 사는 정
태 형이 폐병에 걸려 돼지고기를 노상 지지고 볶아 먹는 것을 보고,
자신도 돼지고기를 먹을 수만 있다면 폐병에 걸려도 좋다고 생각할
때는 처연하기조차 하다. 길남의 어머니가 김장 전에서 쓰레기로 버
려진 배추 겉잎이나 무 줄기를 주워와 끓인 국이 모래가 씹혀도 그런
길 따질 게재가 이니었던 허기는 이 소설의 배경인 전쟁 지후만이 일
이 아니었다.

내가 어릴 때도 엄마를 따라 시장을 가면 배추 겉잎과 무청들을 서
로 가져가려고 야단인 사람들로 언성이 높았고, 무청은 시래기로 처
마 밑에서 햇빛을 받으며 말라서 겨우내 국거리가 되었고, 시래기죽
이 되었다. 지금은 이 시래기가 마트에서 제법 비싸게 팔린다. 삶아서
도 팔지만 말려 누런 채로 파는 것을 보면 격세지감이 절로 난다. 김
치도 사 먹는 게 더 편리한 세상에서 시래기가 있을 리도 없지만, 아
파트생활이 주가 된 지금 시래기 말릴 처마가 또 어디 있으랴.

길남이 장남이라고 간장종지를 가지러 부엌에 심부름을 간 사이에 남은 식구들이 만두를 각각 하나씩 먹었다는 사실도 화가 나는 시대였다. 마당 깊은 집에는, 길남의 가족만 아니라, 연백에서 피난 온 경기 댁, 상이군인인 준호네, 김천 댁이 세 들어 있어 서로 어울려 살아간다. 모두 가난을 짊어지고 살아가는 계층들이다. 그들 모두에게 먹는 것은 전투적 삶의 한 부분이었다.

겨우 열세 살이면서 가난한 집안의 가장 역할을 짊어지고 가야 했던 길남과, 아버지 없이 자식 넷을 책임지게 된 그악스런 어머니는 계속 갈등을 빚으면서 또 화해하고 이해하면서 살아간다. 이런 속에서 길남이 가출하자, 어머니가 찾으러 와 집으로 돌아가고, 한 그릇의 소고기국을 먹으며 어머니를 이해한다. 길남이 가출했을 때 집으로 돌아오자 어머니가 아들을 기다리면서 해놓은 음식은 소고기국이었다. 비록 그 소고기국이 '콩나물과 대파 건더기 사이에 쇠고기 기름이 동동 뜨는' 것이었지만, 어머니의 마음을 헤아리고 사랑을 느낀 길남은 이후에 열심히 장작을 패고, 신문배달을 하면서 어머니의 환심을 사려고 처음으로 노력한다. 소고기국은 세상과 화해하게 한 음식이었다.

길남이 세상을 이해하고 수용하는 음식은 소고기로 만든 장조림과 국이다. 마당 깊은 집에 등장하는 음식은 주인공 길남의 성장통과 함께 우리 시대의 붉은 상처로 양념한 가슴 저린 것들이었다.

김원일,『마당 깊은 집』, 문학과 지성사, 1998.

아버지가 계시지 않는 집의 장남인 주인공 길남은 먹고살 길이 막연하여 다른 도시의 장터에 맡겨졌다가 다시 가족 곁으로 온다. 어머니는 삯바느질로 살아가며 자식 넷을 키우며 길남이 '마당 깊은 집'으로 부르는 곳에서 셋방살이를 한다. 이 집은 위채는 주인집이고 아래채는 여러 세대가 셋방살이를 한다. 위채와 아래채는 구분되어 사는 방법도 달랐다. 어느 날 어머니는 길남에게 돈을 주며 신문팔이를 시킨다. 어머니는 길남에게 장남으로서의 역할을 강요하고 이 과정에서 갈등이 빚어진다. 아직 어린 길남은 위채의 반찬 한 가지도 부럽다. 셋방 사는 가구들 사이에서도 있는 자와 없는 자는 나뉘고, 길남은 어머니와의 갈등으로 가출한다. 집을 나간 길남을 어머니가 찾아옴으로써 화해하고, 마당 깊은 집에 세 들어 살던 가구들은 뿔뿔이 자신의 생활을 찾아서 지금 살아가고 있다.

청동빛 녹이 낀 추억의 부뚜막 문화

공지영 『봉순이 언니』

 달고나의 향수

어머, 그래 맞아. 어쩌면 딱이야, 딱.

공지영의 『봉순이 언니』를 읽는 내내 마음속을 탁 치며 떠오르던 감탄사였다. 우리에게도 이런 시절이 있었고, 그 시절은 이제 청동 빛의 녹이 슬어 우리 마음 한구석에 박물관의 오래된 그릇처럼 박혀 있었다. 이제 다시 그 청동빛, 닦이지 않아 더 아련한 빛 같은 추억을 꺼내 든다.

이 소설의 배경은 60~70년대로 당시 유행하던 만화방 풍경, 달고나, 눈깔사탕, 아이스케키, 돈을 가져다준다고 죽이지 않던 돈벌레 이야기 등의 풍속들이 간간이 섞여 읽을거리를 선사한다.

봉순이 언니는 그 시절에는 보통명사였다. 소도시의 웬만큼 먹고 산다는 집에는 봉순이 언니가 1~2명씩 있었다. 우리 집도 있었다. 봉순이 언니만이 아니라 봉순이 아재들도 있었다. 아직 새마을 운동이 시작되지 않은 시골에서는 주렁주렁 달린 자식을 입 하나라도 덜어보려고 도시에 연줄만 있어도 내보냈다. 시골서는 도시와의 연줄이 활기찬 희망이고 당당한 세도였던 시절이었다. 일손이 딸리는 집들은 시골의 사내아이들도 와 있었으니 봉순이 아재들인 셈이다.

성진만화가게에서 임창이나 민애니 혹은 엄희자나 정운경의 만화를 읽으며 보냈다. 성진만화가게 아저씨는…… 여름이면 늘 문희나 남정임이 한복을 입고 앉아 있는 사진이 박힌 부채를 들고 있었으니까…… 한구석에 조그만 문구점을 겸하면서 그는 비닐 속에 든 손바닥보다 작은 오징어 다리도 가져다놓고, 삼진복숭아아이스바라는 삼각형 모양의 갈색 아이스크림도 아이스박스 속에 가져다놓았다…… 아랫동네에 가면 10원에 여덟 권이나 빌려주는 만화가게가 있어서 성진만화가게보다 10원에 두 권을 더 많이 보여주긴 했지만(……) 양은으로 만든 국자에, 달고나라고 불리던 하얀 덩어리나 누런 설탕을 녹여 먹던 또뽑기 집도 있다. 돌덩어리 같은 하얀 달고나를 국사에 넣고 연탄불에 둘러앉아 녹여서 거기에 소다를 약간 넣으면 부풀어 오르던 그 하얗고 달콤하고 포슬한 그 맛. 60년대 대한민국에 사는 아이들의 단맛에 대한 갈증을 채워주고도 한 번도 공식적인 이름을 얻지 못한 채 사라져간 그것,

얼마 전 영화 <하녀>가 리메이크되어 큰 반향을 불러일으켰지만, 우리에게 하녀란 개념은 없었다. 하녀란 단어는 서구식의 개념이다. 우리에게는 식모란 익숙한 단어가 있었다. 그 이름이 불린 사람은 어

맛있는 문학

떨지 몰라도 적어도 식모는 우리에겐 퍽 정겹고 따뜻한 이름이다. 당시는 너나없이 가난하게 산 시절이었다. 식모를 부린다고 해서 그다지 부자였던 건 아니었다. 다 같이 없는 중에 다만 먹는 밥상에 숟가락 젓가락 하나만 더 놓아도 되는 때였다. 지금처럼 출세하려고, 돈 벌려고 연줄을 잡는 배금주의 권력지향 연줄과는 전혀 다른 연줄, 즉 인연의 줄을 잡기 위해 애를 썼다.

우리는 식모언니들을 이름을 붙여 무슨 언니로 불렀다. 작품 속 봉순이 언니처럼 우리의 밥과 옷도 챙겨주고, 엄마의 역할을 대신했다. 지금 생각하면 그 식모언니들의 나이도 그렇게 많았던 게 아닌데, 어린 우리들의 치다꺼리를 해주어서 그런지 아주 어른으로 생각했었다.

그 시절의 신산한 삶에서 참으로 특이한 공동체로 살았던 식모에 대한 향수는 지금의 파출부 문화 아니, 도우미 문화와 어찌 비견하랴. 식모들은 아는 것도 없었다. 다만 부지런하면 되었다. 시골에서는 제일 나은 자식을 식모로 보냈다. 운 좋아 정말 좋은 주인을 만나면 야간학교라도 다니면서 공부를 하고 진득하니 있다가 시집이라도 도시에서 가게 되니, 자식 중에서 제일 나은 자식, 제일 잘할 자식, 미리 싹수가 보이는 자식을 도시로 식모를 보냈으니, 조금이라도 촌티에서 벗어나주길 기원하는 부모의 마음까지 들어 있었다.

내가 오리떼기라고 불렀던 달고나를 파는 것을 구경하느라 학교 마치고도 한참을 그 앞에 쪼그리고 있다 올 때, 만화방에서 엄희자 만화를 보고 울다가 시간 가는 줄도 몰랐을 때, 비닐에 든 불량 오렌지 물을 사먹었을 때, 집의 새 그릇과 병들을 들고 나가 엿을 바꿔 먹었을 때도 엄마에게 이르지 말라고 하면서 함께 죽이 맞았던 사람은 바로 식모언니들이었다.

토스트와 눌은 밥

봉순이 언니로 대변되는 우리 식 식모 문화는, 새로운 서구식 식탁 문화가 오자 변화한다. 이제 더 이상 부뚜막에서 밥을 할 필요도, 울타리가 부실해서 집을 지켜줄 필요도, 어린아이를 건사해주어야 할 필요도 없는 식탁과 집을 가질 때, 식모 문화는 변질된다. 봉순이 언니의 변모는 바로 우리의 밥상 문화의 변모와 함께한다. 봉순이 언니는 우리 식의 부뚜막 문화를 지킨 최후의 파수꾼이었던 셈이다.

봉순이 언니에게는 '밥이 하늘'이었다. 짱아의 아버지가 외국 유학에서 돌아와 집이 서구식 식탁 문화로 바뀌었을 때도 봉순이 언니는 밥, 눌은 밥 먹기를 고수한다.

내가 요즘 걸핏하면 해먹는 것이 누룽지와 숭늉이다. 식은 밥만 생기면 돌솥에 밥을 놓고 주걱으로 살살 펴놓고 불에 한참 올려 누른 밥이 되면 숭늉으로 만들어 먹는다. 누룽지 밥으로 숭늉을 해먹을 때마다 부뚜막에 함께 앉아서 가마솥 밥을 긁어먹던 그 옛날의 식모언니가 떠올라 잠시 아연히 창밖을 본다.

짱아의 어머니는 낮이면 밖에 나갔다가 새로 들여온 이상한 솥에 밀가루를 쪄서는 그걸 빵이라고 먹으라고 했다. 하지만 봉순이 언니는 밀가루를 절대로 먹지 않았다.

> "저는 그냥 찬밥 먹을래유……, 쌀이 없으면 모를까, 그 좋은 밥 놔두고 웬 밀가루래요……."

봉순이 언니는 가난한 시골집에서 질리도록 먹은 밀가루 수제비

맛있는 문학

생각에 질색을 했을지 모르겠다. 밀가루 음식 먹기는 비단 외국에 유학을 다녀온 아버지를 둔 짱아의 집에서만 일어나던 일이 아니었다. 분식장려운동은 이때 나라에서 주관하던 것이었다.

봉순이 언니는 '우리 가족이 상에 둘러앉아 토스트와 우유를 먹는 동안', '주홍색 플라스틱 바가지에 담긴 찬밥을 국에 말아 부뚜막에 걸터앉아 후루룩 혼자 먹는 것이었다'고 짱아는 회상한다.

봉순이 언니가 밥을 먹겠다고 우기는 이유는 우선 먹을 게 귀한 시골에서 입이라도 덜자고 보낸 도시에 어떻게 올라왔는데, 밥을 놔두고 다른 것을 먹을 수 있겠는가가 하나일 것이다. 이럴 때 봉순이 언니의 밥 문화는 서양의 식탁 문화가 물밀 듯 들어오던 때 우리 것을 한사코 고수하려던 저항이었다. 봉순이 언니가 부뚜막을 지키지 못하고 밀려날 때 우리는 결국 '서울우유, 토스트, 라면, 빵, 콜라나 사이다, 제과점 케이크, 파인애플 통조림' 등에 식탁을 내주어야 했었다.

우리의 60~70년대는 혼·분식 장려운동이 일어나던 시기였다. 1969년에는 쌀을 하나도 섞지 않은 밥 먹는 날이 지정되고, 이 운동은 1977년이 시작되면서 해제되었다. 나도 학교 다닐 때 혼·분식 도시락 싸기 운동이 벌어져 담임선생님은 늘 도시락 검사를 했다. 그때 제일 부잣집 딸이었던 친구는 흰 쌀밥만 싸와 점심시간이 되기 전에 내 밥과 섞어서 혼식 도시락을 만들었다. 쌀 한 톨 섞이지 않은 도시락을 싸가야 하는 날도 있었다. 밥을 지을 때마다 한 끼에 한 숟가락씩 쌀을 모으는 운동도 있었다. 이렇게 모은 쌀을 학교에 가져가서 이웃돕기에 내야 했다.

차례 상에 흰 쌀밥만 올리지 말고 혼식을 하라는 운동도 있었다.

이때는 동네 사람들 사이에서 불평불만이 이만저만이 아니었다. 그날만이라도 흰 쌀밥만 배터지게 먹는 날이었기 때문이다. 보리밟기도 혼식장려 때문에 생긴 일이었다. 학교 수업을 중단하고 단체로 가서 보리밟기를 열심히 했다. 그때는 멋도 모르고 남의 보리를 왜 이렇게 밟아대나 생각했다. 이렇게 다양한 혼·분식 운동이 식모 문화를 사라지게 한 이유일지도 몰랐다. 밥해주는 식모가 없어도 간편한 토스트나 빵을 먹고 국수를 삶아먹으면 되었다. 시골의 새마을 운동이, 서울의 아파트 문화가 결국은 봉순이 언니들을 내쫓았다.

짱아는 5살로 봉순이 언니와 가깝게 지내면서 인간에 대한 따뜻함과 소통을 배운다. 짱아는 봉순이 언니를 이야기 들려주는 사람이라고 인식하고, 엄마가 부재하는 동안 자신과 가까운 사람으로 생각한다. 짱아의 아버지가 외국 유학에서 돌아오고 엄마는 서구적인 생활을 택하고 아파트로 이사한다.

봉순이 언니는 내가 서러울 때, 내가 따돌림 당할 때, 내가 혼자 외로울 때 나를 안아주는 유일한 사람이었다. 엄마였고 언니였고 그러면서 친구인 그녀는, 내 첫 사람이었다.

짱아집이 아파트로 옮겨갈 때 봉순이 언니의 식모 문화는 더 이상 비집고 들어올 자리가 없었다. 문은 식구들이 늘 잠글 수 있었고, 냉장고와 전기밥솥이 해결하는 식탁은, 부뚜막 문화에서 필요했던 봉순이 언니들을 필요로 하지 않았다. 봉순이 언니들을 가족이란 한울타리에서 도시의 새로운 변두리로 내몰 수밖에 없었다.

맛있는 문학

세상은 변할 거다. 남자들이 하지 못하는 일을 하는 훌륭한 여자들이 많이 나올 거야. 넌 꼭 그런 사람들이 되어야 한다. 서양 여자들처럼 남자들하고 대등하게 토론도 하고 대학 강단에도 서고 누구도 여자라고 깔보지 못하는, 남자들은 생각도 못하는 일을 터억 하는 그런 여자 말이다.

외국 유학에서 돌아온 짱아의 아버지는 앞으로 세상이 어떻게 변할 것인지 말한다. 거기에는 여성의 역할 변모도 있다. 짱아의 아버지가 서구적인 아버지로 변하기로 작정했을 때, 봉순이 언니가 뿌리를 내리지 못하는 세상으로 변할 수밖에 없다. 짱아가 새로운 신지식 여성으로 변하는 세상은 봉순이 언니들의 세상도 달라질 수밖에 없는 것이다. 실제로 부엌 문화가 변하면서 주부들의 위치도 격상되고 중요해졌다. 수많은 봉순이 언니는 가족적 연대감에서 뿌리 뽑혀 공장 등으로 뿔뿔이 흩어지거나 버스차장이 된다.

부뚜막 문화와 식탁 문화

봉순이 언니는 보통명사다. 봉순이 언니가 짱아의 집을 수차례 떠나고 돌아오는 과정은 하나의 문화가 서서히 희미해져 마침내 끝나는 과정을 보여준다. 서구 문화를 받아들이는 계층은, 새로운 봉순이인 '파출부'를 쓰면서 뜨거운 물이 종일 나오는 아파트로 옮긴다. 부뚜막이 사라진 부엌은 집을 지키고 있어야 할 사람도, 종일 연탄불을 꺼뜨리는지 지켜야 할 사람도, 도둑이 드는지 종일 집을 지킬 사람도 필요 없어졌다.

우리의 공동체 문화였던 특이한 식모 문화는 시골과 그 곁에 작은 소도시들을 이어주는 고리였다. 우리의 따뜻한 추억과 인정의 문화를 드러내는 문화였다. 시골의 부모 입을 덜어주려고, 어린 나이에 부모를 떠나서 이 악물고 살면서 공부도 하고, 또 주인집에서 너무 착하고 성실하니까 좋은 남자 골라서 시집까지 보내주던 그런 따뜻한 식모 문화, 부뚜막 문화를 서구적 식탁은 왜곡하고 변형시켰다.

식모, 그렇다. 그것은 우리의 문화였다. 말 그대로 인연의 줄을 타고, 식문화의 한 공통분모를 나누던 그 식모, 따뜻한 밥상을 나누던 문화, 적어도 나와 우리 형제들에게도 식모언니들은 모두 성실과 부지런함의 대명사였다. 엄마가 하지 못했던 맛난 반찬까지 차려내고 같이 앉아 나누어 먹던, 음식을 공통분모로 공유했던 식모, 그런 사람이었다.

그녀의 슬픔에 압도된 것이었을까. 지금까지도 잊을 수 없는 그 눈빛, 그건 내가 알던 봉순이 언니의 눈빛이 아니었다. 뭐랄까. 짓이겨지고 나서도 짓이길 수 없는 오만한 자존심이 그 안에 들어 있는 것 같기도 했고, 이제 벼랑 끝까지 밀려와 본 자만이 가질 수 있는 달관이 엿보이는 것 같기도 했다. 그 눈빛, 그 눈빛으로 인해 나는 봉순이 언니가 이제 아주 멀어진 사람이라는 것을 실감했다.

이제 봉순이 언니는 오지 않을 것이다. 30년이 흐른 어느 날 짱아가 봉순이 언니를 전철에서 보았지만 그저 스쳐 지나갔듯이, 그렇게 우리의 연대감들은 희미해질 것이다. 아니 잊힐 것이다. 봉순이 언니

맛있는 문학

의 '그 눈빛에서 아직도 버리지 않는 희망…… 같은 게…… 희망이라니. 끔찍하게……'라고 주인공이 부르짖듯이 우리의 가슴에서 연대감을 조금씩 버릴 것이다.

그러나 설마 버릴 수 없는 그 따뜻한 부뚜막과 그곳에 늘 걸터앉아서 부재하던 엄마를 대신하던 봉순이 언니를 지울 수 있을까. 아니다. 아무래도 돌아갈 수 없는, 그 추억의 다리 위에서 심하게 흔들리던 희망의 눈빛을 길게 기억할 것이다.

그래서 작가는 우리가 어른들의 세계를 낱낱이 캐내길 원하지 않는다. 5살 어린아이의 시선을 빌려 단지 그립고 따뜻한 추억으로 남기는 것이 아닌가. 봉순이 언니들이 우리의 밥 문화가 부뚜막에서 식탁으로 변하던 그 시간에 잠시 들어와 살던 틈새로 보이지만, 그 틈새문화를 당당하고 떳떳하게 만들어주었다고 말하려던 거 아닌가.

공지영, 『봉순이 언니』, 푸른 숲, 2008.

● 줄거리

봉순이는 주인공 짱아 집의 식모다. 봉순이는 짱아를 돌봐주고 부엌일을 하면서 집안 식구들과 가족처럼 살아간다. 유학 간 짱아의 아버지가 외국에서 돌아오며 밥 대신 빵을 먹는 식사를 한다. 짱아 어머니의 다이아 반지가 사라져 누명을 쓴 봉순이는 세탁소에서 일하는 병식과 도망친다. 누명이 풀리지만 병식의 아이를 가진 채 짱아의 집으로 다시 온다. 짱아 어머니의 강요로 봉순이는 아이를 지우고 홀아비와 결혼하지만, 또 사별하게 된다. 세월이 지나 짱아는 전철에서 누추한 봉순이 언니를 만나지만 아는 척하지 않는다. 그러나 봉순이 언니가 아직 희망의 눈빛을 가졌다고 믿는다.

가족 해체를 막은 따뜻한 수프 한 그릇

마쓰다 미치코『천국의 수프』

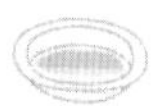 천국의 수프 레시피

얼마나 맛있는 수프이기에 천국의 수프일까. 이 소설을 다 읽은 후 비로소 여주인공 유이코의 언니가 죽기 전에 맛보고 싶어 한 최상의 수프였고, 유이코가 착한 언니는 천국에 갔을 것으로 여기니 천국의 수프라는 이름이 딱 어울린다.

수프란 우리 식으로는 죽이나 미음, 국이다. 수프는 중세에 처음 사용되어 맑은 수프는 콘소메, 진한 수프는 포타주라고 한다. 천국의 수프는 후자로 보인다. 한식이나 서양식이 그 재료만 다를 뿐, 수프가 누구에게나 따뜻한 온기를 전달해주는 음식이라는 데는 한결같으리라.

헤르만 헤세의 『수레바퀴 아래서』에서 주인공 한스는 주 시험을 엉망으로 치르고 집에 돌아와 시험의 긴장에 지친 몸으로 따뜻한 달걀수프를 먹고 푹 잠든다. 다음 날 시험을 치른 한스는 주 시험에서 2등으로 시험에 합격한다. 수프의 따뜻함과 영양이 듬뿍 든 달걀수프가 한스가 시험을 편안히 치르는데 도움이 되었으리라.

이 소설의 유이코 언니처럼 나도 수프 때문에 잊지 못하는 사람이 있다. 세 아이가 어릴 때 사람들을 대거 집에 초대할 일이 생겼다. 그걸 안 이웃이 야채수프를 곰국 끓이는 통에 하나 가득 만들어 왔다. 곰국 통 가득 야채수프를 끓이기 위해, 많은 야채들을 다듬고 다졌을 마음, 오래오래 불 위에 놓고 뭉근히 끓인 시간, 스테인리스 곰국통의 무게란 또 어휴. 그때는 내가 급한 바람에 덥석 받았지만, 아직도 나는 그 따뜻한 오렌지색 수프를 잊지 못한다. 요즘 세상에 드문 따뜻한 수프 같은 사람이었다.

천국의 수프 레시피를 적어 보자.

잘게 썬 파프리카와 양파, 양송이를 작은 냄비에서 가볍게 볶은 후 미리 삶아놓았던 순무와 감자도 같은 두께로 썰어서 넣었다. 거기에 행주로 싸서 물기를 짠 두부를 반 모 정도 집어 넣고 닭고기 육수를 부었다. 육수는 그날 낮에 미네스토로 수프를 만들 때 쓰고 남은 것이었다. 야채를 끓이는 동안 믹서를 준비하고 수프 접시를 뜨거운 물에 담갔다. (……)

주방으로 돌아온 료스케는 푹 익은 재료를 믹서로 갈아 다시 냄비에 옮겨 담은 다음 우유를 붓고 끓어 넘치지 않도록 약한 불에 얹었다. 마지막으로 흰 된장을 한 숟가락 넣어 간을 맞추었다. 조리하는 데는 이십분도 걸리지 않았다. (……)

선명한 붉은색의 파프리카가 순무, 감자와 섞이면서 오렌지색으로 변해 있었다. 여러 가지 재료가 듬뿍 들어간 수프는 포타주처럼 걸쭉해서 숟가락으로 뜨면 표면에 그 자국이 남았다.

남아 있는 재료로 대충 만든 수프치고는 성공이었다. 순무의 단맛과 양송이의 향도 그대로 남아 있었다. 지방을 많이 함유한 우유로 고은 두부는 향이 아주 고소했다. 비법 양념으로 쓴 흰 된장 덕에 간도 잘 맞아서 아주 깊은 감칠맛이 났다.

천국의 수프를 만드는 요리사 료스케가 근무하는 음식점의 슈조 주방장은 음식을 만드는 사람이 지녀야 하는 애정을 수프 만들기로 가르친다. 수프를 만드는 사람의 마음이 따뜻한 사람이어야 그 마음이 스며들어 행복한 수프 맛을 연출한다.

"수프는 재료에 들어있는 영양분을 가장 흡수하기 쉬운 상태로 만든 요리야. 소화력이 약한 노인이나 어린애들, 환자들까지도 부담 없이 먹을 수 있지, 최고의 영양식인 동시에 훌륭한 요리야."

김치국물로 만든 천국의 수프 육수

이 소설은 가족들이 해체되었다가 다시 가족으로 회귀하는 환원적 구조다. 가족을 해체시키는 것은 가족이 아니라, 가족 외의 폭력적 세계다. 유이코의 언니는 약혼한 후, 언어장애로 파혼당하자 차에 뛰어들어 자살을 시도하고 죽는다. 료스케의 어린 아들은 유치원 보모가 아이들을 돌보지 않고 남자친구와 서서 시시덕거리며 잡담을 하는 사이에 세상을 유희처럼 생각하는 자가 모는 오토바이에 사고를 당한다. 죽은 자들은 이 세상에서 약자며 소외된 사람들이다. 아직 삶의

맛있는 문학

쓰린 단면에 노출되지 않았던 순수한 사람들이다.

그들의 죽음은 분명 가족들의 잘못은 아니다. 그러나 가족들은 약자인 그들을 제대로 돌보지 못했다는 자책감으로 깊은 상처를 받는다. 료스케는 아들 나오키가 교통사고로 병원에 갔을 때, 우연한 일로 일찍 병원에 당도하지 못했다. 미키는 아들의 죽음이 료스케의 잘못이라고 화를 낸다. 이로 인해 료스케는 자책감에 사로잡히고 미키와 끝내 화해하지 못하고 이혼했다. 유이코도 언어장애 언니의 마음을 좀 더 일찍 알지 못했던 자책감에 사로잡힌다. 자신들의 잘못이 아니지만 그 모든 것이 자신들의 잘못이었다고 믿는 것은 료스케나 유이코가 따뜻한 마음의 소유자이기 때문이다. 따라서 이들이 만드는 천국의 수프는 당연히 따뜻하다.

천국의 수프 찾기는 가족이 해체된 이후부터 시작된다. 그러나 가족 해체 이전에 이 따뜻한 수프는 이미 존재했었다. 실연으로 떨던 유이코의 언니에게 따뜻하고 행복해지는 수프를 끓여준 사람이 요리사 료스케였다. 따라서 이 천국의 수프만 찾는다면 해체된 가족들의 상처가 보상받을 것이란 예감은 누구나 짐작할 수 있다.

천국의 수프 육수 만들기 레시피를 살펴보자.

주재료인 닭고기는 끓는 물에 살짝 담갔다가 바로 찬물에 식힌 다음 다시마와 표고버섯 국물에 뼈가 물러나기 직전까지 푹 고아놓았다. 그밖에 양파, 감자, 샐러리 등을 얇게 썰어서 올리브오일로 볶은 다음, 끓인 닭 육수에 큼직하게 썬 닭고기, 콜리플라워와 함께 넣는다. 이 닭고기 수프를 만드는 데는 특별한 비법이 숨어 있다.

소금과 후추 대신 김칫국물을 조금 넣는 것으로 깊은 맛을

내는 것이다. 김칫국물을 너무 많이 넣으면 냄새 때문에 좋지
않지만, 적당히 넣으면 잘 발효된 각종 성분 때문에 감칠맛이
난다. 물론 김치는 집에서 담근 것으로 새우젓, 멸치, 다시마,
고춧가루, 꿀, 암염, 마늘, 생강, 무, 사과, 부처, 파 등을 듬뿍
넣었다. 또 김칫국물의 붉은색이 희끄무레한 수프 색깔을 연하
게 물들이기 때문에 색깔도 아주 예뻤다.

천국의 수프 육수 만들기에 우리의 김칫국물이 들어갔다는 사실이
놀랍지 않은가. 소금과 후추 대신에 들어간 발효된 김칫국물은 수프
에 톡 쏘는 맛을 냈을 것이다. 그러니 유이코는 료스케를 만나지 못
했다면 어디에서도 이 수프를 맛볼 수 없었을 것이다. 말 그대로 잊
을 수 없는 맛이었을 테니까. 김칫국물로 인해 만들어진 수프의 오렌
지색이 독특해서 유이코가 오랫동안 수프를 찾지 못하고 애탔던 이
유기도 하다.

유이코가 오렌지색 천국의 수프를 애타게 찾아다니는 이유는 어머
니를 위해서다. 장애가 있는 딸을 위해 마음 아프게 살아온 유이코의
어머니는 딸이 실연을 당하고 자살한 후, 살아갈 힘을 잃고 아프기
시작했고 병원에 입원해서도 음식을 거부한다. 어머니에게 맛있는 것
을 먹이고 싶고, 또 딸을 잃고 상심한 어머니를 위로하기 위해 유이
코는 천국의 수프를 찾아다닌다. 유이코의 언니는 죽기 직전에 유이
코와 어머니에게 자신이 맛보았던 수프를 먹으러 가자고 했었다. 수
프는 이제 죽은 자를 추억하는 음식이 된다.

료스케의 아들도 죽기 전 마지막으로 먹은 음식이 부드럽고 감미
로운 크림 스튜다. '흰 살 생선인 대구를 올리브오일에 볶고 한 입 크
기로 썬 삶은 감자와 다진 버섯, 생크림을 넣고 푹 끓인 간단한 요리

맛있는 문학

였지만, 스튜를 만들기 위한 국물을 우려내는 데는 많은 시간이 걸리는' 그런 음식이었다.

유이코가 언니를, 료스께가 아들을 잊지 못하는 마음은 음식으로 집약된다. 죽은 자를 떠나보내지 못할 때는 정상적인 삶을 유지할 수 없다. 유이코가 수프를 찾아다니는 일은 일종의 기억의 감옥이다. 그리움으로 포장된 슬픈 기억 속에서 벗어나야 새로운 삶이 그들 앞에 놓일 것이다.

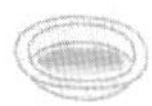 ## 직접 만든 행복한 수프

음식이란 누군가를 추억하는 가장 멋진 방법이다. 우리는 집을 들어서는 사람에게 밥을 해 먹인다. 함께 밥을 먹은 기억을 나누기 위해서다.

그러나 유이코와 료스케에게는 음식은 고통이다. 죽은 자를 영원히 기억해야 하기 때문이다. 유이코가 수프를 영영 찾지 못했더라면 그들은 새로운 삶을 살아갈 수도 없었을 뿐더러, 가족은 영영 해체되었을 것이다.

이 소설 속에는 다양한 요리 레시피가 들어 있다. 작가가 책의 말미에 밝힌 대로 6권의 요리 참고문헌을 인용한 만큼 레시피들이 비교적 정교해 그대로 해먹을 수 있을 정도다. 시저샐러드 만들기, 아침 시장에서 산 신선한 재료로 만드는 매일 바뀌는 수프 메뉴들, 식기를 씻을 때 3가지 스펀지를 사용하면 깨끗한 설거지를 할 수 있는 살림

법, 몇 가지 수프 만드는 방법, 카나페 만들기 등이 읽는 사람을 즐겁게 한다.

유이코의 장애언니가 특별히 잘한 네일 아트도 상세하게 묘사되어 있다. 요리들의 구체적인 묘사와 재료 열거 등은 소설 읽기를 방해할 때도 있다. 스토리에 몰입하기 위한 집중력을 떨어뜨리지만, 다양한 수프의 등장은 흥미를 끈다.

유이코가 천국의 수프를 료스케가 만든 그대로 어머니에게 가져갔다면 가족 간의 따뜻함은 반감되었을 것이다. 그러나 유이코는 천국의 수프를 료스케에게 배워 직접 요리한다. 료스케의 이혼한 아내 미키도 료스케가 수프요리를 유이코에게 가르치는 것을 알고 격려한다. 유이코의 죽은 언니가 미키의 네일아트 담당자였기 때문이다. 미키는 작은 손톱 위에 유이코의 언니가 섬세하게 그리던 장미, 백합, 해바라기, 데이지 등을 생생하게 기억하면서 모든 것을 이해한다.

결국 유이코의 죽은 언니가 미키의 마음을 움직여 료스케와 화해하게 만드는데 한몫한다. 한 그릇의 따뜻하고 행복한 수프가 모두에게 새로운 사랑을 안겨준다. 료스케는 아내와 재결합하고, 유이코는 새로운 사랑을 시작한다.

이 소설의 은근한 재미는 인터넷 맛집 찾기다. 유이코는 천국의 수프를 찾기 위해 인터넷으로 언니가 말한 오렌지색 수프의 사진이 실린 맛집을 검색한 후 레스토랑마다 찾아간다. 료스케 역시 오렌지색 수프를 찾던 유이코가 봐주기를 바라면서 인터넷에 검색어 상위어에 올라가도록 해둔다.

음식에서 오렌지색은 향기로운 냄새를 느끼게 하며, 행복한 느낌을 주는 색이라고 한다. 오렌지색 음식은 구수한 맛의 느낌을 만들기까지 한다니, 실연을 당해 절망적이었을 유이코의 언니가 한 그릇의 오렌지색 수프를 따뜻하게 먹었을 풍경을 떠올려보라. 잠시라도 슬픔을 잊었을 시간을. 수프는 60～70도에서 가장 맛있다고 한다. 오렌지색의 알맞게 따뜻한 행복한 수프.

이 소설은 천국의 수프를 찾고, 수프를 올리면서 인터넷이라는 삭막하고 메마른 매개체가 사람들 사이의 상호교감으로 사용될 수 있다는 것을 즐겁게 보여준다.

천국의 수프 찾기가 단순히 상처치유만 했다면 어떻게 행복하고 따뜻한 수프가 될 수 있었겠는가. 정상적이던 가정들이 세계의 속무무책의 폭력에 어이없이 당하고 가족 해체를 겪지만, 포기하지 않은 한 그릇의 수프 찾기로 인해 다시 가족으로 환원되었다.

수프를 만든 사람이나 수프를 먹은 사람이나 수프를 찾아다닌 사람이나 모두 한 그릇의 수프가 전달한 온기를 기억하고 있는 한 이 세상은 파편처럼 갈기갈기 찢겨나가지 않아도 되리라. 유이코 스스로 수프 만들기를 배운 지금, 앞으로 새로운 상처가 생기더라도 한 그릇의 따뜻하고 달콤한 수프를 만들어 상처를 치유할 것이다.

상처에 대한 영원한 명약으로.

마쓰다 미치코, 『천국의 수프』, 노블마인, 2009.

주인공 유이코는 오렌지색 수프를 찾아 인터넷도 검색하고 직접
찾아가 먹어보기도 한다. 이 수프는 유이코의 언니가 죽기 직전에
유이코와 엄마와 함께 먹으러 가자고 하던 것이었다. 유이코의 언
니는 네일 아트를 하던 언어장애자로 약혼을 했지만 장애자라는
이유로 파혼당한다. 유이코의 언니는 파혼한 상심에 젖어 있을 때,
이 천국의 수프를 먹고 따뜻한 위로를 받았었다. 수프를 만들었던
요리사 료스케는 아들 나오키를 오토바이 사고로 잃은 후, 아내
미키와 이혼한다. 유이코는 천국의 수프를 마침내 찾고, 료스케는
만드는 법을 유이코에게 직접 가르쳐준다. 유이코는 수프 만드는
법을 배워 엄마에게 직접 만들어준다. 이 과정에서 료스케는 아내
미키와 재결합하고 유이코도 사랑하는 사람이 생긴다.

관념적 그리움의 고명을 얹은 음식

신경숙『풍금이 있던 자리』

삶의 연륜으로 담그는 김치

작가의 글을 읽으면 누가 따라와 낮은 목소리로 조곤조곤 노래하는 것만 같다. 흡사 음유시인처럼 긴 휘파람을 불듯이. 그 끝은 퍽퍽한 모래땅에 슬며시 꼬리를 묻었다가 언젠가 다시 슬그머니 떠오를 것처럼 아련하다.

풍금이 보이는 창가를 본 적이, 혹은 오래 기억해본 적이 있는가. 그 창문 아래 낮게 떠다니는 먼지와 창틀 곁에 앉은 먼지까지 마치 노래에 묻힐 듯 아련히 남아 있던 추억들을 기억해본 적이 있는가. 참 희한하다. 『풍금이 있던 자리』를 읽다보면 소설 어디에도 나오지 않는 풍금이 꼭 그 자리에 있었던 것만 같다. 그 창틀 곁의 부연 먼지 속에 눈물을 글썽이며 꼭 그 자리에 자리 잡고 있었던 것 같다. 그래서 풍금은 다만 관념적 추억이다. 실제로 보지도 듣지도 못했지만 어디선지 들려올 것 같은 아련한 풍금소리처럼 그저 그립기만 한 것이다.

편지란 무엇일까. 전자 문명의 시대에 우리가 잃어버린 편지의 실체가 이 소설처럼 고요히 드러나 있는 글도 드물다. 주인공은 먼저 자기를 정리하기 위해 편지를 쓴다. 그 옛날 어릴 적 자신이 왜 엄마가 아닌 다른 여자를 좋아했는가에 대한 낯선 물음이 나온다. 어린아이에게는 계모일 수 있는 그 여자가 주인공은 어린 시절에도 좋았다. 퍽 낯선 상황이다. 어린아이에게 계모란 가장 두려운 대상이고 증오의 대상이 아닌가. 그런데 주인공은 아니다. 이 낯선 질문에 대한 대답이 주인공의 편지쓰기에 대한 대답이 될 것이다. 이 물음이 이 작품에 거리를 두고 읽게 하는 이유이기도 하다. 여기서는 이제 그녀라고 이름 하자.

그녀가 어린 시절의 이야기를 처음으로 편지에 씀으로써 우리는 매우 낯선 경험을 한다. 그러나 끝까지 낯설다. 신데렐라와 콩쥐 등의 계모이야기에 익숙한 우리에게 어머니가 아니라 계모를 더 사랑스럽세 만들어 놓아 당혹스럽다. 그래서 이 작품은 매우 관념적이다. 작품을 읽는 독자와의 거리를 멀리 두어 그녀는 자신의 불륜을 용서받고 싶었을까. 그녀는 상대방 가정의 평화를 파괴하지 않고 자신의 사랑을 중단하기 때문이다.

이 이야기는 두 가지 서사를 주축으로 한다. 1차 서사는 현재의 나가 서술자가 나오고, 2차 서사는 여섯 살 난 그 옛날의 나가 나온다.

착한 계모 이야기는 자신의 비도덕적인 관계를 합리화하고 싶은 욕망에서 나온다. 우리 문학에서 계모이야기는 100여 편이 넘고, 계모는 전실 자식과 갈등을 하면서 악인으로 형상화되었다.

맛있는 문학

그녀의 계모는 설화처럼, 어머니가 죽고 없는 자리에 들어온 계모
가 아니다. 아직 어머니가 있다. 어린아이인 그녀가 친어머니를 쫓아
낸 계모를 추억의 대상으로 기억하고 있는 것은 자신의 처지를 합리
화하려는 보상심리가 더 강하기 때문이다.

음식을 잘하던 그 여자는 그녀의 엄마 대신에 들어와 잠시 그녀와
오빠들의 삶을 흔들어놓고 갔다. 음식을 잘하던 그 여자는, 어느 날
탱탱 젖이 불은 그녀의 엄마가 잠시 와서 막내 동생의 젖을 먹이는
것을 본 다음날 집을 나가버렸다. 오래전의 그 여자에 대한 기억과,
그 여자가 만들던 음식을 추억하면서, 그녀는 엄마와는 많은 것들이
달랐던 그 여자에 대한 환한 추억을 문득 떠올리면서 그녀는 현실에
주저앉는다.
부칠 수는 없는 편지는, 그 추억의 여자에게 포개지는 그녀 자신에
게 부치는 편지다. 그녀는 햇빛처럼 스며 와서 한 줌 햇살처럼 사라
져버린 그 여자와 똑같은 자신에게 편지를 쓰지만, 목이 메어서 언제
까지 그 편지를 쓸지 알 수 없다. 언제 부칠지는 더 알 수 없다. 그녀
조차 '편지를 부칠 필요가 없다'고 생각하면서 써내려가는 편지. 자신
에게 부치고 만 편지.

그 여자는 그녀의 집에 오자마자 김치를 담갔다. 김치 담그기는 그
여자의 몫이 아니었다는 말을 하기 위해서 그녀는 덜컥 그 여자의 추
억을 김치 담그기부터 시작한 것이 아닐까. 김치를 담가본 적이 있는
사람은 김치 담그기야말로 레시피를 보고 쓱싹할 수 있는 음식이 아
니라는 것을 안다. 김치는 그것이 발효되고 숙성되는 것만큼 오랜 손

끝에서 묻어나는 음식이고 향기다. 김치 담그기는 생뚱맞게 집에 들어온 그 여자가 담그는 음식이 아니라, 집안 살림에 익숙하고 연륜이 있던 그녀의 엄마라야 담글 수 있던 음식이었다. 그 여자의 김치 담그기는 결국 실패했고, 그것을 추억하는 그녀만이 너그럽다.

그녀가 그 남자에게 전화했을 때, 전화기 너머로 그 남자의 딸인 은선이의 이름을 부르던 삶에 익숙한 그런 여자라야만 김치를 능숙하고 맛깔나게 담글 수 있다.

🍒 그 여자의 폼 나는, 그러나 낯선 음식 만들기

어머니를 내쫓고 시골집에 들어온 그 여자의 음식 만들기는 그녀에게는 지나간 추억이다. 지난 일들은 덧칠한 수채화처럼 부옇게 남아 있지 선명한 것이 아니다. 그 여자의 도마질 소리가 익숙한 '깍둑 깍둑'이 아니라. 서툰 '깍, 둑, 깍, 둑'이었다고 그녀가 생각하는 이상 그 여자가 그녀의 집에 들어온 일은 처음부터 실패였지만 그녀는 추억 속 그 여자의 모든 서툴음에 눈감고, 자신의 집에 자리 잡게 해주고 싶어 한다. 그 여자가 어머니 대신 시골집에 들어온 것은 그녀가 어릴 때였다. 두려운 계모보다는 엄마가 더 좋고 그리운 나이였다. 그런데 그녀가 추억 속의 여자를 기억하는 것은 어린아이의 모습이 아니다. 그 여자는 실체적이기보다는 관념적이다.

그녀 자신의 현주소인 유부남을 사랑하는 현실과 처자식 있는 아버지를 사랑했던 그 여자의 추억은 동병상련의 아픔이다. 그녀는 그 여자를 이해하기 위해 눈물겹게 필사적으로 노력한다. 아니, 그녀의 자리에 대한 울음 섞인 통사정으로 너그러워지려고 몸부림치는 것이 아닐지. 모든 기억은 지난 후에는 둥근 추억이 되는 것이다.

그 여자의 음식은 멋있었고, 특이했고, 낯설었다고 말한다. 맛있었다가 아니다. 늘 익숙했던 음식에서 벗어난 파격과 낯설음. 그 여자가 만들었던 음식을 지금도 그렇게 느끼는 것은 현실의 삶에서 받아들여지지 않는 그 여자와 그녀의 자리가 바로 그 음식의 익숙하지 않음과 같은 것이 아닌가. 어머니의 손맛과는 다른 그 여자의 음식은, 낯설어서 잠시 동안은 신기하고 멋스럽게 보이지만 시간이 지나면 그저 예쁜 접시 위에 놓인 정물 같은 것이 아닌가.

그러기에 그녀는 그 여자가 불과 열흘밖에 집에 머물지 못했는데, 정말이다, 단 열흘이었을 뿐인데, 그 여자가 만들었던 모든 음식을 기억한다. 더구나 익숙한 '깍둑깍둑' 이 아니라, 서툰 '깍, 둑, 깍, 둑'으로 그 여자는 당연히 음식 만들기가 몸에 밴 여자가 아니다. 그 여자가 만든 음식을 상 차려 보면 열흘의 기간이 아니라 적어도 10개월은 지난 것 같다. 기억은 음식 위에 올린 고명처럼 한껏 멋을 부리면서 턱하니 자리 잡고 비키지 않는 것이다. 그 여자가 바로 그녀라서.

보리를 먼저 불에 불려놓아 돌확에 갈아 밥을 지어서 늘 고슬고슬한 밥
보리 대신 수수를 넣은 밥, 밥 대신 만두로 대신 하던 식사.
찹쌀로 둥근 경단을 만들고 진달래 화전을 부치던 여자.
대추 밤을 썰어 넣어 약식을 해주던 여자.
다듬잇돌에 밀가루를 밀어 칼국수를 내어오며, 고사리와 계란의

고명을 화려하게 얹을 줄 알던 여자.

당근, 오이, 양파를 종종 썰어 만든 볶음밥 위에 계란 프라이를 하나 덮어서 도시락을 만들 줄 아는 여자.

푸른 콩, 붉은 강낭콩, 검정콩 등을 섞어 설기 떡을 만들어 도시락 반만큼 밥 대신 싸줄 줄 아는 여자.

쇠고기를 양념해서 볶을 줄 아는 여자.

시금치도 데쳐서 기름에 볶을 줄 아는 여자.

달걀도 몽올몽올하게 볶아서 밥 위에 꽃밭처럼 덮어주는 여자.

콩을 넣은 주먹밥을 손에 묻지 않게 깻잎으로 싼 도시락을 만들 줄 아는 여자.

숙주나물에 청포묵을 얹어줄 줄 아는 여자.

선지 해장국을 끓일 줄 아는 여자.

두릅적, 물쑥나물 한 접시, 칡 수제비,

그 여자가 만든 음식들을 그녀가 기억하는 것은 '맛은 어떻든 그 품은' 달랐던 오로지 '음식 민드는 멋'이었다.

🍒 다양한 빛깔의 상차림

그녀는 이렇게 많은 음식으로 그 여자를 기억하지만 겨우 열흘 동안 시골집에 머물다 갔을 뿐인 그 여자가 과연 그 많은 음식을 다 할 시간이라도 있었을까. 그 여자가 그 많은 음식을 정말 다 만들었다면 음식 만들기는 자신의 처지를 잊기 위한 시간이었을 것이다. 그 여자

의 모든 음식을 기억하는 그녀도 현재의 자신을 애써 위로하고 어루
만지고 있으니까.

그녀는 음식 때문에 아버지가 그 여자를 사랑했을 거라고 믿는다.
그만큼 그 여자와 음식에 대한 그녀의 믿음은 철썩 같다. 마치 그녀
의 사랑과 그 남자의 사랑이 비록 이어질 수는 없지만 달콤한 음식에
의 추억처럼 영원히 기억나리라고 갈무리해두려는 듯이. 그녀의 현실
은 추억과 현재라는 양념의 암담한 버무림이다.

『풍금이 있던 자리』에 나오는 음식은 다분히 관념적이고 몽환적이다.

그 여자가 만들었던 음식에 대한 선망은 물론 현재 자신의 처지에
대한 합리화일 수도 있다. 그러나 그 여자의 음식 솜씨에 대한 기억은
화려한 꽃밭을 거닐어보았던 추억 같다. 그녀 자신의 지나간 사랑처럼.

> 어머니의 밥은 한 가지였어요. 한꺼번에 보리를 며칠 것을
> 삶아두셨어요. (……) 그 여자는 보리를 미리 삶아놓지 않았습
> 니다. 밥을 지을 때마다 돌확에 갈아 지었습니다. 알맞을 때에
> 밥 뜸 불을 밀어 넣어 주어 밥은 늘 고슬고슬했어요. 어느 날은
> 보리를 다 빼고 수수를 넣은 밥을 지었고, 어느 날은 입에 쏙쏙
> 들어갈 만두를 빚어서 만둣국을 내오기도 했습니다. (……) 색
> 이 뽀얀 찹쌀로 둥근 경단을 만들어 내놓기도 했고, 곤로를 마
> 당에 내놓고 진달래화전을 부쳐주기도 했어요.
> 찹쌀로는 그저 시루에 찰떡만 쪄주셨던 어머니.
> 그 여자는 어느 날 대추 밤을 썰어 넣어 찹쌀 약식을 해주었죠.

작가의 음식에 대한 집요한 추상적 관념은 다른 소설 『그 여자의
이미지』에서도 독백으로 드러난다.

“난 태어나면서부터 그 밥상 앞의 순간을 원한 것만 같았어.”
“내가 그리워했던 말은 밥 먹구 자!”

맞는 말이다. 우리가 음식을 먹는 일이 현실을 처절하게 살아가야
하는 현장이 된다면 실은 참혹하다. 하루하루 목구멍이 포도청이 되
면 이 생의 부대낌이 너무 외롭다. 작가의 음식에 대한 관념적 그리
움이 오히려 고맙고 따뜻하게 느껴진다. 누구는 삶은 관념이 아니라
고 부르짖을지 모르겠다.

흥부의 가난은 입에 풀칠하는 것이 전부였겠지만, 결국 박속의 비
현실적인 일로 행복해지고 우리도 덩달아 순간 환해지지 않던가.

작가의 소설 속에 실린 음식을 눈으로 따라 먹어보면서, 나도 마음
으로 참담함을 차곡차곡 쌓고 있었다. 먹고살아야 하는 일이 지지리
도 고통스러웠던 순간이 누군들 없었으랴. 그런데 먹고사는 일도 이
렇게 관념의 그리움이란 고명으로 희한하게 폼 잡을 수 있다는 사실
이 뜻밖에 마음 편하다. 내일은 또 어떻게 먹고살아야 하나, 하는 비
극적 시간을 아주 잠시라도 잊게 해준 게 고맙다는 것이다.

다만 그것이다.

신경숙, 『풍금이 있던 자리』, 문학과 지성사, 2001.

맛있는 문학

주인공 나는 편지를 쓰고 있다. 나는 은선이란 이름의 딸을 가진 한 남자를 사랑하고 함께 비행기를 타고 떠나기로 했었지만 지키지 않았다. 그리고 한 달 후, 그 남자의 집에 주인공이 전화했을 때 그 남자의 아내가 딸 은선을 부르는 소리를 전화기 너머로 듣는다. 이제 나는 옛날 시골집에 돌아와 그 남자에게 편지를 쓰고 있다. 그리고 옛날, 그녀의 시골집에 들어와 살다 떠난 한 여자를 추억한다. 그 여자는 음식을 잘했다. 주인공의 어머니가 할 수 없던 멋있는 음식들을 만든다. 어느 날, 주인공의 어머니가 불은 젖을 막내 동생에게 먹이는 걸 본 그 여자는 집을 나가고 어머니가 다시 집으로 들어온다. 주인공은 편지를 부치지 못할 것이지만 그 여자를 기억하면서 자신을 돌아보고 있다.

3부
구도와 고독의 음식

실학자의 눈으로 본 청나라 음식

박지원『열하일기』

국경에서 받은 밥상

고교 국어 교과서에 실린『열하일기』부분은 연암 박지원이 청나라 사신으로 가서 열하를 건널 때의 느낌을 매우 감각적으로 쓴 부분이다. 박지원은 강물이 범람한 열하를 건널 때는 강을 바라보지 말고 마음으로 건너가야 한다고 말한다.

『열하일기』는 박지원이 44세이던 정조 4년(1780)에 그의 삼종형 박명원의 수행원으로 청나라 건륭황제의 고희를 축하하기 위해 중국에 들어갔을 때, 보고 들은 것들을 기록한 것이다. 열하는 중국 황제의 여름궁전이 있던 곳이다.

연암은 청나라를 직접 가보고 싶어 너무 간절하게 기다렸다고 고백했듯이, 이 절호의 기회를 놓치지 않았고, 최대한 소상하게 기록했다. 그 덕분에 우리는 당시 청나라의 문물을 비교적 생생하게 알 수 있다. 연암은 실학자로 중상주의자다. 연암이 조선의 우물 안 개구리 같은 현실을 벗어나 새로운 문물이 밀려들어오는 청나라를 직접 답사하고 쓴 기록물은 그 당대의 신진 학자들에게도 그랬겠지만, 지금도 우리의 눈과 머리를 호사스럽게 한다. 연암은 청의 문물제도에 대한 학습 욕구가 대단했고, 청의 인사들과의 교류도 설렜는지, 청나라를 가기 전에 철저한 사전준비를 했고, 적극적이고 치열하게 새로운 문화를 접하려는 의지를 불태웠다.

이 책을 읽으면서 연암의 세밀하고 꼼꼼한 눈으로 본 청나라를 아주 잘 구경했다. 연암이 수행원으로 따라다니면서 보거나 먹은 청나라의 음식들이 궁금했었는데, 이 부분은 다소 아쉽다. 연암이 보거나 먹은 음식은 분명 이 책에 나오는 것이 다가 아니었을 것이다. 음식이란 근엄함과 엄숙주의에 물든 조선시대 양반이, 또 남성이 관심을 기울일 대상이 아니었을 수 있다. 또한 실사구시와 이용후생을 부르짖는 실학자인 박지원은 청나라의 신기한 문물과 눈에 번쩍 띄는 이상한 풍습들이 더 흥미 있었을 것이므로 음식에 대한 흥미 있는 기록이 적었다.

또한 청나라 사신 일행은 당주관(요리사)과 건량관(양곡관리관)과 함께 여행을 다니면서 직접 만들어 먹은 경우가 많은 것으로 보인다. 우리도 국외로 가면 우리 것이 제일 먹고 싶고 또 경비 절약 차원에서도 음식을 싸가지고 가는데, 박지원 일행도 수개월동안 청나라를 다녀야 했으니 마찬가지가 아니었을까.

이 책은 청나라에 대한 극도의 선망이나 호기심으로 시작된 연암의 세밀한 표현과 묘사가 압권이다. 청나라 방문에 대한 오랜 바람이 이루어진 탓에 『열하일기』가 청나라 예찬이라고 생각하면 오산이다. 박지원의 성격이 깔끔하고 단정했던지, 보고 들은 것에 대한 예찬이나 비판이 엄정하다. 역사, 지리, 풍속, 건설, 인물, 경제, 사회, 종교, 문학, 예술 등의 다방면에 걸친 서술이 등장하지만 나는 음식만 엿보기로 했으니 박지원의 다른 관찰과 묘사에 관해서는 그냥 건너뛰겠다.

박지원 일행이 중국으로 가기 위해 강을 건너기 직전에 국경수비대에게 몸수색을 당한 후, 청의 사신으로 가는 수행원으로서 관에서 음식상을 대접받는다. 그 상은 '초라하고 그나마 들어오자 곧 물려내는' 정도라고 하니, 나라를 위해 사신으로 가는 길이지만 그렇게 번듯한 대접을 받으면서 가는 길은 아닌 것으로 보인다.

강을 건너기 전에 매우 심한 몸수색을 당하는데 그 묘사를 보면 웃옷을 다 풀어헤치고 고의까지 내려 훑어 수치심을 느낄 정도라고 적고 있다. 지금의 엑스레이 투시 수준에 버금가는가. 국경을 넘을 때 금지된 것들을 소지하여 들키면 몰수를 당하거나 귀양까지 갔다고 하니, 국경을 넘어가는 일은 예나 지금이나 쉬운 일이 아니다. 더군다니 무역이 원활히지 않았던 시기이니 밀수가 범법행위인 것은 그때나 지금이나 마찬가지였던 거 같다. 이런 상황에 식사대접이라도 제대로 받았으며, 알몸수색 당하다시피 한 상황에서 자존심 강한 양반의 위세가 떨어졌을 것인데 먹을 여유라도 있었을까.

여지를 곁들인 귀빈 상과 고사리 달걀찜

연암은 열하의 태학에 머물면서 중국학자들과 함께 조선과 청나라의 문물에 대해 얘기를 나눈다. 이때 저 유명한 홍대용의 지전설이 등장한다. 연암은 홍대용의 지전설에 대해 청나라 학자들과 이야기 하면서 지전설을 더욱 믿게 되고 확신한다.

홍대용은 1780년 『열하일기』가 기록되기 훨씬 전인 1765년 겨울에서 1766년 봄까지 북경을 여행했다. 홍대용은 약 60일간 머물면서 조선인으로는 가장 많이 서양 선교사들을 만났고, 북경 학자들과도 친분을 쌓았다. 홍대용과 중국학자들의 친분은 그의 평생 이어졌다고 한다.

따라서 연암이 중국에 갔을 때는 홍대용의 인지도가 상당했던 것으로 보여 그의 지전설이 받아들여지고 있음을 알 수 있다. 지전설은 홍대용만의 주장은 아닐지라도 당시 서양 선교사들 사이에서도 아직은 지구가 우주의 중심이라는 설이 널리 알려져 있을 때여서 그 가치가 높다.

연암은 중국학자들과 지전설에 대해서 진지하게 토론했고, 이야기가 끝난 후에 청의 학자가 연암을 위해 음식을 차린다.

특별히 나를 위해서 차린 것이다. 향고(香糕) 세 그릇, 각색 사탕 세 그릇, 용안육(龍眼肉)·여지(荔支)·낙화생(落花生)·매실(梅實) 서너 그릇, 닭·거위·오리들을 주둥이와 발이 달린 채로, 또 통돼지를 껍질만 벗겨서 용안육·여지·대추·밤·마늘·후추·호도·살구씨·수박씨 등을 섞어 쪄서 떡같이 만들었는데, 맛은 달고 매끄러우면서도 너무 짜서 먹기는 어려웠다. 떡이나 과실들은 모두 자 넘어 높이 괴었다. 이윽고 다 물리고는, 다시 채소와 과실만 각기 두 접시씩 차리고, 소주 한 주전자로 시름시름 따라가면서 조용히 이야기들을 하였다.

청의 학자들이 차린 음식 중에서 용안육(龍眼肉)·여지(荔支)·낙화생(落花生)·매실(梅實) 서너 그릇은 나중의 구절로 보아 아무래도 술안주나 간식용으로 나온 것으로 보인다. 용안육은 차로도 먹는 열매인데, 이때 나온 것은 말린 것으로 건포도를 먹듯이 집어먹게끔 되어 있지 않은가 싶다.

여지는 중국 남부에서는 과일 중의 왕으로 양귀비가 가장 좋아했던 과실이다. 요즘 패밀리레스토랑이나 뷔페에 가면 후식으로 나오거나, 대형마트에서 통조림으로 팔고 있는 리치가 바로 이것이다. 여지는 당시 귀빈에게 대접하는 과실이었다고 하는데, 이로 미루어 연암은 학자들에게 귀빈 대접을 받은 것으로 보인다. 그밖에 닭과 오리 거위들로 만든 각종 요리들도 모두 자 넘어 높게 괴었다고 한다. 이는 당시 청나라 학자들에게 비친 연암의 위상을 짐작하게 만드는 대목이다.

연암은 청에 가서 무화과도 처음 보았던 듯, '잎은 동백 같고 열매는 탱자 비슷'하다고 하였고, 꽃만 피는 석류도 우리나라에는 없는데 처음 본다고 한다. 중국에서는 음력 오월에 피는 석류를 '오월의 꽃'이라 하고, 오월을 '석류 달(榴月)'이라고 할 정도이지만 아직 조선엔 꽃만 피는 석류는 전해지지 않았던 듯하다.

청나라의 북경오리구이도 유명한데 연암이 대접받은 오리요리가 이것인지 궁금하다.

어느 날 큰 비가 내려 길을 떠나지 못한 연암은 머무르는 집에서 스무 살가량 되는 처녀가 밥 먹는 광경을 보게 된다. 당시 청나라는 머리를 양쪽으로 갈라 틀어 올린 것으로 처녀를 알 수 있었는데, 한창 낯가림이 심하고 부끄러움이 많을 나이의 처녀가 거칠게 밥 먹는 장면이

맛있는 문학

격식을 차려 먹는데 익숙한 양반인 연암은 매우 생소했던 듯하다.

> 쇠 양푼을 가지고 와서 퍼런 질그릇에 수수밥을 한 그릇 수북
> 하게 퍼 담고, 양푼 속에 물을 부어 가지고 서쪽 벽 아래에 걸터
> 앉아서 젓가락으로 밥을 먹는다. 반찬으로는 두어 자 정도 되는
> 파뿌리를 잎사귀째 장에다 찍어서 밥과 번갈아 씹어 먹는다.

당시 청나라 일반 서민들은 밥상에 정갈하게 차리지 못하고 반찬
조차 제대로 없이 담벼락 아래에 앉아서 그저 간신히 허기나 면했던
지, 아니면 연암이 머무르고 있다고 하니 수행원들로 붐빈 여관이어
서 너무 바빠서 그렇게 간신히 먹은 것인지 의문이다. 연암은 청나라
백성들의 밥상에 대해서는 볼 기회가 없었는지 더 이상 기록에 없다.

연암은 백이숙제의 고사로 널리 알려진 이제묘에 도착해서 점심으
로 '고사리 넣은 닭찜'을 먹는다. 당시 이제묘를 방문하는 사람들은
이 음식을 모두 먹었다고 한다. 연암도 고사리닭찜이 맛이 매우 좋고
또 길에서 변변한 음식을 먹지 못한 끝이라 별안간 입맛이 당기는 대
로 달게 먹었다고 한다. 이제묘를 방문하는 사람들은 점심에 마른 고
사리로 국을 끓여 일행을 먹이는 것이 관례로 되어 있어서 누구나 다
먹어야 하는 것임을 알 수 있다. 연암 일행도 조선에서 마른 고사리
를 미리 가지고 왔다. 연암을 비롯한 수행원들이 청나라를 관광하는
과정에 대해 미리 조사해 철저히 준비했음을 볼 수 있다.

주나라 무왕이 은나라 주왕을 쳐서 주나라를 세우자, 백과 숙, 두
사람은 무왕을 의롭지 않게 생각하여 주나라의 곡식을 먹지 않고, 수
양산에 들어가 고사리를 캐어먹고 지내다가 굶어죽는다. 그런 고사가

얽힌 이제묘에 와서 고사리닭찜을 먹으며 연암은 과연 무엇을 생각했을까. 이 책에서는 연암은 백이숙제의 충절이니 하는 말은 일절 하지 않는다. 다만 이전에 마른 고사리를 미처 준비하지 못한 담당관이 일을 제대로 못했다고 매 맞은 일화를 들면서 백이숙제도 고사리를 먹다가 죽었다고 하니 고사리가 사람 잡는 독초라면서 비꼬고 있다.

관리 지위에 따른 음식 배급

『열하일기』중에서 재미있는 부분은 관아에서 음식을 나눠주는 장면이다. 여기선 정사, 부사, 서장관, 대통관, 압물관 등에게 음식을 해 먹을 찬 재료들을 날마다 직위에 따라 나눠준다. 그런데 그 목록들이 매우 다양해서 어떻게 매일 이것들을 나눠주고 있는지 놀랍다.

쌀, 팥, 돼지, 양, 닭, 거위, 채소, 생선, 우유, 두부, 백면(白麪-메밀국수), 황주(黃酒-중국술), 엄채(김치), 다엽(茶葉), 오이지, 소금, 청장(淸醬-진하지 않은 간상 즉 국산상을 말하는 듯), 감장(ㅂ醬-단 간징), 식초, 향유(香油-참기름을 말하는 듯), 후추, 생강, 마늘, 능금, 배, 감, 말린 대추, 포도, 사과, 소주, 사흘마다 몽고양 등이다.

찬거리들을 매일 나눠주고 있는 장면도 놀랍거니와, 관리들에게 일정한 급여를 주는 대신에 주는 것인지, 연암의 설명이 더 이상 없어 상세한 내막은 알 수 없지만 배급되는 음식들이 매일의 찬거리로 열거되어 있다.

내옹관이 찬합 셋을 내왔는데 백설기와 돼지고기 적과 과실
들이었다. 떡과 과실은 누런 찬합에 담겼고 돼지고기는 은 찬
합에 담겨 있다. 예부 낭종이 곁에 있다가 말하기를,
"이것은 황제의 아침 찬에서 세 그릇을 남겨 온 것이오."

연암이 청나라 건륭황제의 고희를 축하하기 위해 수행원으로 간
목적을 달성했을 때, 황제에게서 하사받는 음식은 황제의 아침 찬에
들어 있는 것들이다. 이 음식들은 황제가 하사하는 것이므로 음식을
내온 관리나 청의 관리들은 황제의 은혜가 망극하다고 말하니, 조선
에서 청의 서울까지 그 먼 길을 황제의 생일을 축하하기 위해 간 수
행원들에게 마땅한 일이라고 해야 할지 어떨지 책을 읽으면서 분간
이 서지 않았다.

이용후생의 술잔과 청심환

『열하일기』에서 가장 많이 나오는 것이 술이다. 연암이 남성으로
서 가장 만만하게 마실 수 있는 것이기도 했겠지만, 여행의 고단함을
풀 수 있는 음식이기도 했을 것이며, 청의 관리들을 만나더라도 술
한잔함으로써 잘 통하지 않는 언어 대신 마음을 주고받을 수 있는 것
이었으리라.

술을 여러 차례 사먹었고, 조선에서 가져간 청심환으로 소주를 바
꿔먹기도 했다. 점심으로 국수나 삶은 계란을 사먹기도 했다. 참외 1
개 사먹은 것도 적고 있고, 계란부침으로 술안주를 했다는 기록도 있

다. 찬술을 마시면 폐를 해치고, 이빨에 독이 스며든다고 한 기록도 있다. 국화차에 생강과 귤껍질 말린 것을 함께 넣어 달여 먹은 기록도 있다. 남자 수행원들이어서 가장 많은 기록이 술과 관련된 부분으로 마늘을 갈아 소주에 타서 마시거나, 관동 제일의 술맛은 계주읍성의 술이라고까지 한다.

중국은 술 마시는 법도가 몹시 엄하여 한여름이라도 데워서 먹고, 심지어 소주 종류도 끓여서 먹는다고 한다. 또 술잔은 은행 알만큼 작은데도 뜨겁게 데워서 조금씩 마시며, 한꺼번에 다 마셔 버리는 법은 좀처럼 없다고 했다. 이 술 마시는 법도는 만주족도 마찬가지인데 큰 종지나 사발에 부어서 마시는 법이 없다고 했다. 연암은 이를 알고 그들을 두려워하게 만들려고 찬술을 한꺼번에 마시는 모습을 보였는데, 사실은 자신의 행동이 겁쟁이 짓이요, 참다운 용자의 행동은 아니라고 나중에 반성한다. 바로 이런 점이 연암을 뛰어난 학자로 만든 것이 아니겠는가. 쓸데없는 호기를 부리는 일이 진정한 용기가 아니라는 것을 아는 것이.

『열하일기』가 낭시의 청나라 문물을 우리 문화와 비교하면서 쓴 부분이 많아서 흥미롭기도 하지만, 연암의 덕망 있는 모습을 볼 수 있어서 더 좋다. 쓸데없이 호기를 부린 술에 대해서 자책하기도 하지만, 연암은 글에서 어느 쪽으로 치우치지 않는다. 즉 비판과 수용하는 자세를 동시에 보임으로써 정신의 균형을 잡고 있다.

연암이 실학자로 중국의 문물을 배우고자 애쓴 부분들도 많이 나오지만, 특히 그 먼 길에서 먹을 것조차 변변하지 않은 상황을 애써 견디는 힘이 대단하다. 중국 대륙을 지나는 길에 고구려의 수도였던

맛있는 문학

국내성에 도착한 부분에서는 우리가 잃어버린 역사에 대한 마음으로 괴로웠던 듯, '나무는 하늘을 찌를 듯하고, 그 가운데 알맞게 자리 잡은 커다란 동네에서 개 짖는 소리와 닭 우는 소리가 귀에 들리는 듯하다'고 하면서 안타까움을 토로한다.

고려 사람들이 살고 있는 고려보를 지날 때는 옛날에는 사신이 오면 사먹는 음식 값을 받지 않는 일도 있었는데, 지금은 중국을 방문하는 하인들과 고려인들 사이에 원수가 되었다면서 탄식하고 있다. 이외도 물이 부족하여 밥을 제대로 지어먹지 못하고 생쌀 그대로라서 한 숟갈도 먹지 못하고 길을 떠나는 상황도 있다. 여지(지금의 리치)로 즙을 짠 것을 사람들이 돌려가며 먹으면서 궁중의 술인 황봉주라고 한 웃지 못 할 일까지 있었다.

여지즙은 그 빛깔이 누르스름하고 약간 붉은 기를 띠며, 맛은 달고 향내가 풍기는데, 소주 대여섯 잔을 혼합하니 맑은 빛깔에 매운맛이 나는 은근한 술이 된다고 하니, 우리도 백화점에서 파는 리치를 사다가 즙을 만들어도 좋을 것 같은 호기심이 생긴다. 청나라 백성들이 어떻게 먹고살았는지 궁금했지만 그 부분이 자세하게 나오지 않아 다소 아쉽다.

연암이 이용후생을 논하는데 술잔을 예로 들었다면 믿을지 모르겠다.

> 탁자 위에 벌여놓은 술잔이 한 냥에서 열 냥까지 제각기 그 그릇이 다르다. 모두 놋쇠와 주석으로 만들어서 빛깔을 내어 은과 같다. 넉 냥 술을 청하면 넉 냥들이 잔으로 부어준다. 술을 사는 이는 그 많고 적음을 따질 필요가 없다. 대체 그 간편함이 이와 같다. (……) 심지어 소 외양간이나 돼지우리까지 모두 법도 있게 제 곳에 놓였으니 나무 더미나 거름 무더기까지

도 유달리 깨끗하고 맵시 있는 것이 그린 듯싶다. 아아, 이러한 연유에야 이용(利用)이라 이를 수 있겠다. 이용이 있은 연후에야 후생(厚生)이 될 것이요, 후생이 된 연후에는 정덕(正德)이 될 것이다. 대체 이용이 되지 않고서는 후생할 수 있는 이는 드물 것이니, 생활이 이미 제각기 넉넉하지 못하다면 어찌 그 마음을 바로 지닐 수 있으리오.

연암은 술잔이 돈의 액수에 따라 크기가 달라 매우 간단하고 간편하게 장사를 할 수 있는 광경을 보고 이용후생의 예로 들고 있다. 여성의 눈이었다면 술잔이 아니라 다른 것일 수도 있겠지만, 연암이 남성이라서 술잔의 용량으로 장사가 간편한 것에 감탄했을까.

우황청심환에 얽힌 이야기를 하면서 이 글을 끝맺자. 청나라 때나 지금이나 국산 우황청심환은 인기가 좋은 약재다. 중국산 우황청심환이 가짜가 많이 도는 이야기를 소재로 쓴 것 중에 박완서의 소설『우황청심환』도 있다.

연암 당시 조선의 우황청심환은 나라에서 일괄 제조하고 있었기 때문에 가짜가 있을 수 없었다. 사신 일행도 청심환을 목록에 챙길 만큼 청나라에서 인기가 최고인 품목이었다. 그래서 사신들이 지날 때마다 조선의 청심환을 얻기 위한 웃지 못 할 일들이 벌어지는데, 사신들은 이 청심환만 있으면 만사가 쉽게 해결되었다.

홍대용도 북경 여행을 할 때 외국 선교사들을 만나기 위해서 청심환을 선물로 준비했었을 정도였다. 그 이후 시대인 연암도 상황은 엇비슷했던 듯하다.

『열하일기』는 연암 박지원이 청나라 사신단을 따라 다니면서 쓴 기행수필이다. 당시에 고루한 유학자들에게 이 위트와 반전과 비판과 수용이 절묘하게 어우러진 글이 아니꼽게 읽혔을지도 모르지만, 앞선 안목을 가진 자가 겪어야 하는 과정이라고 생각하면 우리가 연암이라는 유쾌한 문장가를 가진 것은 행복하지 않은가.

박지원, 『열하일기』, 하서, 1999.

달콤한 사랑의 환상을 꿈꾸게 하는 맛

F. 스콧 피츠제럴드 『위대한 개츠비』

 은빛 후춧가루 같은 사랑의 불빛

미국의 꿈, 미국의 건설 뒤에 웅크린 부의 어두운 축적 등, 이 소설을 향한 언급들은 솔직히 이 소설을 읽다 보면 문득 공허하다. 아주 오래전에 이 소설을 처음 읽었을 때도 그랬고, 다시 20여 년 후의 지금에 읽어도 나는 개츠비의 슬픈 사랑에 더 마음을 빼앗긴다. 소설에 대한 편협한 안목이라고 해도 할 말이 없다.

옛사랑을 잊지 못해 그 여자의 집 건너편에 서서 초록의 불빛을 바라보는 한 남자의 숨 막히도록 외로운 모습을 생각해보라. 나는 우리 가곡 <그 집 앞>을 좋아한다. '오가며 그 집 앞을 지나노라면 그리워 나도 몰래 발이 머물고, 눈에 띌까 다시 걸어도 되오면 그 자리에 서 졌습니다'라는 구절이 슬프고 저릿해서 좋아한다.

『위대한 개츠비』를 읽으며 동서를 막론하고 사랑의 발걸음이란 늘 그 자리라는 것을 생각하는데, 이 소설을 읽으면서 오래도록 한 사내의 순정이 떠오르는 것이 뭐 문제 될 게 있는가.

이 소설 속 개츠비의 그리움에 저린 여운이 오래 남아서, 미아 패로우가 데이지 역으로 나오던 영화도 보았다. 그런데 그 영화는 안 보느니만 못했다. 보고 나서 차라리 책에서 느낀 감정을 오래 간직할 걸 하는 후회를 했으니까. 개츠비로 나온 로버트 레더포드는 개츠비다웠다. 개츠비가 데이지 집의 작은 불빛을 먼발치서 바라보던 그 슬프고 고독했을 눈빛이 딱 그랬을 거 같았다. 데이지의 집을 바라보던 개츠비가 '은빛 후춧가루를 뿌려놓은 듯한 별들을 바라보고 있다'고 닉이 믿은 것처럼.

이 소설을 읽는 동안 개츠비의 모습이 고독한 영혼으로 느껴지면서도 정감 있게 떠오르는 이유는 닉이 데이지나 개츠비를 만날 때 두 사람의 분위기를 맛으로 표현하기 때문이다.

이 소설의 서술자인 닉은 데이지와 친척으로 개츠비 집 가까이 산다. 개츠비는 옛 애인 데이지를 다시 만나기 위해서 의도적으로 닉과 가까이 지내고 결국 닉은 개츠비를 데이지와 만나게 해준다.

개츠비와 데이지의 만남을 주선하는 닉은 이 소설에서 유일하게 도덕적인 인물로 설정되어 있다. 데이지가 친구이자 닉의 애인이 된 조던에게, 닉을 '순수한 장미' 같은 사람으로 표현할 정도로.

닉이 톰과 데이지의 집을 방문하고서, '데이지가 해야 할 일은 당장 어린애를 안고 그 집을 뛰쳐나오는 것'이라고 생각할 정도로, 데이지의 삶은 위태롭다. 데이지가 '농작물 재배 얘기는 못하는' 사람이라는 것도 깨닫는다. 닉은 톰과 데이지가 부패한 냄새가 나는 불성실한 삶과 도덕적 무책임 속에서 살아가고 있다고 판단한 것이다.

작가가 개츠비와 데이지의 연결자로 '순수한 장미' 같은 닉을 선택함으로써 이 작품이 미국의 꿈과 욕망을 어둡게 다루려는 것만은 아님을 알 수 있다. 미국의 부가 어둡게, 그리고 번개처럼 축적이 되었다고 하더라도 그 비난은 개츠비가 아니라 톰과 데이지를 통해서 나타내려고 한 의도가 다분하다.

제1차 세계대전이 1918년에 끝나면서 미국은 과도한 물질문명이 범람한다. 1920년대 미국은 재즈의 시대라는 이름아래 재즈음악과 자동차, 돈과 환락이 지배적인 사회가 된다. 그 속에서 작가는 개츠비라는 물질적으로 급속히 성공한 인물을 통해 정신적 사랑을 추구하는 위험한 모순을 조심스럽게 제기한다.

그러나 순수한 사랑이란 어느 한쪽만의 것일까. 완전한 사랑이 되기 위해서는 그를 둘러싼 모든 것이 함께 순수해야 한다. 닉의 눈에 데이지가 통속적이고 정신적 유아임이 드러났을 때 개츠비의 사랑은 물거품으로 돌아갈 수밖에 없다.

 사랑의 환상 같은 달콤한 맛

닉이 데이지나 개츠비를 만날 때마다 등장하는 맛의 은유를 살펴보자.

닉은 데이지의 집을 처음 방문했을 때, 높은 천정이 '설탕 입힌 웨딩케이크' 같다고 본다. 그 방의 '창백한 흰 커튼'은 '채찍 소리'로, '벽에 걸린 그림'은 '신음 소리'로 인식한다. 닉이 톰과 데이지가 살고 있는 달콤해야 할 웨딩케이크 같은 부부의 집을 자칫 부서지기 쉽고 사라지기 쉬운 단맛이라고 느끼고 차가운 소리들이 맴돈다고 느낄 때, 이 소설은 처음부터 인물들의 사랑이 쉽게 깨어질 것을 암시한다.

닉이 데이지와 톰을 만나면서 느끼는 저 절망적이고 비관적인 암시는, 개츠비의 열정적이고 애틋한 사랑마저 한순간에 배반하게 될, 데이지와 남편 톰의 우울한 동맹이었다.

데이지가 교통사고로 죽인 머틀은 톰의 정부다. 데이지가 운전한 자동차에 머틀이 죽고, 톰은 개츠비가 교통사고를 냈다는 거짓말을 하여 머틀의 남편이 개츠비를 살해하게 만든다. 인물들의 죽음에 사용되는 것들은 인간의 문명이 만들어낸 폭력의 결정체인 총과, 기계 문명으로 만들어진 풍요의 상징인 자동차다. 교통사고가 일어나는 재의 골짜기는 인물들의 몰락이 기다리는 골짜기다. 잿빛의 암울한 황무지를 질러가듯 그들의 삶도 잿빛 골짜기에 묻힌다.

결혼이 한낱 야합으로 전락할 때 결혼의 의미는 설탕처럼 달콤하나 사라지기 쉬운 것들이 되고, 신음소리처럼 어둡고 우울한 것으로 변한다. 닉은 톰과 데이지의 집을 단지 단맛만 강한 설탕 입힌 웨딩케이크 같다고 비관적이고 부정적으로 보았다. 닉은 개츠비와 함께 차를 타고 도착한 뉴욕도 '하얀 각설탕 덩어리'이며, '냄새나지 않는 깨끗한 돈으로 세워졌으면'하고 바랄 정도로 비관적으로 본다.

닉이 방문할 당시 뉴욕은 정신적 황무지였다. 1920년대의 뉴욕은 물질만능주의에 젖은 부와 쾌락의 도시였다. 돈으로 월드시리즈까지 조작 가능한 뉴욕을 닉이 '하얀 각설탕' 으로 묘사했을 때 공허한 단맛이 사라지면 과연 무엇이 남을지.

이 소설에서 단맛은 달콤함으로 포장한 허황된 환상이다. 데이지의 친구이며 닉이 관심을 가지는 여성인 조던도 뉴욕을 '별별 신기한 과일들이 우리 손에 떨어질 정도로 농익은' 곳이라고 생각하며 '감각적'으로 인식한다. 그들이 살고 있는 도시란 헛된 감각과 달콤함으로 포장된 곳으로 인간의 진실이 스며들 여지가 없다. 이런 곳에서 데이지는 안일하고 편한 삶을 추구하고, 거짓된 사랑으로 개츠비를 파멸로 이끈다.

> 매주 금요일에는 뉴욕에 있는 과일 가게에서 다섯 광주리분의 오렌지와 레몬이 배달되었다. 그리고 월요일이면 이 오렌지와 레몬들은 반으로 쪼개진 껍질만 남아 뒷문 밖에 피라미드처럼 쌓였다. (……) 뷔페 테이블에는 화려한 전채 요리와 양념을 해서 구운 햄, 알록달록한 샐러드, 밀가루를 발라 튀긴 돼지고기, 거무스름한 금빛의 칠면조 요리 등이 즐비하게 차려져 있었다. 중앙 홀의 청동 가로대에는 진과 음료와 코디얼 주가 있었다.

닉은 데이지의 삶을 설탕의 달콤함같이 포장된 삶으로 보았다. 개츠비를 만날 때는 별빛이나 달을 맛으로 묘사함으로써 훨씬 낭만적이다. 닉은 톰과 데이지를 만나고 오는 그날 밤에 개츠비를 멀리서 보며, '은빛 후춧가루를 뿌려놓은 듯한 별들을 바라보고 있다'고 믿는다. 즉 데이지와 개츠비를 동시에 본 날, 한 사람은 허황된 맛, 한 사람은 낭만적인 맛으로 인식한다.

닉이 데이지 집을 방문한 후 밤거리에서 혼자 선 것 같지 않다고 느끼는 형언할 수 없는 공감대는 이후 닉이 개츠비를 유일하게 속물적 인간들에서 분리시키는 정서다. 실제로 처음 달빛 속에서 개츠비를 만났던 닉은 개츠비가 바라보던 그 초록 불빛을 마지막까지 잊지 못한다.

닉은 개츠비의 파티에 초대되었다가 그 집을 떠날 때, 개츠비의 저택 위에 뜬 달을 '웨이퍼 과자' 같다고 생각한다. 웨이퍼 과자는 커피와 먹으면 어울리는 부드러운 과자다. 닉이 보는 개츠비의 느낌은 이처럼 언제나 낭만적이면서도 고독하다. 무수한 소문에도 불구하고 닉이 개츠비를 비난하지 않는 이유다.

닉이 개츠비에게서 '완전한 고독'을 보고, 개츠비 집의 '창들과 커다란 문에서 공허한 기운'이 흘러나온다고 느낄 때, 사랑을 혼자 품고 갈 수밖에 없는 개츠비의 슬픈 운명을 암시한다. 데이지를 향한 개츠비의 사랑은 낭만적이지만 너무 위험한 사랑이었다.

닉이 데이지 집의 높은 천장이 있던 방에서 받았던 느낌 즉 바람이 내는 채찍소리나 신음소리는 결국 데이지가 있는 곳을 바라보고 있던 개츠비의 긴 한숨과 신음소리였다. 거기에 웨딩케이크 맛 같은 달콤한 환상은 한순간의 꿈처럼 사라진다. 데이지와 개츠비의 집에서 닉이 느낀 단맛이 전혀 다를 때 두 사람의 거리는 처음부터 닿지 못할 허망한 거리였다.

 ## 과즙과 노란 칵테일 음악

개츠비는 언젠가는 데이지를 초대할 계획으로 늘 성대한 파티를 연다. 가난으로 인해 사랑하는 여자를 차지하지 못했던 개츠비는 데

이지의 허영심에 어울리는 파티 소식이 전달되길 바란다.

당시 미국사회는 칵테일파티가 성행했다. 재즈의 시대라고 불렸던 미국 문화 속의 파티는 쾌락과 삶의 공허가 혼재된 상황에서 벌어진다.

개츠비의 파티도 예외가 아니다. 성대한 파티에는 엄청난 양의 오렌지와 레몬이 매주 금요일마다 배달된다. 삼십 분 안에 이백 잔의 오렌지 주스를 만들고, 월요일이면 이 오렌지와 레몬들은 '반으로 쪼개진 껍질만 남아' 버려진다.

파티가 계속될 동안 '노란 칵테일 음악'이 연주된다. 파티가 치러진 후에는 달콤하고 신선해 보이는 모든 것이 과즙처럼 꽉 짜여 보잘것없이 버려진다. 한순간 불타오르는 파티의 묘사는 개츠비와 데이지의 사랑도 한갓 시들어 버려질 껍질과 같다는 것을 말하려고 한 것이 아닌가. 달디 단 즙을 다 짠 후 버린 싱싱한 과일들의 껍질은 정신적 허무에 빠진 인간들의 군상을 상징한다.

데이지를 닉의 집에서 만난 개츠비는 '과일 껍질이며 버린 선물과 짓이겨진 꽃들이 어지러이 널려진 길'을 서성거린다. 개츠비가 '모든 것을 옛날과 똑같이 돌려놓을 생각'이라고 하지만, 한번 잃은 사랑이란 이미 과즙을 쭉 짜버려 달콤한 맛이 사라지고 남은 과일 껍질처럼 윤기가 없는 것이다.

> 바로 이 섬이야말로 신세계의 싱그러운 초록빛 가슴이었던 것이다. 개츠비의 저택에 길을 내준 나무들은 한때 인간의 모든 꿈 중 마지막이자 가장 컸던 꿈에 소곤거리며 유혹했던 것이다. (……) 개츠비가 부두 끝에 있는 데이지의 초록색 불빛을 처음 찾아냈을 때 느꼈을 경이감에 대해 생각해보았다. (……) 개츠비는 그 초록색 불빛을, 해마다 우리 눈앞에서 뒤쪽으로

맛있는 문학

물러가고 있는 극도의 희열을 간직한 미래를 믿었던 것이다. 그것은 우리를 피해 갔지만 문제될 것은 없다. 내일 우리는 좀 더 빨리 달릴 것이고 좀 더 멀리 팔을 뻗칠 것이다.

닉은 '우리 눈앞에서 뒤쪽으로 물러가고 있는 극도의 희열을 간직한 미래'를 개츠비가 믿었다고 단정 짓는다. 괜찮은 인물인 닉이 유일하게 개츠비를 자신과 동격화시키는 대목이다.

개츠비의 장례식에 나타난 개츠비의 아버지는 닉에게 어린아이였던 개츠비가 꼼꼼하게 기록했던 시간표를 보여준다. 성실했던 개츠비의 모습을 보면서 닉은 무슨 생각을 했을까. 개츠비가 데이지와 이루어지지 않음으로써 더 타락하지 않게 된 것을 다행이라고 생각했을까. 타락으로 물들어가는 미국의 꿈을 개츠비가 더 보지 않아서 다행이라고 생각했을까.

개츠비의 희망은 유일하게 데이지의 사랑을 얻는 것이었다. 그러나 개츠비가 얻은 부도 도덕적이지 않았다는데 미국의 딜레마가 있고, 맹목적인 사랑이 얼마나 위험한가를 드러낸다.

그러나 사랑을 얻기 위한 불타는 욕망은 얼마나 가슴이 아프도록 순진한 것인가. 데이지 집의 초록빛 불빛을 말없이 응시하던 개츠비의 꿈에 대해서 생각한다. 그런 사랑의 포로가 되어 보고 싶다고.

F. 스콧 피츠제랄드 『위대한 개츠비』, 민음사, 2003.

데이지의 사촌인 닉은 개츠비의 이웃으로 이사를 온다. 닉이 데이지의 집을 방문하고 나오는 날, 데이지 집의 초록색 불빛을 바라보고 있는 개츠비를 본다. 닉은 데이지와 그의 남편 톰에게 실망하고, 데이지가 그의 집에서 나와야 한다고까지 생각한다. 개츠비의 집에서는 매일 밤 호화 파티가 벌어진다. 개츠비는 닉이 데이지의 사촌이라는 것을 알고 가까이 지내면서 데이지를 만나게 해달라고 부탁한다. 개츠비의 엄청난 재산에 대한 소문이 무성하고, 데이지는 닉의 주선으로 개츠비를 만난다. 톰은 머틀 윌슨을 정부로 둔 부도덕한 인물이다. 그런 톰은 데이지와 개츠비 사이를 추궁한다. 머틀은 남편 조지와 다투던 중 데이지가 모는 차에 치여 죽는다. 톰은 조지에게 개츠비가 머틀을 죽였다고 거짓말을 하고 격분한 그는 총을 들고 개츠비의 집으로 가서 수영장에 있는 개츠비를 쏘아 죽인다. 개츠비의 장례식에 찾아오는 사람은 없고, 닉은 개츠비의 아버지가 보여주는 개츠비의 어릴 적 기록을 본다. 닉은 뉴욕을 떠나 서부로 돌아간다.

음식에 대한 향수가 만드는 야만의 과정

윌리암 골딩의 『파리 대왕』

『파리 대왕』은 1983년 노벨문학상을 받으며 주목받기 시작했다. 이 소설의 상징성은 너무 많은 사람들이 논의해서 오히려 책을 읽고 감상하는데 방해가 될 정도다. 소설 텍스트의 해석이 독자에게 도움을 주기도 하지만 또 어떤 때는 거추장스러운 짐이 되기도 한다.

이 소설은 섬, 비행기 조난, 아이들 등의 상징을 내세워 인간 사회의 거친 악에 대해서 말하려고 했다. 이 소설을 쓸 때 작가는 밸런타인의 『산호섬』을 패러디하기 위해서 잭과 랄프의 이름을 가져온다. 섬은 인간의 문명과 유리된 공간으로 조난당한 아이들이 구조되지 않을 경우 처음부터 새로운 삶이 시작되어야 한다. 아이들은 이미 문명사회의 구성원으로 살았던 존재여서 문명사회의 습관을 잘 알고 있으며, 그들만의 새로운 제도를 만들 것이다. 그 개척의 진행과정이 야만인가 순응인가로 나누어질 뿐이다.

이 소설에서 이분화되는 인간성의 상징적 경계는 음식과 소라다. 소라는 문명사회의 규칙을 상징하는 도구다. 아이러니하게도 이 소설은 조난당한 아이가 먹을 것을 찾기 전에 소라를 먼저 찾게 만들었다. 솔직히 인간의 본능이란 고립되었을 때 먹을 것부터 찾아보고 살 궁리를 먼저 한다. 더군다나 등장하는 아이들의 나이 대는 예닐곱부터 열두 살 정도다. 그런데 섬에서 규칙과 질서를 대변할 소라를 먼저 찾고, 소라를 가진 랄프가 아이들을 통솔한다. 소라는 이후에도 지속적으로 소집과 토론의 자리를 마련하는 역할을 한다. 랄프는 처음부터 의도적으로 문명사회의 수장으로서 통수권을 가지는 인물로 선택된다. 그런 후에 식량부대를 책임질 잭의 성가대를 만난다.

랄프의 소라불기가 사냥부대보다 먼저 형성되는 것은 매우 의미심장하다. 인간에게 야만적인 것보다는 질서와 규칙이 더 필요한 것임을 역설한 것일까. 작가는 제2차 세계대전 후 전쟁이 인간의 악을 드러내는 일마나 오만한 존재인지 보이기 위해 소설을 쓴 것이라 했다. 작가가 인간이 야만성을 감춘 악한 존재라고 말하지만 과연 그럴지는 두고 볼 일이다. 우리가 작가의 의도대로 작품을 읽을 필요는 없기 때문이다. 그러나 이 소설을 읽으면 우리 속에 그런 악함이 어디 존재했었는지 놀라운 것도 사실이다. 더구나 어린아이들이면서.

야만과 문명의 대립적 구분은 또 누가 한 것인가. 문명이라고 자처하는 쪽에서 한 것이다. 문명과 야만의 대립 구분은 인간의 역사가 만들어낸 이분법적 사고일 수 있다. 세계를 어떤 방식으로든 지배하는 쪽이 자신들 편에서 늘 유리하게 역사를 만들어왔기 때문이다. 그

맛있는 문학

런 의미에서 이 작품의 야만성 개념은 내면적인 선이 자취를 감춘 자리에 잔인함과 악이 남은 것이라고 보자.

잭과 성가대 아이들은 발견된 후 '성가대의 망토'를 다 벗고 사냥부대로 변모한다. 인간이 더 이상 신을 의식하지 않아도 되는 이 망토 벗기는 결국 인간에 내재한 야만성을 드러낸다. 사냥부대의 우두머리인 잭은 소리친다.

> "식량을 준비해야 해. 사냥을 해야 되겠어. 짐승을 때려잡아야겠어."

식량부대의 형성은 굶주리는 아이들로서는 너무나 당연한 것이다. 랄프와 사이먼마저 배고픔을 느끼자 사냥을 해주길 바란다. 사냥을 시도한 아이들은 막상 얽힌 덩굴에 걸려든 멧돼지 새끼를 보았을 때는 죽이지 못한다. 사냥부대의 우두머리인 잭마저 멧돼지를 죽이려고 쳐들었던 칼을 내려치지 못하고 머뭇거릴 때, 문명사회에 길들어졌던 어린아이들은 함부로 죽여서는 안 된다는 생명존엄의 원리를 기억했을 것이며 야수성과는 아직 거리가 멀다.

인간은 본질적으로 생명에 대한 경외심을 가진다. 인간 스스로가 생명을 가진 존재이고 누구에게든 생명을 훼손당하고 싶지 않은 반사적 본능이 있기 때문에 상대방의 생명도 존중하는 습성을 터득한다. 식량부대원들은 문명사회에서 성가대였고 종교적인 생명관인 신앙과 사랑을 습득했다. 잭이 멧돼지 새끼를 향해 내려치지 못한 칼을 거두었을 때 오히려 문명세계의 상징으로 나오는 랄프가 '멧돼지는 찔러 죽여야 해. 우리는 멧돼지를 죽여야 먹을 수 있어'라고 사납게 말한다.

아이들의 손으로부터 멀리 도망가 버린 멧돼지를 아쉬워하면서.

잭은 애초부터 야만성을 드러내는 인간의 상징으로 나온 것은 아닌 셈이다. 무엇이 잭을 이후 살인으로까지 몰고 갈 악마로 만들고 있을까.

> 꼬마들은 뚜렷하게 구분된 동시에 충실한 자기들만의 삶을 보냈다. 그들은 거의 온종일 손쉬운 과일을 따가지고 먹기만 하였다. 이들은 과일이 잘 익었는지 여부와 질엔 관심이 없었다. 이들은 위통이나 만성적인 설사에 잘 적응했다. (……) 어머니가 그리워 우는 일은 예상 밖에 적었다. 몸은 햇볕에 타서 까맣게 된데다 더럽기까지 했다.

아이들에게 엄마가 보고 싶고 그리운 일보다 더 급한 것은 음식이었다. 피기는 랄프를 처음 만났을 때 과자점을 하는 아줌마와 함께 살았고 과자를 먹고 싶을 만큼 참 많이 먹었다고 자랑스럽게 말한다. 랄프도 잭 등의 소년들과 바닷가를 걸어가면서 바위에 앉은 바닷새들이 마치 '분홍색 괴지에 설탕을 입힌 것' 같다고 말한다. 아이들은 보이는 모든 것이 먹는 것으로 보일 정도로 굶주림과 허기가 어떤 것보다도 먼저였다.

멧돼지 구이

아이들이 조난당한 섬은 무인도의 산호섬으로 멧돼지 외에 특별히 사냥을 할 만한 동물은 등장하지 않는다. 아이들이 보지는 못했으나 뱀같이 생긴 동물이 있다고 공포에 질리거나 또 그 뱀 같은 동물에게 꼬마 아이 하나가 실종되는 사건이 일어나지만 눈에 보이는 동물이 아니다. 따라서 멧돼지가 유일하게 아이들의 식사대용의 동물인 셈이다.

야생 멧돼지는 먹어본 사람의 말을 들으면 그렇게 맛있을 수가 없다고 한다. 강원도 산골의 양구나 화천서는 덫을 놓아 야생 멧돼지를 잡는데, 멧돼지의 쓸개가 웅담 버금가는 효능이 있다면서 언젠가 병든 아버지에게 드리라고 누군가 가져온 적이 있다. 마르고 쪼글거리는 쓸개에 어떤 효능이 있을지 모르지만, 야생 멧돼지고기는 둘이 먹다가 하나가 죽어도 모를 정도로 맛있다고 했었다.

그런 멧돼지가 아이들이 조난당한 섬의 유일한 육류다. 아이들에게 멧돼지의 발굽소리는 '캐스터넷 소리', '고기를 약속하는 소리로 군침을 흘리게 하고 사람을 미치게 하는 소리'다.

랄프가 섬의 공포로부터 벗어나기 위해 방어를 위한 오두막을 지으려고 할 때 잭은 그보다 먼저 '우리는 고기가 필요'하다고 말한다. 잭의 사냥부대가 구조를 위한 봉화를 지켜주길 원하는 랄프는, 잭이 계속 '멧돼지, 멧돼지 이야기만 하고 있다'고 불만을 토로한다.

> 잭은 멧돼지에 칼질을 했다. 그들은 멧돼지를 통째로 막대기에 올려놓고 구우려고 하였으나 멧돼지보다 막대기가 타버리고 말았다. 결국 살을 나뭇가지 끝에 꿰어서 불꽃 속에 들고 있었다. 그러나 아이들이 고기와 같이 구워질 지경이었다.
> 랄프는 군침을 흘렸다. 그는 멧돼지를 먹지 않을 작정이었으나 지금까지 과일과 나무 열매 또는 묘한 게나 생선만 먹어봤으므로 크게 저항을 하지 못했다. 그는 반밖에 구워지지 않은 고깃점을 받아들고 흡사 이리처럼 씹어 먹었다.

잭은 본격적인 멧돼지 사냥을 위해 얼굴에 색칠을 하고, 숯으로 얼굴에 선을 긋는다. 그러나 물속에 비친 자신의 얼굴에 친근감을 느끼는 것이 아니라 '무시무시한 타인'을 느낀다. '이제는 마스크가 하나의 독립된 물체가 되어서 그 속으로 수치심과 자의식에서 해방'되어서 본래의 잭과도 분리된다.

라틴어 단어인 '페르소나'는 극중 특정한 역할을 위해 배우가 쓰던 가면이다. 우리는 살아가면서 많은 역할을 하고 그때마다 다른 가면을 쓴다. 가면은 생존을 위해 자주 분리되면서 실제의 자아와 혼동을 일으키기도 한다. 자신의 내면과 외면을 분리해야 할 때 이 가면은 매우 유용하다.

잭은 어린아이다. 자신이 가면을 쓴 것을 알지만 축소하고 제어하는 법을 모른다. 사냥에서 얻는 멧돼지 고기, 즉 사냥부대의 전리품을 나눠주면서 잭은 그 대가로 소라를 분다. 막상 소라를 불 기회를 얻자 '키가 커서 어른 같은 권위를 가진' 랄프에게서도 벗어나고 싶다. 고립된 섬에서 힘은 식량을 나눠주는 자에게로 서서히 옮겨간다. 랄프는 권위보다는 오히려 먹는 것이 급선무가 된다. 잭이 가져온 멧돼지 고기를 거부하지 못하고 '이리'처럼 먹고 있다.

아이들에게 먹을 것을 나눠주는 잭의 위상은 당연히 급부상한다. 멧돼지 사냥은 사냥놀이로 발전하고 결국 사이먼을 살해한다. 잭이 사냥한 멧돼지 고기에 처음으로 배를 채운 아이들은 야만적인 사냥놀이를 즐기고, 그 놀이는 이제 '재미있는 놀이'가 된다. 금기를 깨뜨리는 카니발이 되는 셈이다. 굶주림의 욕구를 최소한으로 만족시키기 위한 사냥은 불가피한 것이다. 그러나 조난한 섬에서의 아이들의 사냥은 통제와 규칙, 절제가 결여된 사냥이었기 때문에 문제가 있었다.

맛있는 문학

사냥감의 포획은 마침내 놀이로, 그러나 두려운 놀이로 변질되면서 살인이 일어나고, 최종적으로 랄프를 죽이기 위한 살인을 위한 추적이 시작된다.

문명사회의 음식과 돼지머리

소설의 제목인 '파리 대왕'으로 돌아가 보자. 파리 대왕은 아이들이 죽인 돼지의 머리를 꽂아둔 꼬챙이 주위로 파리 떼들이 몰려들면서 만들어진다. '파리 대왕'이 막대기에 매달려 싱긋이 웃고 있다고 생각하는 사이먼은 이후 살해당하기까지 이 파리 대왕의 잔상을 기억한다. 사이먼은 이 섬에서 자행되는 인간의 야만을 통째로 고발하는 인물이다.

돼지머리는 괴물이 두려운 아이들이 알지 못하는 존재에 바친 제물이다. 아이들에게 죽은 파리 대왕이 웃어 보이던 이유는 무엇일까. 문명의 우산 아래서 마치 가장 권위 있는 체, 가장 도덕적이고 지적인 체하는 인간의 야수성과 야만성, 어떤 '욕망'을 눈치 챘기 때문이다. 자신을 죽여 놓고 꼬챙이에 꿰어 놓은 인간의 야수성과 야만성을 적나라하게 알았기 때문일 것이다.

동네서 고사나 잔치가 있는 날은 꼭 돼지머리가 상에 올랐다. 그런 날이 아니면 먹을 수도 없이 귀한 고기였다. 고사 상에 온갖 울긋불긋한 제물들이 차려지고 마지막으로 돼지머리가 통째로 등장했다. 껍질이 벗겨진 돼지머리는 이미 삶아졌지만 형체가 하나도 흐트러지지 않은 채 그대로 달랑 고사 상에 올랐는데, 꼭 만화처럼 돼지머리는 입이 귀밑까지 찢어진 채 웃고 있었다. 사람들이 그 웃고 있는 돼지의 입에 지폐를 물렸다. 사람들은 절을 한 번씩 할 때마다 돼지머리 앞에 돈을 놓았다. 꼭 돼지머리 앞에만. 그래야 모든 일이 술술 풀린다고 했다. 내 눈엔 분명히 돼지머리가 웃고 있었다. 고사가 끝나면 고사 상에 차려진 음식들과 과일, 과자 등, 돼지머리에서 떼어낸 고기들이 집집마다 조금씩 나눠질 것이고, 당시로서는 귀한 살코기를 먹을 수 있기 때문이었을까. 내가 본 웃는 돼지는 바로 사이먼이 본 돼지와 비슷할 터였다.

사이먼만이 돼지의 언어를 듣는다. 환상으로 처리된 것이지만 사이먼만이 들을 수 있는 것은 그가 소설 속에서 혜안을 가진 인물로 등장하기 때문이다. 사이먼은 죽은 비행기 조종사 시체가 낙하산에 걸려 나뭇가지에 그대로 걸린 채 있는 것을 내려주고, 아이들에게 과일도 따주는 선한 인물이다. 그는 인간 사회의 예언자이면서 동시에 수습하는 역할을 하지만 결국 야만적인 악에 살해당함으로써 인간 사회의 혼란과 분열을 바로잡기까지 아직 멀다는 것을 암시한다.

랄프는 문명사회에 남겨두고 온 집을 떠올리면서 잠자리에 들기 전, '설탕과 크림을 바른 옥수수 튀긴 것'을 먹었고, 그 곁에 '책'이 있었음을 기억한다.

랄프가 피기의 안경을 불을 피우는 도구로 사용할 때, 랄프나 피기를 통해 나타내려 한 것은 문명사회의 질서와 불, 오두막이 만들어낸 모든 문명의 이기, 소라를 통한 통제된 질서들이었다. 피기의 안경이 오목렌즈일 것이므로 불을 피울 수 없었다는 말은 문제되지 않는다.

맛있는 문학

불을 피울 도구를 가지고 있던 피기는 이 작품에서 지성과 합리주의적 목소리를 가진 자로 등장하기 때문이다. 인간은 불이 있음으로써 문명이 시작된다. 피기는 아이들이 무서워하는 괴물을 부정하고 정말로 두려운 것은 사람이라고 한다. 왜냐하면 짐승이 두려워하는 불을 피우는 자가 바로 피기이기 때문이다. 피기도 사이먼처럼 살해당하고 이 섬에서는 문명세계에서 습득했던 이성과 지성과 합리성은 더 이상 의미가 없어진다. 곧 랄프도 살해 위기로 쫓기는 신세가 되므로.

이 소설은 잭을 통해서 인간 생존에 필요한 음식에 대한 욕망과 그 욕망이 절제되거나 통제되지 않을 때 얼마나 위험한가를 드러내려고 했다. 인간이 먹을 것을 추구하는 욕망만이 생존조건이 된다면 인간 본성의 실종이 일어난다는 것을 작가는 경고하려고 했을지 모른다. 인간이 생명이 있는 것들을 먹어야 사는 존재라면 외경심을 가지고 생명들을 다루어야 한다는 것을 이 소설을 읽으면서 생각한다.

아이들이 섬에 조난을 당하기 전, 이 섬의 주인은 바로 그 '파리 대왕'이었다. 그들의 낙원 같은 섬에 인간이 스며들면서 아름다운 산호섬은 피비린내가 나는 인간의 작은 세계가 된다.

음식이란 가끔은 우리에게 향수나 정서를 불러일으키는 다정다감한 장치나 재료가 되지만, 이 소설에서 음식은 가치가 아니라 생존의 도구로 변질되었다. 우리가 과연 어떤 마음으로 우리의 생명을 연장시켜주는 것들을 대할지 옷깃을 여미고 한 번쯤 생각하게 한다. 음식을 먹을 때 인간을 위해 기꺼이 희생한 다른 생명들에게 공손하고 겸손한 마음을 가지고 우리의 몸 안에 피와 살로 받아들여야 한다는 것을.

윌리엄 골딩, 『파리 대왕』, 청목, 2006.

영국의 비행기가 무인도 산호섬에 조난당한다. 여기엔 25명의 어린 소년들이 타고 있다. 랄프는 소라를 발견하고 지휘 통제의 수단으로 사용한다. 피기의 안경은 문명의 상징인 불을 피우는데 사용된다. 한편 성가대를 이끄는 잭은 사냥부대를 창설하고 아이들의 음식 조달에 나선다. 구조를 위한 오두막을 지어야 한다고 주장하는 랄프와 사냥을 해서 먹을 것을 먼저 마련해야 한다는 잭은 갈등하고 그 골이 깊어간다. 사이먼이 바닷가에서 사냥놀이를 하던 잭과 소년들에게 살해되고, 피기도 살해된다. 랄프도 곧 사냥부대의 살해대상이 되어 쫓긴다. 죽을 고비를 맞은 랄프는 겨우 영국 구조대에 의해 구출된다.

위험한 영혼의 소멸과 향수의 역설적 미학

파트리크 쥐스킨트 『향수』

인간의 냄새와 음식

'어느 살인자의 이야기'라는 부제가 붙어 있는 이 책은 향기를 얻기 위해 연쇄살인을 저지르는 한 추악한 인간의 이야기가 있다. 물론 이 추악하다는 의미는 단순히 살인이라는 의미에서만 그렇다.

솔직히 이 책이 교과부 독서퀴즈개발도서에 포함되어 있는 것을 보고는 당황했다. 이 책이 포스터 모더니즘의 중심 소설, 과거의 텍스트들을 사용한 패스티쉬적 작품, 패러디 사용, 상징 등으로 이루어졌다고 하더라도 존재 가치에 대한 설정이 되지 않아 방황하는 아이들에게 무턱대고 읽혀도 좋은지 확신이 서지 않기 때문이다.

향기를 찾고 가지기 위한 자신의 탐미적 충족을 위해 어떤 짓도 서슴없이 하는 인물의 생성은 도덕적 변별력이 없는 아이들에게 가치

관의 혼란을 가져올 수 있기 때문이다. 이 작품이 여행소설, 발전소설, 범죄소설, 공포소설, 예술가소설 등의 혼재된 방식으로 이루어졌다는 번잡한 말은 아직 아이들이 깨닫기에는 너무 멀기 때문이다.

김동인의 『광염소타나』도 아름다운 음악을 작곡할 때마다 방화, 살인, 시간(屍姦) 등을 하는 작곡가 백성수의 행동을 놓고 두 비평가가 토론하는 내용이다. 『광염소타나』의 백성수는 아버지에게서 물려받은 유전적 광기와 이 사회가 어머니를 죽였다고 믿는 과정에서, 유전적으로 물려받은 광기가 폭발하여 반사회적 인물이 된다.

『향수』도 마찬가지다. 주인공은 이미 4명의 영아를 살해한 어머니에게서 태어난 순간 생선쓰레기더미에 유기된다. 주인공은 앞서의 형제들과 마찬가지로 영아 살해의 대상이 되지만, 스스로의 존재를 알리는 울음을 터뜨리며 가까스로 구조된다. 적어도 주인공 그르누이에게는 어머니의 살인적 광기가 유전적으로 들어 있을 것이다. 살해의 위기를 거치고 살아난 그르누이에게서는 인간의 냄새가 없다.

그르누이는 이후 양육을 위해 보모들에게 맡겨지고, 냄새가 나지 않는 인간으로 자라면서 버림을 빋기도 하고, 이로 인해 밥벌이도 하면서 살아간다. 그르누이의 탁월한 능력인 냄새에 민감한 능력은 향수 제조자의 도제로 들어가면서 향기 제조자로 살아간다.

인간은 스스로의 냄새가 없어야 그르누이처럼 외부의 냄새를 잘 맡을지 모른다. 자신의 냄새로 인해 외부의 냄새를 맡지 못하는 모순덩어리가 인간이라는 것을 작가는 드러내고 싶었을까. 우리의 내면을 정제하고 정화시켜서 냄새나지 않는 인간이 되어야 한다는 경구를 향수에 담고 싶었던 것일까.

인간의 냄새라고 뭉뚱그려 말할 수 있는 그런 냄새가 있었
다. 단순화시키면 그 냄새는 대체로 땀과 기름 그리고 시큼한
치즈가 섞인 것 같은 냄새였다. 사람이라면 누구나 기본적으로
그 냄새를 지니고 있었고, 사람마다 기본적인 그 냄새에다 보
다 세밀한 어떤 냄새를 추가로 갖고 있었다. 그것이 바로 개인
적 분위기를 좌우하는 체취였다. (……) 대부분의 사람들은 자
신이 그런 독특한 냄새를 지니고 있다는 사실조차 깨닫지 못하
는 것은 물론, 유행하는 인공적인 냄새로 자신만의 고유한 냄
새를 감추기에 급급했다.

『광염소타나』와 『향수』의 다른 점은 두 어머니의 차이다. 『향수』
의 어머니가 영아연쇄살해자로서 교수형에 처해지지만, 『광염소타나』
의 어머니는 백성수에게 유전적 광기가 나타나지 않도록 어린 아들
이 잠들기 직전에 자장가를 들려주거나, 피아노 교육을 한다. 그래서
백성수는 어머니가 살아있을 동안은 매우 도덕적인 인물이었고, 광기
를 드러낸 적이 없다.

이런 작품을 다루는데 탐미적인 행위가 먼저인가, 도덕이 먼저인
가는 당연히 우문이다. 그러나 아이들에게 책을 읽히기 전에는 이 문
제를 짚고 넘어가야 한다는 딜레마 또한 존재한다. 아이들은 허구적
인 상황조차 자신의 편에서 유리하게 생각하기 때문이다.

 ## 인간의 육체를 먹는 식인유희

『향수』를 음식 관련 작품으로 읽을 수 있을까 질문했을 때, 『향수』

에는 말 그대로 향기만 있지 도대체 음식이 어디 나오느냐는 것이다. 이 책의 결론부터 말해보자. 주인공 장 바티스트 그르누이는 마지막으로 제조한 향수를 자신의 몸에 뿌리고 그 향수를 맡은 사람들은 그르누이를 먹어버리고 만다.

> 천사의 몸뚱이는 삽시간에 서른 조각으로 잘렸다. 그걸 한 조각씩 움켜쥔 사람들이 황홀한 쾌감을 느끼며 뒤로 물러나 먹기 시작했다. 반시간쯤 지나자 장 바티스트 그르누이는 흔적도 없이 사라져 버렸다.
> 만족스런 식사 시간이 끝나고 식인종들이 다시 불 옆으로 모여들었을 때 입을 여는 사람들은 하나도 없었다.

그르누이는 죽음을 두려워하지 않고 오로지 자신이 제조한 향수가 제 기능을 발휘하는지에만 관심이 있어 자신을 제물로 삼는다. 식인 파티가 열리는 그 공기 속에서 그르누이의 영혼은 만족의 웃음을 흘리고 있을 것이다. 그르누이를 먹은 사람들은 죄의식을 갖기는커녕 오히려 당당하다. 심지어는 '그들이 사랑에서 비롯된 행동을 하기는 이번이 처음이었던 것'이라고까지 느낄 정도로 '자신들의 음울했던 영혼이 갑자기 환하게 밝아졌다'고 생각한다. 그르누이의 향수 만들기는 성공한 셈이다.

이 책에서 음식은 사람이다. 그것도 향기로 담뿍 양념한 사람의 육체다. 카니발리즘으로 설명되는 식인의 풍습은 세계 각지에 퍼져 있다. 우리 설화에도 자신의 살을 잘라서 허약한 부모에게 먹이는 등의 이야기가 있다. 내가 어렸을 적만 해도 어린아이들을 잡아가서 먹는 어떤 존재가 있다고 철석같이 믿었다. 어른들은 늘 그렇게 말했고, 설마라는 생각도 하지 못하고 사람을 잡아먹고 사는 존재에 대해 경원하면서도 외경심까지 가지고 있었다.

할머니는 늘 우리가 겁내는 것을 즐거워하면서 애 잡아먹는 망태할아버지가 있다고 말했다. 어디까지가 진실이고 거짓인지는 사실 모른다. 어린아이를 먹고살아야 또 살아갈 수 있을지 모르는 절박한 병을 가진 사람이 있을 수도 있다고 믿었고, 너무 먹을 게 없어서 사람을 먹을 수도 있겠다 싶은 정도로 먹는 일에 쓸데없이 너그러운 생각이 든 것만은 사실이다. 동화와 환상 속에서 식인의 상상은 넘쳐나도록 가졌다.

이 책에서 식인의 상징은 향수의 완벽함을 말하기 위해서이지만, 인간이 인간을 먹을 수도 있다는 충격적인 부분을 삽입하고 끝맺음으로써 인간의 추악한 면을 드러낸다.

그르누이에게는 미추가 동시에 존재한다. 그르누이는 외형이 일단 비정상적이다. 안짱다리와 곱사등이며 무두쟁이로 인해 비탈저병까지 얻는다. 또한 매독의 변종인 두창도 있다. 외형적으로 추한 동시에 마음에 인간의 따뜻함이라고는 전혀 없는 그르누이가 가장 아름다운 향기를 얻으려는 노력은 지독한 역설이다. 인간의 냄새가 없는 추한 외형과 인간적인 감정도 없는 한 인간이 단순히 향기만을 취하려는 것이 무엇을 말하고 싶은 것인지 섬뜩하다. 이 작품은 향수에만 의존해 자신을 드러내려는 인간의 위선과 가공성을 말한다.

사람들은 향수에 심취되어, 자신을 감추고 향수에 의존해서 살아간다. 이 작품에서 향수는 가면의 역할을 한다. 인간의 냄새가 없는 그르누이는 인간의 냄새를 만들려고 하고, 인간의 냄새가 나는 인간들은 그 인간의 냄새를 감추기 위해 향수를 찾는다. 이 작품을 너무 복잡하게 만들면서 학문적으로 해석하려한 것도 좋지만, 그냥 인간의 진정한 본질이란 무엇인가라는 질문을 하면 아이들도 쉽게 이해할 것이다.

 냄새의 부엌, 향기의 음식

인간의 냄새가 없이 태어난 그르누이는 인간의 냄새를 만들기 위해 향수를 제조한다. 인간의 냄새를 만들기 위해서 그르누이가 사용하는 것은 식초, 치즈, 생선비린내, 썩은 달걀, 살짝 태운 돼지가죽 등 사람이 먹는 음식들이다. 인간은 음식들을 먹고 결국은 그것이 인간의 냄새가 되지만 그르누이는 '시체의 냄새'에 가깝다고 생각한다. 이 냄새에 페퍼민트, 라벤더, 테르펜틴, 레몬, 제라늄, 장미, 오렌지꽃, 재스민에서 추출한 향료를 혼합해서 생명의 향기로 만든다.

인간의 냄새는 인간이 무엇을 먹는가에 의해서 좌우되는 것으로 보인다. 그르누이가 생각한 인간의 냄새는 서양인이라서 치스나 생선, 육류 등의 단백질 냄새가 주다. 동양인이라면 아무래도 그르누이가 생각한 시체 냄새는 아닐 것이다.

그르누이는 인간의 냄새를 위한 향수를 만들지만, 실제로 사람들은 자신에게 향기가 있는지도 모르고 '유행하는 인공적인 냄새로 덮기에 급급'하다. 그르누이는 자신을 드러낼 인간의 냄새가 나는 향수를 만들지 못했다. 그러나 인간은 어떤 향수로도 감출 수 없는 향기가 있다. 바로 내면의 향기다.

그르누이가 자신을 드러내기 위해 만든 향수는 실은 소멸의 향수가 되었다. 자신을 소멸시켜버린 향수. 최고의 향수를 만들기 위해 인간을 죽여야 했던 그르누이의 비정상적인 행위는 균형 잡히지 않은 내면의 세계를 드러내기 위한 것일지 모른다. 위험하고 불안정한 인간의 내면은 외부적인 것들을 동경한다. 그르누이가 추구한 향기는 가장 외면적인 것이었다. 그르누이가 자신이 향기를 만드는 목적은 '자신의 내면세계를 보여주는 것'이라고 했지만 그는 다른 사람이 가진 '향기의 영혼을 빼앗는', 즉 살인을 저지른다.

그르누이는 세상의 외형적인 물질이나 돈에 연연하지 않고 오로지 향기만을 추구하였지만 비뚤어진 방식으로 향기를 탐하였기에 그의 향수는 아름다움을 위해 사용되지 않고, 식인의 습성인 소멸을 위해 사용된다.

외면적 추함을 가진 채 살인자를 어머니로 두고 생선 좌판 아래서 태어난 그르누이지만, 그에게 인간의 냄새가 나지 않는 것은 이미 인간의 품성을 상실한 존재로 태어났기 때문이다. 내면을 드러내는 향기란 결국 존재하지 않는 셈이다. 그르누이가 뿌린 것은 누구나 맡을 수 있는 겉으로 드러나는 냄새였으니까.

아름다움과 추함의 극을 달리는 그르누이의 향수 만들기는 냄새처럼 소멸하고 마는 인간 존재에 대한 상징이다. 향수든 냄새든 소멸하고 마는 덧없는 인간의 존재. 그르누이가 향기로 식인의 대상이 된 것은, 외부에 뿌린 향기만 기억하고 존재가치를 인정하는 사람들에 대한 신랄한 풍자다.

작가는 그르누이 자체의 존재도 풍자의 대상으로 삼았지만, 향수를 둘러싼 사람들 모두를 풍자의 대상으로 삼은 셈이다. 그르누이나 그를 둘러싼 사람들이 향기를 채집하기보다는 향기 사냥꾼으로 전락하게 된 이유다.

그르누이가 이런 식으로 계속해서 공기를 통해 자신을 정화시키는 동안, 옆쪽에 달린 환기용 이중문을 통해 한 시간 간격으로 흙에서 거리가 먼 곳에서 생산된 음식들이 식단에 따라 제공되었다. 예를 들면, 비둘기 수프, 종달새 파이, 지붕에서 키운 오리로 만든 스튜, 과일 잼, 키가 큰 밀로 만든 빵, 피레네 산맥에서 생산된 포도주, 알프스 산에 사는 영양의 젖, 지붕에서 키우는 닭이 낳은 계란으로 만든 과자 같은 것들이었다.
그르누이에게서 독성분을 제거하고 생명 에너지를 재생시키려는 이 복합 치료는 5일간 계속되었다.

그르누이는 해발 2천 미터가 넘는 화산 산인 플롱뒤캉탈의 동굴 속에서 7년간을 홀로 살았다. 인간의 냄새를 전혀 맡을 수 없는 곳에서 그르누이는 자신에게도 인간의 냄새가 없다는 것을 알게 된다.

충격적인 사실을 확인한 그르누이는 동굴 생활을 청산하고 도시로 다시 돌아왔을 때, 동물적인 삶을 제거하고 정화된 인간의 냄새가 배도록 행해지는 실험에서 청정지역에서 공수해온 유기농의 최상의 음식이 제공된다. 이 최상의 음식들이 그르누이를 최상의 내면을 가진 인간으로는 변모시키지 못했다. 이후 그르누이는 자신만의 이기적인 향기를 위해 무려 25명을 살해하는 연쇄살인을 저지르기 때문이다.

우리의 신화 속에서 웅녀는 동굴 속에서 백일을 지냈고, 동굴을 나옴으로써 인간다운 인간이 된다. 7년간 있던 동굴을 나와서도 더 추악한 인간이 되는 그르누이는 오히려 인간의 본성보다는 짐승의 본능을 가진다.

이 책을 덮으면서 섬뜩한 것은 인간이 먹는 음식으로 인간의 냄새가 결정되는 것이다. 그르누이가 향기들을 조합하는 것을 '냄새의 부엌'이라고 표현하고, 온갖 잡다한 냄새로 이루어져 분류되지 않는 냄새들을 '전채요리'로 표현했듯이, 우리의 향기를 조합하는 곳은 우리 모두의 부엌이다.

우리가 먹는 음식이 우리의 영혼이나 내면까지 향기롭게 만들 수 있는 것인지, 혹은 우리의 탐욕과 욕망을 표출하기 위한 것인지를 생각해본다. 『향수』를 읽은 이 순간부터 나는 저 부엌에서, 또 길거리의 식당에서 무엇을 먹고 어떤 냄새를 피울지 고민해야겠다.

파트리크 쥐스킨트, 『향수』, 열린책들, 2007.

● 줄거리

주인공 그르누이는 파리의 어느 생선 좌판대 밑에서 매독에 걸린 여인의 사생아로 태어나자마자 생선쓰레기더미에 버려진다. 그르누이는 울음소리를 내어 살아나고 그의 어머니는 영아 살해죄로 교수형을 당한다. 그르누이는 냄새 없는 아이로 자라면서 여러 유모의 손을 거친다. 대신 그르누이는 냄새에 민감한 아이로 자란다. 파리의 향수 제조인 발디니 아래서 향수 만드는 법을 배운 그르누이는 더 좋은 향수를 만들기 위해 도시를 떠난다. 그 과정에서 7년간 동굴생활을 하고 자신에게 인간의 냄새가 없다는 것을 안 이후로 다시 인간 세상에 내려온다. 향수의 도시인 그라스에서 인간의 냄새를 만드는 일에 전념하고 그로 인한 25차례의 연쇄살인을 저지른다. 그의 처형 날, 그루누이는 향수를 뿌리고 향기를 맡은 부랑자들이 달려들어 그르누이를 먹어버린다.

매운탕보다 맵고 독한 고향 상실의 비애

문순태『징소리』

 민물고기 매운탕

어떤 작품을 읽고 나서 문득 코끝이 시큰해지고 눈시울이 뜨거워질 때가 있는가. 나는 이 소설을 읽을 때면 그렇다. 고향이든 어디든 자신이 뿌리를 내렸던 곳에서 떠나는 것은 서글프다. 모든 것을 다 잃고, 더군다나 낯익은 사람들에 의해 내쫓김을 당하는 것은 더 슬픈 일이다.

마을이 수몰되면서 고향을 떠났던 주인공 칠복은 어린 딸을 데리고 다시 고향으로 돌아오지만, 징을 울려 낚시꾼들을 방해한다고 고향에서 쫓겨난다. 아니, 그 전에 이미 칠복은 고향에서 쫓겨났었다. 그때는 고향사람들에 의해서가 아니라 마을을 저수지로 만들어버린 힘과 권력에 의해서다.

언젠가 저수지에서 붕어와 피라미를 낚아서 즉석 매운탕을 끓여먹던 일이 부끄럽게 떠오른다. 저수지 아래는 칠복이의 수몰마을처럼 누군가의 논밭이었을지 모른다. 어쩌면 도시로 떠나는 자식을 위해 뜨뜻한 아랫목에 파묻은 밥 한 그릇이 놓여 있던 자리였을지 모르며, 아궁이에 뜨거운 불을 넣어 식구들의 밥을 짓던 곳이었는지도 모른다.

이 소설에서 매운탕은 수몰된 마을을 상징하는 음식이다. 마을이 수몰되고 낚시꾼들이 몰려들면서 '옛날 창평 고씨 제각이 있던 편편한 곳'에는 '매운탕 집과 주막들'이 차지한다. 마을이 수몰되었지만 남은 사람들은 낚시꾼들을 상대로 돈을 번다. 마을사람들에게 이 매운탕은 살아가기 위한 수단이었고, 먹고살기 위한 대안이었다.

큰 무를 큼직하고 두텁고 네모지게 썰어 냄비 바닥에 깔고, 먼저 한 소끔 끓여 무를 익힌 후에 그 위에 낚시로 잡은 붕어나 피라미를 놓고 한 번 더 부르르 끓인다. 그리고 준비한 양파, 대파, 미나리, 깻잎 등을 그 위에 놓고, 마늘과 고추장, 고춧가루를 버무린 양념을 넣어 얼큰하게 끓인다. 산초가루를 약간 넣어 물비린내 혹은 민물냄새가 나지 않도록 해서 먹는다. 뼈를 연하게 하기 위해서 식초도 한 방울 살짝 떨어뜨린다.

이렇게 끓인 매운탕요리는 언제 먹어도 얼큰 칼칼하니 맛있다. 이 맛난 매운탕이 칠복의 마을이 수몰되면서 주민들이 타지 사람들에게 팔게 되는 생계수단이니 매우 역설적이다. 봉구가 낚시꾼에게 '우리덜 지붕 위에다 낚시를 던지신 거나 마찬가지'라고 낚시꾼들에게 말할 때의 그 자조 섞인 목소리는 칠복의 커다란 징소리만큼이나 처연하다.

저수지가 생기면서 논밭에서 땅을 일구고 농사를 짓던 사람들은 매운탕 장사꾼으로 변모했다. 농자지천자대본이라는 말이 우스울 지경이다. 그들은 저수지가 생기면서 가뭄 걱정이나 비가 오지 않아 농사를 짓지 못하는 일은 없어서 다행이라고 생각하는 소박한 사람들이다.

자신의 농토가 수몰된 주민들이 문제다. 논밭의 수용대가로 받은 돈은 다른 곳의 토지, 즉 대토를 사기에도 벅찼다. 저수지가 들어선다는 소문이 날 때부터 땅값은 관광지에 대한 기대로 터무니없이 값이 오른다. 아니, 그 이전에 지역사업계획이 수립될 무렵이면 이미 돈 많은 도회지의 사람들이 주변 땅을 사기 위해 몰려들어, 땅값은 늘 원주민들이 사기엔 터무니없이 값이 오른다.

산업화가 빚은 부조리를 도저히 개선할 수 없는 상황에서 쫓겨나는 사람들은 한이 생긴다. 예전의 한이 인간관계에서 생기는 개인적인 문제였다면, 산업화 속에서 생긴 한은 자본주의와 사회체제가 만든 것이다. 개인은 소외되고 공동체에서마저 쫓겨난다.

할 수 없이 그들은 몇 푼을 들고 도시의 변두리로 밀려나든지, 아니면 고향에서 막일꾼으로 전락할 수밖에 없다. 도시 빈민으로 살아가는 것은 더 비참하다. 고향에서 땅뙈기라도 가지고 입에 풀칠하던 것은 행복한 삶이었다. 이미 땅도 집도 없어진 수몰민들이 어떻게 될 것인지 불 보듯이 뻔하다.

소설 속 칠복도 탈향의 서러움이 채 식기도 전에, 돈벌이가 되는 낚시꾼들을 칠복이가 쫓아낼지 모르는 두려움을 가진 마을사람들에 의해 돌아온 마을에서 다시 쫓겨난다. 두 번의 내쫓김은 모두 폭력적이다. 한번은 산업화에 의해, 한번은 배금주의적인 마을 사람들에 의해.

칠복은 겨우 장만한 땅이 수몰되면서 그 돈을 받아 아내의 소원대로 도시로 오지만, 도시에서도 변두리 인생으로 살 수밖에 없다. 결국 고향밖에 있을 데가 없다는 것을 칠복은 뼈저리게 느낀다. 그러나 이미 고향은 돌아갈 수 없는 곳이다. 고향에서 매운탕 장사를 하려고 해도 밑천이 있어야 하고, 또 그 일을 거들 아내가 있어야 한다. 칠복의 아내는 도시로 간 후 딸 하나를 남기고 바람이 나서 떠나버린다. 아니, 떠나기도 전에 이미 그런 여자였다. 수몰이 가져온 것들은 결국 칠복으로 대변되는 원주민에게서 모든 것을 깡그리 앗아간다. 딸아이 하나만 뎅그러니 남아서 일자리조차 구할 길 없는 칠복은 점점 더 궁지로 몰린다.

고향사람들이 칠복을 고향에서 쫓아내기로 의논하는 곳도 매운탕집이다. 그들이 논밭을 제공한 대가로 또 다른 생계수단이 된 매운탕집은 이렇게 고향민을 쫓아내야 한다는 결론을 내리는 곳이기도 하다.

매운탕은 타지 사람들에게는 여가생활을 즐기는 식도락 후의 음식이지만, 원주민들에게는 먹고살아야 하는 생계수단이다. 그리고 칠복에게는 결국 고향에서도 쫓겨나야 하는 맵고 독한 음식이다.

칠복이가 딸 하나를 데리고 마을에 다시 돌아와 저수지를 바라보면 거기엔 마을이 그대로 보인다.

호수에서 사각사각 나락 베는 소리가 들렸다. 사람들의 두런거리는 말소리도 들렸다. 방울재와 방울재 사람들의 모습이 한눈에 죄 보였다. 금줄을 두른 마을 앞 윗 당산의 늙은 팽나무

와, 방울재에서는 칠복이 혼자만이 들어 올린 큰 들독이 보였
고, 이엉을 입힌 돌담과 판돌이네 탱자나무 울타리, 군데군데
말라붙은 쇠똥이 널린 고샅들, 빨간 고추가 널린 초가지붕이
며. 두껍다리 옆 그의 집도 보였다. 외양간에 매여 있는 송아지
가 음매하고 우는 소리, 꿀꿀대는 돼지, 꼬꼬댁 꼬꼬댁 닭이 알
낳는 소리, 바람 모퉁이 공터에서 아이들이 공치기를 하며 왁
자지껄 떠들어대는 시끌시끌한 소리, 고샅이 쩡쩡 울리도록 아
이들 이름을 부르는 소리, 이 자식 저 자식 죽일 놈 살릴 놈 욕
을 퍼부어대며 싸우는 소리들이 귀에 쟁쟁하게 들려 왔다.

저수지 아래는 이렇게 시각적 청각적인 것이 복합된 모든 추억이
살아있다. 그러니 마을이 감쪽같이 사라졌다는 게 칠복으로서는 믿어
지지 않는다. 그 잃어버린 것들을 불러들이고 싶어서 징소리를 울린
다. 혹은 자신의 통곡소리처럼 커다란 소리를 낸다.

왜 하필이면 우리가 사물놀이에 쓰이는 북과 꽹과리, 장고, 징 중
에서 징을 택했을까. 징은 본래의 이름은 정(鉦)이었으나 징이라는 이
름으로 굳어졌다. 고려가요 '정석가(鄭石歌)'의 첫 부분에 '징이여 돌
이여'에서 '징'이 정경(鉦磬)이라고 부르는 악기의 의성어라고 설명하
기도 한다. 이 정(鄭)이 정(鉦), 즉 징이었을까. 그렇다면 징은 이미 고
려시대 이전에 있었던 것으로 볼 수 있다. 그럴 때 또 징은 우리 마음
의 간절함을 기원하는 데 사용하는 타악기가 되기도 했다.

징소리는 색깔로 나타내면 노란색에 가까워 우리 주변에서 흔히
볼 수 있는 친근감을 자아낸다고 한다. 또한 징의 주파수를 분석한
결과 사물놀이의 어떤 악기보다도 멀리 퍼지고 다른 음을 다 포용하
는 소리를 가지고 있다 한다.

내가 어릴 때는 동네 굿이 많았다. 안택굿을 비롯해 병만 나도 굿판이 벌어졌다. 그 굿마당에는 징은 없어서는 안 되는 도구였다. 무당은 징소리에 맞춰 펄떡펄떡 뛰었다. 징이 급히 울리면 무당은 더 급히 뛰었고, 징소리가 잦아들면 무당은 숨고르기를 하듯 같이 잦아들었다. 그래서인지 징은 굿판에서는 풍물의 왕으로 간주되곤 한다. 징소리가 빨라질 때마다 하늘로 나르듯 치솟는 무당을 본 적이 있다면, 접신의 순간이 바로 저런 것이구나 하고 느낄 것이다.

북이 구름을, 꽹과리가 천둥과 번개를, 장고가 비를 상징하는데 비해 징은 바람을 상징한다. 징의 울림이 깊고 멀어서 바람에 비유되듯이 징은 오래 그리고 멀리 울음소리처럼 퍼진다. 또한 징의 생김새를 보자. 소리들이 마치 여울 속에 갇히듯이 오래 갇혀 있다. 그리고 가죽으로 만드는 북과 장고가 땅의 소리라면, 쇠로 만들어진 꽹과리와 징소리는 신을 부르는 하늘의 소리로 흔히 비유된다.

칠복이 징을 들고 칠 때 그 소리는 결국 하늘이 오래도록 우리에게 경종을 울리는 소리다. 우리가 진정으로 잃어버리는 것이 무엇인지 생각하도록. 칠복이 치는 징은 마을에 수백 년 동안 내려오는 영물이다. 18대를 두고 살아온 느티나무가 사라질 때 끈끈히 이어져온 공동체는 허물어지고 폭풍처럼 몰아친 산업화의 흔적만 남는다.

매운탕집의 회의 결과 칠복을 마을에서 쫓아내자고 결론을 내린 사람들도 그 어느 때보다 쓸쓸하기는 매한가지다. 비록 생계를 위해 타지의 낚시꾼들에게 매운탕을 팔지만, 매운탕보다 맵고 독한 마음을 먹고 칠복을 내쳐야 한다.

칠복을 쫓아낸 그날 밤 마을 사람들은 칠복의 징소리가 온 마을을 감돌아 잠을 이루지 못한다. 이미 쫓겨난 칠복이 징을 울려서 더 이상

징소리가 날 리 만무지만 사람들은 징소리가 계속 울린다고 생각한다.

징소리는 거대한 권력에 맞서 싸울 힘을 기르지 못한 민중이 대신 내지르는 비명이다. 고발의 소리며, 동시에 소통을 요청하는 소리이기도 하다. 민중을 외면해버리는 세상을 더 잘 비쳐주는 소리이기도 하다.

4대강 사업이 한창인 요즘 우리는 앞으로 얼마나 더 많은 칠복의 마을을 볼 것이며, 얼마나 많은 칠복을 만들어낼 것인가. 삶은 코끝이 찡하고 가슴이 탁탁 쏘는 매운탕보다 더 매운 곳이다. 그리고 자신의 연명을 위해 함께 부비고 살아가던 고향사람도 내몰아야 하는 맵고 독한 마음을 가지게 만드는 것이다.

칠복이의 징소리는 바로 우리 것을 상실하는 소리다. 아니 우리 마음을 돌아보게 하는 우리 소리다. 그러기에 칠복이가 두드리는 것은 서양 타악기가 아니라 우리 것, 징이다.

방울재에 칠복이의 징소리도 영원히 갈아 앉아서 영영 울 것이다. 물수제비 하나 띄우면 거기서 징, 징하고 울릴 징소리를 들을 수 있을 것 같다.

문순태, 『징소리』, 일송포켓북, 2006.

빛나는 청춘도 사과과즙처럼 짜버리고

헤르만 헤세 『수레바퀴 아래서』

 ## 입시철의 초콜릿 먹기

입시의 회오리가 한창을 불더니 잠잠해진 모양이다. 입시도 전쟁이란 이름으로 불리는 판이니 그 칼날이 잠시 안으로 숨었을 뿐이다. 나도 학부형으로서 입시철을 여러 번 치루다 보니 힘이 쭉 빠진다. 해마다 메뚜기처럼 어느 방향으로 튈지 모르는 입시에 대해서 불만이 많다. 아이들을 오래 가르치다 보면 행복의 기준이 달라져야 한다는 생각이 많이 든다. 아이들마다 다 각자 잘 하는 게 다르다. 공부만 해야 하는 아이들은 따로 있는 것 같다. 모든 아이들에게 다 공부를 잘해야 한다고 들이미니 행복이 아니라 불행이다.

입시에 관한 한 성장하는 청소년기에서 불행히도, 피해갈 수 없는 외나무다리다. 꼭 한 번은 건너가야 할 다리, 가끔 삐꺽거리고, 떨어지기도 하고, 요행히 잘 건너가기도 한다.

독일 작가로 노벨문학상 수상작가인 헤르만 헤세가 신학교 때의 경험으로 쓴 이 소설은 우리와 같은 치열한 입시를 치른, 우등생인 한스 기벤라트의 이야기다.

1906년 헤세는 독일 교육계에 파문을 일으킨『수레바퀴 아래서』를 발표한다. 당시 독일은 비극적 청춘 소설들이 많이 발표되었고, 이 소설도 그중 하나였다. 헤세 자신이 라틴어학교 시절을 거쳐 마울브론 신학교를 다니다가 중도에 나와 탑시계 공장의 직공으로 있었던 경험이 소설 속에 녹아 있다. 헤세의 나이 8세에서 14세까지의 방황이 어느 정도 들어 있는 이 소설의 주인공 한스는 공부를 잘하는 모범생으로 동네의 기대를 한 몸에 받으며 118명이 지원하고 불과 36명만 뽑는 주의 시험을 치러 전체 2등을 한다.

한스가 시험을 치기 전 날, 숙모가 초콜릿을 준다. 그날 밤 한스는 초콜릿이 산더미처럼 쌓인 꿈을 꾼다. 우리도 입시철만 되면 초콜릿과 엿, 떡을 입시생에게 돌린다. 초콜릿이 긴장을 완화시키는 역할을 하니 피로회복을 겸해서 먹으라고 하지만 이제는 초콜릿만 보면 입시철이 다가온다는 강박관념과 그 스트레스부터 먼저 생각하는 사람이 많을 것이다.

초콜릿의 아이러니는 입시철의 초콜릿이 스트레스를 부르는 강박관념용이라면 발렌타이데이의 초콜릿은 달콤한 사랑의 맛이라는 것이다.

시험 치기 전의 입시용 초콜릿 먹이기는 우리에게만 있는 것은 아닌 모양이다. 한스는 백모가 준 초콜릿을 먹다가 버리거나, 고통스런 초콜릿 꿈을 꾸기에 이른다. 초콜릿과 연결되는 입시 강박관념으로 시험 전날 한스는 두통이 나고 식욕도 잃고 무서운 꿈을 꾼다. 우등

생인 한스도 입시 스트레스는 피해갈 수 없었다.

그는 117명의 수험생과 함께 시험장에 앉아 있었다. 시험관은 고향의 목사와 흡사했으며 어찌 보면 백모와도 닮은 듯했다. 그는 한스 앞에 초콜릿을 쌓아 놓고는 먹으라고 지시했다. 한스가 울며 그것을 입에 넣고 있는 사이에 다른 아이들은 차례차례로 일어서서 작은 문으로 나가고 있었다.
모두가 제각기 자기 앞에 산더미처럼 쌓인 초콜릿을 전부 먹어치웠는데 한스의 몫만은 점점 더 쌓여서 책상과 의자 위에 가득 쌓여 자기를 질식시킬 것만 같았다.

입시 전날 밤에 불면증으로 시달리다가 다음 날 시험을 망치는 아이들이 종종 있다. 한스도 초콜릿 꿈을 꿀 정도이니 입시 강박관념이 심각하고 마음이 약한 편으로 보인다. 결말에 한스가 자살하는 것도 이런 연장선으로 볼 수 있겠다.

인생에서 입시가 다가 아닌 건 사실인데, 아이들은 입시에 목숨까지 건다. 어떤 어른들은 지금은 학생이니까 그 목표와 목적은 입시이며, 학생의 성적은 성실함의 지표라고까지 주장한다. 나는 이 말에 찬성하지 않는다. 공부도 적성이다. 아이들마다 적성과 특성이 다르니 아이들의 성실함은 자신이 좋아하고 잘하는 부분과 관련된 것이지 공부에 국한되는 것은 아니다. 이런 내 생각이 이 글을 읽는 일부의 학부형에게는 마음에 들지 않을지도 모르겠다.

헤세도 자신의 적성에 맞지 않는 신학교 공부를 때려치우고 13세에 시인이 되기로 결심한다. 헤세는 그의 어머니의 말에 의하면 4살 때부터 천재적인 상상력을 보인 아이였다. 자유로운 사고를 가진 아이가 신학교라는 틀에 묶일 때 그는 소설 속의 한스의 친구 헤르만 하일너 처럼 신학교를 뛰쳐나오고, 한스처럼 결국 적응을 하지 못한다.

 ## 시험 스트레스를 풀어준 달걀스프

첫날 시험을 치룬 한스는 길을 잘못 들어 시내를 두 시간 동안 헤맨다. 그동안 아버지와 백모로부터 멀리 있어 시험에 대한 질문을 받지 않아 해방감을 느낀다.

시험을 치고 오면 어느 부모나 시험성적부터 묻는다. 나는 아이가 시험을 치고 오면 벌써 문 따는 소리, 문을 열고 들어설 때의 표정을 보면서 그날 성적을 짐작한다. 나름대로 성적을 잘 받았다고 아이가 생각하면 얼굴이 반짝이고 묻지 않아도 먼저 말한다. 차라리 내일의 시험을 위해서 오늘의 시험은 넘어가주는 것이 부모로서는 오히려 현명하다.

한스가 구두시험을 치룬 후 시험에 실패했나고 느껴 의기소침해 들어오자 집에서 달걀스프를 만들어 먹인다. 달걀스프는 녹말 물을 풀어 걸쭉하게 만들어서 달걀을 줄 알로 흘려 넣으면서 풀어 만든다. 달걀스프는 수험생인 한스에게 단백질 섭취로 영양을 줄 뿐만 아니라 소화하기도 쉽고 따끈하니 스트레스도 풀리게 하는 영양수프다.

한스는 다음 날 시험을 치르고 2등으로 합격한다. 주 시험이니 우리의 전국시험과 동격이다. 합격 후 한스가 '여름 방학은 이래야 한다'고 생각할 정도로 신나는 휴가가 주어진다. 방학 내내 낚시를 하거나 산 앵두와 검은 딸기를 따먹으면서 한가한 시간을 보낸다. '희랍어도 라틴어도 문법이나 문체론도 산수도 암기'도 모두 잊을 만큼 한가롭고 여유 있다.

소설의 주인공 한스는 이후에 신학교를 나와 견습공을 지내다가 익사하지만, 헤세는 마울브론 신학교를 나와 갖은 직업을 거치면서 작가로 성공한다. 이때 헤세가 한 학생의 편지에 답장한 말은 '자연의 아름다움을 시적으로 재구성할 능력이 있었으므로 자살을 할 필요가 없다'는 것이었다. 한스가 학교 시험을 무사히 치르고 와서 본 자연의 아름다움을 헤세처럼 재구성할 능력이 있었고, 물과 구름과 자연이 주는 달콤한 과실들과 가까워졌더라면 한스는 새로운 인생을 만들어 갈 수 있었을 것이다. 그러나 패배의식이 든 한스는 어디에도 적응할 수 없었다.

방학을 마치고 학교 기숙사로 들어간 한스가 먹는 아침식사는 커피 한 개, 설탕 한 개, 밀빵 한 조각이다. 한스의 학교가 신학교여서 졸업하면 목사가 될 것이므로 미리 검약을 배우는 것인지 몰라도 아이들의 아침식사로는 너무 빈약하고 소박하다. 그래서 날마다 설탕 등을 아껴서 1페니를 받거나, 물건을 음식으로 교환하는 학생이 생긴다. 사과를 가진 소년은 햄을 가진 소년과 물물거래를 해, 서로 교환할 정도로 먹는 것이 부족하다.

한스는 신학교에서 자신과 전혀 다른 성격의, 학생들 사이에서 시인으로 불리는 자유분방한 하일너와 가장 가깝게 지낸다. 하일너는 학교의 위선적인 선생들과 대립하다가 퇴학당하고, 하일너와 어울리던 한스도 학교에서 고립되면서 건강이 나쁘다는 이유로 집으로 돌아온다. 그리고 끝내 학교로 돌아가지 못하고 시계 견습공 생활을 한다.

이 소설에서 시인으로 나오는 하일너와 주인공 한스를 한데 뭉뚱그려 놓은 인물이 바로 작가인 헤르만 헤세라고 해도 맞을 것이다. 세상을 비판적이고 위선적으로 보던 문학적 감수성이 뛰어난 하일너와 공부밖에 몰랐지만 결국 어른들의 압박으로 자신의 길에서 낙오되는 한스는 헤세를 닮았다. 이 소설에서 하일너는 학교를 나간 후에, '천재적인 업적과 방황을 더욱 거듭한 끝에 인생의 고뇌를 통한 엄격하게 단련되어 위대한 인물이라고까지는 못해도 의젓하고 당당한 훌륭한 인간이 되었다'고 표현되는 인물이다.

학교의 규칙과 성적에 얽매여 고유의 능력을 발휘하지 못하고 방황하는 청춘들이 얼마나 많은지 뒤돌아봐야 한다. 한스와 하일너는 소설 속에서만 등장하는 인물이 아니라, 지금도 책가방을 들고 등교하는 학생들 중의 한 명이다. 그 학생들이 긴 긴 인생에 어떻게 멋지게 살아갈지, 어떻게 멋지게 변모할지는 아무도 모른다. 신마저도.

 ## 사과과즙처럼 짜버린 반짝이는 청춘

한스는 신학교서 고립당하다가 집으로 돌아와 더욱 외곬의 우울증에 빠져든다. 마을은 가을이 되어 사과과즙 짜기가 한창이다. 한스도 착즙기로 과즙을 짜는 일을 돕는다. 한스에게 가을은 절망과 우수의 계절이다.

> 시들어가는 가을, 소리 없는 낙엽, 갈색으로 변하는 초원, 짙은 아침 안개, 다 자라버려 말라붙은 식물 등이 대부분의 병

자들이 그렇듯 무거운 절망적인 기분과 우수로 그를 휘몰아갔
다. 그는 그것들과 같이 소멸하고 또 함께 잠들고 함께 죽고 싶
다는 감정을 느꼈지만 자신의 젊음이 그것을 거역하고 끈질기
게 삶에 집착했으므로 더욱 번민했다.

가을은 한스가 아니어도 대부분의 사람들이 비감함을 느끼는 계절
이다. 그런 계절에 한스는 학교마저 중단하고 돌아와 할 일마저 없는
채 방황하자, 그 또래면 한 번쯤 가지는 죽음에의 유혹과 아직 강력
한 청춘의 힘 사이에서 갈등한다.

마을 전체는 익어가는 사과와 과즙을 짠 사과 찌꺼기들로 가득하
다. 탐스럽게 익어가는 사과는 한스가 거두었던 뛰어난 성적처럼 달
콤하다. 과즙을 꽉 짠 사과는 달콤함이 사라진 찌꺼기로 전락하고 버
려진다. 농밀하게 잘 익은 사과에서 달콤함과 향기를 강제로 짜버리
고 나면 남는 것은 무엇일까. 청춘도 이렇게 착즙기로 짜버리면 과연
그곳에 남아있는 것은 무엇일까.

마을 교장선생님, 목사, 아버지, 백모, 마을 사람들의 기대와 강요된
진로는 한스를 산산이 부순다. 거기다가 한스를 노리개처럼 대한 엠마
의 불성실함은 모범생이었던 한스로서는 견디기 어려웠을 것이다.

한스가 신학교에서 하일너와 가장 친했던 것도 자신과는 많이 다
르지만 마음 깊은 곳에서 하일너의 자유스러움을 동경했기 때문이리
라. 우리도 입시 실패로 죽는 아이들이 해마다 등장한다. 그런 아이들
을 두고 어른들은 의지가 없어서 어떻게 이 거친 세상을 살아가느냐
고 한다. 반짝반짝한 별빛 같은 청춘인 아이가 왜 죽어야만 했는지에
대해서는 아무도 생각하지 않는다. 한스가 죽음과 젊음 사이에서 갈

등한 것처럼, 자살을 택한 아이인들 아직 살아갈 일이 창창한데 죽음을 바로 결정했겠는가. 주변 어른들은 쉴 새 없이 공부에 대한 압박을 가했을 것이고, 한 치 숨 돌릴 틈 없이 몰아세웠을 것이다. 이 사회는 오로지 성적만으로 낙오자를 정하기 때문이다. 버림받은 청춘은 돌아가야 할 길이 없고 마침내는 죽을 수밖에 길이 없다.

한스는 시계견습공의 옷인 파란 베옷을 입고 마을을 지날 때, 그동안 자신을 기대의 눈으로 보던 사람들, '학교와 교장선생님이나 수학선생님의 집, 플라이크 아저씨의 작업장, 목사님의 집 옆을 지날 때는 비참한 기분'이 든다. '그토록 애썼던 공부도 고생도 땀도, 그토록 몸을 바쳤던 자질구레한 기쁨도 자랑도 공명심도, 희망에 날뛰던 몽상도 그 모든 것이 이제 모두 허사가 되었다'고 느낀다. 이런 자학적이고 절망적인 자포자기상태가 바로 한스를 죽음으로 몰아넣는다. 한스는 동료들과 술을 마시고 혼자 돌아오던 길에 냇물에 빠져 죽는다. 그리고 자살인지 실족인지 규명되지 않은 채 장례가 치러진다.

시험과 청춘은 누구나 넘어야 하는 선이다. 껑충 뛰어넘어서 바로 다음으로 갈 수는 없다. 그러나 누구나 공부에 대한 재주가 있다고 생각하는 것은 청춘다운 청춘을 죽이는 길이다. 자기가 가장 잘하는 길, 가장 잘 할 수 있는 길을 찾아 헤매는 것이 바로 청춘이다. 공부일 수도 예능일 수도 다른 재주일 수도 있는 청춘의 길을 인정해주는 어른과 사회가 필요하다. 이 사회가 지나치게 학벌주의, 시험만능주의라는 구태의연한 말은 하지 않으련다. 자칫 콤플렉스의 발로라고 굳이 갖다 붙이려는 것도 사절이다. 모든 인간은 태어날 때 자신이 가장 잘 할 수 있는 단 한 가지의 능력을 가지고 태어났다고 나는 믿는다. 이제는 더 이상 한스 같은 불행한 청춘들이 나타나지 말아야 한다.

사과과즙처럼 마지막까지 다 짜서 한 방울의 달콤함조차 남지 않은 불행하고 메마른 청춘이 더 이상 있어서는 안 된다.『위대한 개츠비』에서도 개츠비 집의 파티가 끝나면 과즙이 짜지고 남은 오렌지 껍질만 수북하듯이, 달콤함이 사라졌을 때 무엇이 남을지 생각해볼 일이다. 절대적인 허무의 깊이를 느끼는 부분들이다.

헤세가 1946년 둘째 아들 하이너에게 쓴 편지에 의하면 경건주의 기독교를 비판하여 신학교 적응을 하지 못해 1891년에 입학한 신학교를 1892년에 도망쳐 나와 불과 23시간 만에 다시 돌아가지만 끝내 신학교를 뛰쳐나오고 이후 정규 학교도 제대로 다니지 못했다고 썼다.

헤세의 시대에 폴 발레리는 유럽을 '지적 공장'이라고 불렀고, 토마스 만은 '결핵 요양소'라고 비꼬았다. 그런 시대에 헤세는 비록 정규 교육은 받지 못했지만, 수많은 독서로 이루어진 탄탄한 작가가 된다. 틀에 갇히길 거부했던 자유로운 사고의 인간이었다.

그럴 때 한스를 보는 헤세의 눈은 어땠을까. 그것은 이 작품 속 인물 플라이크의 말에 잘 드러난다.

장례식에서 '그처럼 천성이 착하고 더군다나 학교도 시험도 만사가 잘 되어 나간' 한스였다고 그의 아버지가 한숨을 쉬며 말하자, 마을에서 한스를 가장 잘 이해하던 구둣방 주인 플라이크는 학교선생들을 손가락질하면서 말한다.

> "저기 가는 녀석들도 한스를 이 지경으로 만드는 데 조력한 거야."

헤르만 헤세,『수레바퀴 아래서』, 청목, 2006.

독일의 시골 마을에 사는 총명한 소년 한스 기벤라트는 가정과 학교의 지나친 관심을 받으며 공부에 몰두해 주의 시험에 2등으로 합격한다. 내성적인 한스는 신학교에서 하일너란 자유분방하나 개성이 강한 친구를 사귄다. 하일너는 학교생활을 견디지 못해 학교를 나가고 이후에 시인이 된다. 한스도 친구들과 어울리지 못하고 학교생활에 적응도 못한다. 학교를 떠나 고향집으로 돌아온 한스는 경박한 엠마에게 노리개 취급을 당한다. 시계부품 공장의 견습공이 된 한스는 어느 일요일 술을 마신 후 물에 빠져 죽는다.

소박한 음식에서 찾은 자아의 여행

파울로 코엘료 『연금술사』

 ## 양들은 물과 먹이 외는 찾지 않는다

언제나 연금술은 매력 넘치는 소재다. 지금 금값이 천정부지이니 모든 것을 금으로 바꿀 수만 있다면 환상적이리라. 이 소설의 연금술은 정신을 가치 있게 바꾸는 일, 삶의 본 모습을 고양시키는 일 모두를 의미한다. 진정한 연금술사는 바로 영혼을 정제하는 사람이다.

신학공부를 해서 신부가 되려던 산티아고는 어느 날 양치기가 되어 떠돌아다니지만, 마음의 신화를 찾으려고 노력한다. 살렘의 왕을 만난 후 산티아고는 사막으로 길을 떠난다. 이 길에서 많은 사람들과 아름다운 여인 파티마를 만나지만 거기서 머물지 않고 결국 자신의 의지대로 여행을 계속해, 마침내 연금술사를 만나고 자신의 보물을 찾는다.

산티아고의 길이란 중의적이다. 소설 속 주인공 이름이기도 하며, 중세 때 순례자들이 다니던 프랑스와 스페인 사이의 길이기도 하다. 따라서 산티아고란 자유로운 영혼의 자아를 찾기 위한 순례의 암시적 이름이다.

산티아고처럼 작가 파울로 코엘료도 마음이 자유로운 자였다. 코엘료는 부모와 갈등하면서 하고 싶은 일을 하려다가 부모에 의해서 3번이나 정신병원에 갇힌다. 브라질에 군사정부가 들어섰을 때는 연재만화가 체제 전복을 위한 것이라고 탄압받아 구속되지만 정신병원에 다녀온 전력으로 인해 정신이상자로 풀려나기도 한다. 그 후에 코엘료는 유럽을 여행하면서 독일에서 한 남자의 꿈을 꾸고 그 남자를 암스테르담의 한 카페에서 실제로 만난 이후 작가가 되는 순례의 길을 떠난다. 마치 연금술사의 산티아고처럼.

자아를 찾아서 떠나는 여행을 시작한 양치기 산티아고를 따라가면 우리도 어느새 연금술사가 되어 마음속에 번쩍이는 금덩이를 품고 있다는 것을 안다. 혹은 산티아고가 머물렀던 찻집의 크리스탈 잔속에서 그윽한 차 향기가 뿜이 니오는 연금술을 깨치게 된다.

얼마 전 재활용 금속에서 금을 뽑고, 금값이 치솟는 바람에 금괴를 제일 많이 밀수한다는 기사를 동시에 읽었다. 금이란 도대체 인간을 어디까지 타락시키고 혹은 고양시키는 것일까. 아기 돌과 결혼식에서 소박하게 금반지를 선물했지만, 이젠 금값 폭등으로 꿈도 못 꾼다. 그동안 금은 물질이기보다는 바람이나 맹세의 상징으로 쓰였던 셈이다.

언젠가 내가 살던 동네에 불이 난 적이 있었다. 소방차가 와서 사정없이 물을 뿌려댔지만 어림도 없는 불길이었다. 집이 다 타고 검은 재만 남았는데, 그 잿더미 속으로 차씨네가 뛰어 들어 다른 사람들을 접근도 못하게 하면서 안방이 있었던 곳을 눈어림해서 열심히 뒤적였다. 사람들 사이에서 금반지를 찾으려고 저래, 하는 소곤거리는 말소리가 들렸다. 나는 그 이후로 금이란 게 사람을 저렇게 만드는구나 하는 금의 기준과 가치를 만들었다.

양치기 산티아고가 연금술사를 만나는 사막으로의 여행은 그에게는 어쩌면 차씨네가 잿더미 속에서 그렇게 열렬히 찾던 금반지를 찾던 과정인지도 모른다는 것을 나는 이제 깨달았다. 차씨네가 찾던 금가락지는 금덩어리가 아니라, 그 금가락지에 담긴 사연이었음을. 금가락지를 준 사람에 대한 추억일 것이며, 그걸 지니고 볼 때마다 가지던 꿈과 사랑일지 모른다는 것을.

산티아고는 가슴에 품은 그리운 꿈과 아련한 희망을 찾으려고 양치기의 자리를 버린다. 양들은 단지 물과 먹이를 찾는 일 외는 아무것도 몰랐기 때문이다.

> 이 세상에는 위대한 진실이 하나 있어. 무언가를 온 마음을 다해 원한다면, 반드시 그렇게 된다는 거야. 무언가를 바라는 마음은 곧 우주의 마음으로부터 비롯된 때문이지. 그리고 그것을 실현하는 게 이 땅에서 자네가 맡은 임무라네. (……) 만물의 정기는 사람들의 행복을 먹고 자라지. 때로는 불행과 부러움과 질투를 통해서 자라나기도 하고…… 자네가 무언가를 간절히 원할 때 온 우주는 자네의 소망이 실현되도록 도와준다네.

자아를 찾아가는 네 가지 음식

이 소설에서 양치기 산티아고가 자신의 신화를 찾아가는 데 몇 가지 소박한 음식이 설정되어 있는 것이 흥미롭다. 산티아고는 유랑과 정착 사이에서 갈등했다.

먼저 산티아고의 갈등은 양들이 물과 먹이 외는 관심이 없다는 자각에서 시작한다. 2년 동안 양치는 법을 배운 산티아고는 그전에 '가슴에 품은 큰 뜻을 실현하는' 신부가 되려고 했었다. 양치기로 유랑을 했지만 양들은 '물과 먹이'만 찾는 생존의 본능만 있지 산티아고가 꿈 꿀 어떤 것도 제공할 수 없었다. 산티아고가 '살렘의 왕'을 만나서 유랑의 꿈에 대한 계시를 받기까지 산티아고는 오히려 정착에 충실했던 셈이다. 산티아고가 양털을 팔러 간 가게주인의 딸에게 돌아가고 싶다고 생각한 것도 정착이었다.

산티아고의 꿈은 신화적 요소와 관련 있다. 꿈은 신화의 시간이다. 무의식의 저변에 깔린 신비적 참여가 꿈이라면 산티아고는 연금술의 계시를 받은 셈이다. 꿈은 원형을 드러내는 한 방법이다. 산티아고가 가는 길은 인간의 오래된 신화를 찾아서 가는 길이며, 그 목적은 자아 찾기다.

다음으로 산티아고의 유랑과 정착에 대한 갈등은 팝콘장수를 만나 다시 유랑으로 변한다. 팝콘 수레에 길들여져서 자신의 굴레서 벗어날 수 없는 팝콘 장수에게 살렘의 왕에게 들은 이야기를 알려주지 않은 것이 잘한 것이라고 산티아고는 생각한다. 팝콘 장수가 광장에서 여전히 팝콘을 팔고 있는 광경을 언덕 위에서 보면서 산티아고는 유랑을 결정한다. 자신이 양치기로 떠돌 때 익숙해진 삶에서 쉽게 벗어나지 못했듯이 팝콘 장수도 쉽게 자신의 생활에서 벗어나지 못할 것임을 알았고, 안주가 얼마나 위험한 것인지 산티아고는 느낀다.

그때 마침 불어온 '레번터'라는 바람에 묻어온 사막의 향기를 맡고, 자신의 꿈을 찾기 위해 유랑을 결심한다. 산티아고는 이제 '익숙해져 있는 것과 가지고 싶은 것' 중 하나인 '가지고 싶은 것'을 선택하고 익숙한 것을 버린다.

산티아고가 가지고 싶은 것이 무엇일까. 인간의 내면 깊숙이에 우물처럼 고여 있는 그 어떤 것, 원형이나 신화소라 할 수 있을지 두고 볼 일이다.

사막의 피라미드를 향해 유랑을 떠나기로 한 산티아고는 유랑의 중간에 시장에서 과자장수를 만난다. 갓 구운 첫 번째 과자를 과자장수에게 얻어먹은 산티아고는 과자장수와 자신이 아랍어와 스페인어로 말함에도 불구하고 아무런 장벽이 없이 완벽하게 대화를 나눈 사실에서 '무언의 언어'가 있음을 깨닫는다.

산티아고는 이 무언의 언어를 깨달음으로써 결국 삶에서 '숨은 의미'를 깨칠 수 있다는 것을 배운다. 다만 숨은 의미를 알 때까지 기다릴 수 있는 '인내심'을 가져야 하지만, 산티아고는 양치기를 하면서 다 배운 것이라고 생각한다.

숨은 의미나 무언의 언어란 인간이 바람과 물 등의 기운을 받아 이루어질 때부터 마음속에 이어져 오는 것이리라. 엄청난 수의 사람들이 살고 있지만 공감이라는 것, 그것이야말로 인류의 꿈속에 잔재하는 것이리라. 그래서 산티아고가 머문 찻집에는 수많은 사람들이 다녀가고 동일한 감동을 받는다.

사막을 향해 가던 산티아고가 머문 차 가게 주인은 익숙한 삶에 길들어져 어떤 변화도 원하지 않고 받아들이지 않는다. 산티아고가 차를 파는 새로운 방법을 제안했지만 차 가게 주인은 거절한다. 그저 심심한 일상이 나열될 따름이다. 산티아고는 차 가게 주인에게 팝콘 장수 이야기를 하지 않았다는 것을 다행으로 여긴다.

그러나 차 가게 주인은 장사가 잘 되지 않자 산티아고의 제안에 따라 크리스탈 잔에 차를 팔기 시작하고, 가게는 새로운 변화를 받아들이는 사람들로 문전성시를 이룬다. 이제 산티아고는 또 다른 마음의 자유를 찾아 떠날 차례다.

새롭게 변한 찻집에 수많은 인파가 몰린다는 것은 무엇을 의미할까. 사람들의 마음이 공감을 형성할 때 그 마음이 바로 찾고 있던 꿈이요 원형이 아닐까.

산티아고는 다시 유랑을 떠난다. 융이 자아는 완전성이 아니라 온전성이라 할 때 정착이란 허락되지 않는다. 산티아고는 아직 찾지 못한 연금술, 자아 찾기의 원형을 위해 더 유랑을 한다.

산티아고는 어디로든 갈 수 있는 바람의 자유가 부러웠다. 그러다 문득 깨달았다, 자신 역시 그렇게 할 수 있으리라는 사실을. 떠나지 못하게 그를 막을 것은 아무것도 없었다. 그 자신 말고는.

맛있는 문학

숟가락 속의 기름 두 방울

우리 식으로 말하면 배부르고 등 따시면 편해지니까 사람들은 의지박약아가 된다. 산티아고도 편하게 길들여진 생활에 안주하고 싶은 순간마다 물과 먹이 외는 관심이 없는 양과 같은 단순한 인간이 되지 않기 위해서, 팝콘장수처럼 그날그날 살아가는 일에만 만족하지 않기 위해서, 과자장수와의 대화 속에서 문득 깨달음을 얻으면서, 투명하고 아름다운 크리스탈 잔에 차를 담아 팔아 사람들에게 새로운 변화를 가르쳐주면서 정착의 유혹에서 벗어나 자신의 마음의 신화를 찾아 길을 떠난다.

우리 앞에 역경과 고난이 가로막지만 오히려 그것이 더욱 우리를 강하게 만들고 반짝이게 만들 듯이. 누구나 깨닫지는 못한다. 안주하지 않고 자신을 믿고 찾으려는 자에게만 보인다. 산티아고처럼.

작가는 산티아고에게 몇 가지 음식 장치를 설정해 마음의 자유를 찾아 떠나는 여행을 시킨다. 영화를 볼 때 사먹던 그 달콤하게 부푼 팝콘, 무언가 생각하고 싶을 때 먹는 고소하고 달콤한 과자 한 조각, 영영 머물고 싶은 느낌을 자아내는 그윽한 차 향기야말로 인간이 가장 여유롭고 편안한 순간에 맛보는 음식들이 아닐는지.

산티아고도 이 마음 여유로워지는 음식들에 자칫 익숙해지고 싶은 갈등도 느꼈겠지만 결국 이 모든 것을 뒤로하고 사막으로 떠난다.

이 소설의 마지막은 산티아고가 자신의 보물이 어디 있는지 느낄 수 있다고 하며 끝맺는다. 산티아고와 함께 양치는 초원과 시장과 광장과 언덕 위의 찻집을 함께 여행하고 마지막으로 사막을 다녀왔지

만, 솔직히 나는 아직 두렵다. 산티아고의 의지를 배우지 못했기 때문
이고, 산티아고가 품은 희망의 파편 한 조각도 얻지 못했기 때문이다.
만물의 언어를 찾으려는 자에게 가장 필요하다고 소설에서 말하는
'용기'가 나는 없다.

산티아고가 사막에서 만난 여성, 파티마 같은 의젓한 신념도 없다.
내 삶도 사막 같은 삶이었지만 나는 진정한 사막을 걸어보지 못했기
때문인지 모른다. 산티아고가 떠난 뒤 이제 파티마에게는 '그날 이후
사막은 그녀에게 단 하나의 의미, 그가 돌아오리라는 소망으로만 남
을 것이었다.'

그렇다. 더 이상 사막은 서걱거리는 모래더미가 아니라 사랑과 기
다림의 꽃이 피는 곳이었다. 나는 산티아고의 마음보다 파티마의 눈
이 더 아름답다. 사막의 여자에게는 사막은 더 이상 건조하고 메마른
곳이 아니라는 이 아이러니가 더 마음에 든다.

> "사랑은 어떤 경우에도, 자아의 신화를 찾아가는 한 남자의
> 길을 가로막는 것이 아니네. 그런 일이 생긴다면 그것은 만물
> 의 언어를 말하는 사랑, 진정한 사랑이 아니기 때문이지."

파티마의 마음을 배우지 못한 나는 이 구절이 마음에 안 든다. 작
가의 메시지나 산티아고의 여행을 이해하지 못한 것이라고 해도 어
쩔 수 없다. 사막의 여인 파티마의 슬픔이 그 메마른 사막 한편에서
눈물조차 순식간에 말라버리고 있을 생각에 마음이 저리다.

어느 사회나 여성은 사막 같은 길에 서 있어야 하고, 사막으로 떠
나서 자신을 찾고 있는 자가 남성이라는 것도 마음에 안 든다. 작가

맛있는 문학

의 상징에 매료가 되면서도 어딘지 불편하다. 다행히 산티아고가 파티마에게 달려가겠다고 잠시만 기다리라고 한 마지막 암시는 다소 위로가 되는 셈이다. 결국 산티아고가 오래 마음의 신화와 자유를 찾아 회귀하는 곳은 바로 사랑이었기 때문이다.

> 행복의 비밀은 이 세상 모든 아름다움을 보는 것, 그리고 동시에 숟가락 속에 담긴 기름 두 방울을 잊지 않는 데 있도다.

우리를 너무 오래 헤매게 한 이 소설의 마지막 장을 덮으면서 나도 산티아고처럼 달려갈 곳이 어딜 지. 얼마나 헤매고 왔는지. 그 헤맨 곳이 모래사막처럼 거칠고 황량한 곳이었는지, 눈을 감고 생각에 잠긴다.

혹시 숟가락 속의 기름 두 방울을 어디에 흘리고 왔는지, 아니면 지금도 내가 가진 숟가락 속에서 그 기름방울이 방울방울 떨어져 사라지는지.

파울로 코엘료, 『연금술사』, 문학동네, 2009.

양치기 산티아고는 다니던 신학교를 그만두고 양치기가 되어 떠돈다. 어느 날 꿈에서 보물을 찾을 것이라는 계시를 받고 양치기를 그만두고 사막을 향해 떠난다. 살렘의 왕을 만난 산티아고는 더욱 보물을 찾기 위한 희망을 얻는다. 사막의 보물을 찾아 떠나는 과정에서 과자장사와 팝콘장사, 차 장사를 만나지만 산티아고는 모든 편안함을 버린 채 계속 유랑한다. 위대한 연금술사를 찾아 길을 떠나는 사람들도 만나는 등 다양한 경험을 하면서 산티아고는 사막을 향해 포기하지 않고 간다. 산티아고는 파티마라는 여인을 만나 첫눈에 반하지만 역시 머물지 않고 유랑을 계속한다. 결국 산티아고는 사막에서 연금술사를 만나고 계속 꿈을 찾아 떠나라는 충고를 받는다. 산티아고는 자아의 신화를 좇아가기로 결심하고 파티마에게 돌아오겠다는 말을 남긴다. 파티마도 산티아고의 꿈을 위해 잡지 않는다. 산티아고는 결국 보물을 찾은 기쁨의 미소를 짓는다.

산 자가 먹는 고독한 음식, 죽은 자를 만나는 따뜻한 음식

임영태, 『아홉 번째 집 두 번째 대문』

 외로운 식사시간의 정신

산 자와 죽은 자의 차이는 무엇일까. 먹을 수 있는 권리를 가진 자가 살아있는 자일까. 적어도 이 소설은 그렇다.

중앙장편문학상 1회를 수상하면서 주목받은 이 소설은 삶과 죽음의 고요한 동행이 나온다. 산 자 곁에 어느 날부터 죽은 자가 서성인다. 아니, 죽은 자 곁에 산 자가 서성인다는 말도 맞다. 산 자와 죽은 자가 만날 때는 산 자가 음식을 먹거나 음식을 필요로 할 때다. 산 자에게 음식은 일상을 기억하거나 삶을 살아가는 힘이다. 죽은 자에겐 더 이상 음식이 필요 없다. 산 자와 죽은 자의 차이는 바로 음식이다. 산 자는 어떻게든 삶을 산다. 먹으면서.

272

주인공에게 죽은 자가 자꾸 다가오는 것이 접신의 상태라면 주인공은 샤먼 즉 무당의 기능을 가진다. 남의 인생을 대신 써주는 대필 작가의 삶도 어떤 면에선 영혼을 불러내는 주술사인 샤먼이다.

계속해서 나타나는 죽은 자들은 이후 주인공과 대화까지 시도한다. 혼령이 인간과 대화를 시도하기 위해서는 죽은 자와 산 자의 삶을 매개해주고 질서를 잡아주는 샤먼이 필요하다. 샤먼이 벌이는 굿판이 주인공의 직업인 대필이었을까.

예전에는 한 달에 몇 번씩이나 동네서 굿판이 벌어졌다. 아파도 굿, 가게를 새로 열 때도 굿, 우물을 파도 굿, 명절 때도 굿이었다. 굿을 의뢰한 이들은 모두 무당 앞에서 싹싹 빌었다. 마을 굿의 의뢰인들은 이 소설에서 대필을 부탁하거나, 죽은 자로 나타나는 의뢰인들과 같다. 굿마당에서는 의뢰인이나 구경꾼인 우리나 속이 다 시원했다. 만사 잘 될 거라는 낙관으로 끝나는 굿판은 희망과 카타르시스의 공연장이었다. 굿판이 끝날 때는 모두 마음의 상처가 후련히 치유되어 돌아갔다. 굿판은 결국 산 자의 몫이었다. 죽은 자들을 통해 산 자들이 삶을 하소연하고 풀었다.

소설을 읽는 독자는 굿판의 구경꾼이다. 죽은 자들이 넘쳐나도 두렵거나 무섭지 않은 것은 주인공과 함께 굿판의 카타르시스를 경험했기 때문이다. 살풀이의 걸진 한 판.

소설을 읽으면서 허허벌판의 저녁, 보랏빛 자욱한 거리에 서 있는 느낌에 잠시 아득했다. 주인공의 아내는 죽었다. 아내는 살아있을 동안 주인공과 함께 글 쓰는 작업을 했다. 주인공은 지금 가볍게 그리고 무겁게 생을 살고 있다. 그래서 어쩌면 그 스스로 죽은 자와 접신을 시도하고 싶었던 것인지 모른다. 죽은 자들은 주인공에게 어떤 넋

맛있는 문학

두리를 풀어놓고 싶었을까.

주인공은 홀로 살지만 대필을 직업으로 삼아 남의 인생으로 살아간다. 아니 자신의 인생 위에 그들의 생을 덧칠한다. 자신의 하루를 살기 위해 남의 인생을 대필해주는 그림자다. 우리의 삶이 결국 그림자라는 말을 하고 싶었을까. 그림자처럼 살아가는 삶의 쓸쓸함에 대해서 말하고 싶었을까. 어느 쪽이든 관계없다. 어차피 삶은 그런 거니까.

🍒 아홉 번째 집 두 번째 대문에서 먹는 음식

주인공은 집 동네에 생긴 포장마차에서 대필을 부탁하는 장자익이란 사내를 만난다. 동네 포장마차 안에서 있었던 일은 그의 기억에 없다. 술로 인해 필름이 끊긴 때문이다. 다음 날 장자익이 찾아와 전날 포장마차에서의 일을 상기시키며 대필을 부탁한다. 장자익은 그후 소식이 끊어지고 주인공은 그가 사망했다는 연락을 받는다. 그 후로 주인공은 죽은 자들을 본다.

상여를 메고 가는 상두꾼들은 상두소리로 '저승길이 멀다더니 대문 밖이 저승일세, 황천길이 멀다더니 앞산인 줄 왜 몰랐나'라고 구성진 노래를 한다. 한국인의 저승은 대문 밖이고 앞산이다. 이승과 저승은 문만 열고 나가면 되고 어디나 죽은 자가 서성거린다. 이 소설에서도 죽은 자는 어디서나 불쑥불쑥 나타나 서성인다.

'아홉 번째 집 두 번째 대문'은 이 소설에서 주인공의 아내가 문패로 깎던 이름이다. '아홉'이란 숫자와 '둘'이라는 숫자는 무엇을 의미

할까. 아홉이란 숫자는 많은 것을 상징한다. 아홉은 가장 많이 나오는 삼을 거듭 곱한 숫자거나, 구천(九天)을 나타내기도 한다. 구천은 찾아보면 하늘 위, 하늘의 중앙과 아홉 방위 등 다양한 의미가 있다.

둘은 이 소설에서 죽은 자와 산 자, 저승과 이승, 음과 양 등을 나타낸 것일까. 대문 하나만 열고 나가도 바로 이승에서 저승으로 나가는 그 자리.

점심으로 볶음밥을 만든다. 송송 썬 김치를 들기름에 볶다가 양파와 오이, 밥을 넣고 조금 더 볶는다. 접시에 볶음밥을 덜고 계란 프라이 하나 부쳐 밥 위에 올린다.
밥을 먹고 커피를 한 잔 더 끓인 후 인터넷으로 대필에 필요한 자료 몇 가지를 찾아보고 있는데 비가 내리기 시작했다. 나는 자료를 다 찾고 나서 막걸리를 사 왔다. 빗소리를 들으며 오랜만에 낮술을 했다. 안주는 없다. 혼자 마시는 술은 손으로 안주를 집을 때 이상하게 서글프다.

김치볶음밥을 먹을 때도 주인공은 혼자다. 그러나 실제로는 혼자가 아니다. 누군가 있다. 그들은 죽은 자다. 주인공이 죽은 자들을 처음 본 것은 짜장면을 먹을 때였다. 그날 이후로 죽은 자들은 산 자인 주인공이 먹을 때마다, 먹고 싶은 생각이 들 때마다 곁에서 얼씬거린다.

음식을 먹을 때 누군가 있어 주었으면, 함께 먹을 사람이 있었으면 하는 것이 산 자의 마음이다. 혼자 먹을 때 가장 외롭다. 주인공은 죽은 자라도 음식을 먹을 때 불러들이고 싶었을까. 실존이란 외로울 때 알 수 있는 것인지 모른다.

주인공이 먹으려는 음식상은 마치 굿상 같다. 영혼을 불러들이기

맛있는 문학

위해 차리던 굿상. 죽은 자들은 왜 왔을까.

죽은 자를 보는 음식들

이 소설은 일상의 삶이 낮고 쓸쓸하게 흘러간다. 가끔은 시니컬하고 외롭고 비애스럽지만 견딜만하다. 오죽 했으면 먹는 시간마다 죽은 사람들을 불러들일까. 먹을 때마다 불러들이는 죽은 사람들은 모두 다른 사람들이다.

대필 작가에게 나타나는 죽은 자들은 자신들의 생전의 삶의 모습을 보이고 싶었을지 모른다. 또 주인공이 대필 작가여서 다른 사람들의 삶의 모습이 더 잘 보일지 모른다. 자신밖에 모르는 우리는 늘 우리만 보기도 바쁘지 않은가. 아니, 우리 자신도 잘 보지 못한다.

대필 작가는 다른 사람의 삶을 대신 기록하고 들어주는 카운슬러의 역할을 담당한다. 주인공이 죽은 자들을 계속 만나는 것은 상담자 역할을 하는 것이다. 무속신앙에서는 무당이 그 역할을 한다. 죽은 자의 말을 산 자에게 옮겨주거나, 산 자 앞에 죽은 자의 영혼을 데려다주었다. 주인공을 생각하며 문득 그 옛날 신라의 달 밝은 밤의 처용이 떠오르는 것은 무엇일까. 처용이 마마신의 신뢰감을 얻었듯이, 주인공은 소설 속 영혼들의 상담자로 신뢰받은 것일까.

주인공에게 죽은 자들은 처음엔 보이기만 하지만 나중에는 말을 걸어온다. 음식을 먹으려고 할 때 그렇다. 죽은 자들은 매우 일상적이다. 마치 산 자와 쉽게 구별이 안 될 정도다. 무속에서는 현세를 중시

한다. 죽은 자의 세계는 바로 대문 밖일 뿐이다. 이승과 저승이 한 평면 위에 놓여 있다.

이 소설은 제3의 작가라는 대필 작가를 내세워 우리의 무심함이라든지 이기심을 비틀려고 한 것은 아닐지. 이미 앞서 간 자들에 대한 경외심과 살아있는 자들의 삶에 대한 존중까지 말하려고 한 것은 아닌지.

동태찌개를 먹거나, 짜장면을 먹을 때 주인공은 죽은 자를 보았다. 자정 넘은 시간에 편의점으로 단팥 찐빵이나 야채 찐빵을 사러 갈 때 죽은 자를 본다. 주인공이 처음으로 죽은 자와 말을 건넨 것은 마트에서였다. 주인공이 아는 종우 형이 도루묵으로 찌개를 끓이려고 할 때 마침 감자가 떨어졌다. 주인공이 마트에 감자를 사러 갔다가 마주친 죽은 여자는 칫솔을 원했다. 우리가 이를 닦을 때는 음식을 먹은 후다. 음식이야말로 죽은 자와 산 자를 구별하는 유일한 방법일지도 모른다.

　　　　산 자의 눈빛에는 자아가 깔린 욕망이 있다. 죽은 자는 다만 염원하고 소망한다. 간절히 무언가는 바라지만 그건 욕망이 아니라 다만 그리움이다.

살아가야 할 날이 많은 우리의 욕망은 잘 먹고 무사히 하루를 잘 살아가는 것이다. 죽은 자들은 이제 더 살아갈 필요가 없다. 죽은 자들에겐 지난날만 있다. 그리움과 회한이 다일 것이다. 그리움이 많든지 회한이 많든지 어느 쪽이든 살아있는 자에게 그들은 귀신으로 불린다.

죽은 혼이 흩어져서 양(陽)이 될 때는 신(神)이고, 음(陰)이 될 때는 귀(鬼)다. 떠나지 못하고 남은 귀신은 다 무섭다. 그런데 희한하게도 이 소설에서 귀신은 왜 그리 불쌍한 것인지. 참 묘한 귀신들이다.

이 기묘한 감정은 연민이다. 이 소설은 주인공이 만들어낸 감정에 몰입하게 만드는 힘이 있다. 주인공이 무당 역할을 하기 때문이다. 죽은 자들은 그리움 때문에 산 자를 찾아오는데 우리는 그들을 무조건 무서워하고 두려워하며 밀어냈다. 이 소설을 읽는 내내 우리가 얼마나 다른 사람의 삶을 이해해야 하는지 느낀다.

> 살치살은 왠지 무협지의 자객 이름 같다. 단 한 번도 실패한 일이 없는 전설의 자객. 아직 아무도 그의 얼굴을 본 적이 없다고 하는 그림자 같은 인물. 그런 캐릭터의 별호로 어울리는 이름이다. 쇠고기 이름으로는 생소하기만 해 어떤 부위인지 궁금해진다. 사전에는 '등심살로 분류되는 부위로서 등심에서도 최상급인 꽃등심을 얻기 위해 분리한 살코기'라고 돼 있다. (……) 그래, 서자였던 것이다.

쇠고기 등심은 스테이크나 소금과 후추를 뿌려 로스구이로 먹기에 좋은 부위다. 살치살도 만만치 않게 기름이 자르르한 부위로 맛있다. 그런데 살치살은 꽃등심에 밀려 그림자로 대접받는다. 꽃등심이 이 소설에서 살아있는 자라면 살치살은 죽은 자다. 우리는 비싼 꽃등심만큼 값지고 극진한 대우를 받고나 있을까.

죽은 자를 만나는 따뜻한 음식

주인공이 죽은 자들을 만나는 때는 한정식 집에서 대필을 부탁받은 후, 동네 실내 포장마차를 나온 후, '김형 찜요리' 집에서 나온 후다.

실내포장마차가 문을 닫아서 집으로 돌아온 날 된장찌개가 끓고 있다. 밖에는 비가 내린다. 주인공의 아내가 주인공이 4년 전에 사준 파란색 물방울 에이프런을 두르고 끓인다. 대필을 부탁했던 장 선생과 주인공의 죽은 부모까지 다 만난다. 이렇게 음식은 죽은 자와 교통하는 매개체다. 참 이상하지 않은가. 죽은 자가 음식을 먹고 싶어 할 리도 없는데.

제사가 끝나면 어른들은 제상에 차린 음식을 접시에 조금씩 덜어서 문 밖에 내놓았다. 성못길에서도 산에다 고수레를 했다. 고수레는 객귀나 잡귀들에게 액막이용이나 복을 구하기 위해 먼저 드리는 음식이다. 초상집에서는 사잣밥도 마련했다.

이 소설에서는 산 자가 먹는 곳에 죽은 자가 끝없이 다가온다. 그들은 음식을 탐하지 않는다. 우리는 제사를 지낼 때 죽은 자가 먹던 음식을 차리는 것이 아니라 산 자가 먹는 음식을 차린다. 오래 전에 죽은 자들이 지금 우리가 즐겨 먹는 음식을 먹었을 리 만무지만, 제상에 지금 우리가 먹는 과실들도 올린다.

산 사람이 먹는 것과 똑같이 제수를 쓰는 것은 한, 당대 이후의 중국 서민사회의 제사풍습이 주자의 '가례'에 올랐고, 이를 현재 받아들인 것이라고 하지만, 이런 것을 모르는 시골사람들도 제상을 차리면서 '이게 요즘 인기 있는 과일이니 조상님들 한번 잡숴보이소'하고 올리는 것을 나는 자주 보았다. 중용의 '죽은 이를 섬기기를 산 사람 섬기듯이' 하라는 것을 굳이 배우지 않아도 알았던 것일까.

우리는 끝없이 죽은 자와 음식을 나눠먹는 의식을 멈추지 않는다. 외롭기 때문일까. 혼자 먹는 밥. 혼자 먹는 음식. 살아 있을 동안 죽은

맛있는 문학

자와 나누었던 교감은 음식이었기 때문일까.

산 자만이 허기로 슬프고 쓸쓸하다. 죽은 자를 보면서도 나눠먹자는 말조차 안 건넨다. 다만 서로 바라볼 뿐이다.

이제부터 다들 주위를 휘 둘러보라. 주인공처럼 접신의 상태에 도달할 수는 없을지라도 죽은 자가 우리에게 말을 걸고 싶어 하지 않는지, 그들이 살아온 삶에 대해서 고요히 생각해보라.

주인공이 맥콜과 콜라를 사서 아내에게 고르게 하겠다고 하지만, 그 아내는 죽고 없다. 캔 두 개가 툭툭 떨어지는 소리.

혼자 먹는 밥상의 맞은편에 죽은 자가 앉아서 그윽이 지켜보고 있을지도 모른다. 그러나 따뜻한 눈이다.

임영태, 『아홉 번째 집 두 번째 대문』, 뿔, 2010.

● 줄거리

주인공 나는 대필 작가다. 함께 글을 쓰던 아내가 죽고 혼자 살고 있다. 동네 포장마차가 생긴 후 가끔 그곳에 들른다. 동네 포장마차에서 장자익이란 노인을 만나 대필을 부탁받는다. 노인이 오기로 한 날에 연락이 끊기고 한참 후 노인의 사망소식을 듣는다. 그 이후 주인공은 음식을 먹고 싶거나 사먹으러 나가는 길에 죽은 사람들을 본다. 그들은 아무 말이 없이 그의 앞에 계속 나타난다. 주인공 나는 죽은 자들이 하는 말을 듣거나 그들을 만나는 것을 스스럼없이 생각한다.

이지현 ——————————

서울 출생이나 경남 마산에서 여고 시절까지 보낸 덕에 바다 냄새를 맡고 살았다.
서강대학교 대학원 졸업 후, 『예술계』의 '예술문화비평신인상' 평론 부문에 이상(李箱)의 시
와 소설을 하나의 이미지로 분석한 문학평론(1987년)이 실리면서 글을 쓰기 시작했다.
28년간 대학생 및 중·고등학생 등을 가르쳤고 아이들과 함께 책 읽기를 좋아하고, 도서관
방문이 취미다. 특히 시를 좋아해 틈틈이 쓴 시들로, 시집 『그리운 건 너만이 아니다』(2011
년 5월)를 펴냈다.

맛있는 문학

초판인쇄 | 2012년 3월 2일
초판발행 | 2012년 3월 2일

지 은 이 | 이지현
펴 낸 이 | 채종준
펴 낸 곳 | 한국학술정보㈜
주   소 | 경기도 파주시 문발동 파주출판문화정보산업단지 513-5
전   화 | 031) 908-3181(대표)
팩   스 | 031) 908-3189
홈페이지 | http://ebook.kstudy.com
E-mail | 출판사업부 publish@kstudy.com
등   록 | 제일산-115호(2000. 6. 19)

ISBN   978-89-268-3092-5 03810 (Paper Book)
        978-89-268-3093-2 08810 (e-Book)

이담 Books 는 한국학술정보(주)의 지식실용서 브랜드입니다.